大雅

为一种品格注脚

文德勒诗歌课

花朵与漩涡

细读狄金森诗歌

上

[美] 海伦·文德勒 著
Helen Vendler
王柏华 等 译

Dickinson:Selected Poems and Commentaries

广西人民出版社

纪念济慈

若有人说我题献给查特顿是装模作样，

我的答复如下：

“我若死了，先生，我宁愿我像一册题献给我自己的书。”

——济慈致出版商，随《恩底弥翁[①]》原序一并寄出

① 恩底弥翁，希腊神话中月之女神所爱的英俊牧童，是牧神也是山林之神。此处为济慈的长诗，1818年出版。

文本说明

狄金森诗歌的引文出自富兰克林编的《狄金森诗集：异文汇编版》(1998年)，但是，诗歌编号基本依据富兰克林阅读版（1999年）。[①]沿用富兰克林阅读版的文本体例，本书中所排印的狄金森诗歌文本保留了狄金森的小短线[②]和首字母大写，跟现代版通常采用的长度相比，本书中的小短线较短（她本人使用的小短线长度不一）。在引用完整诗行时，我保留了她的全部小短线，在引用片语时则没有保留；在引号之外，我添加了我自己的标点符号（逗号、句号），以便保持狄金森本人的标点符号的完整性。除个别例外，我也保留了狄金森本人的错误拼写形式，为了避免读者感到困惑，我一律以"upon"替换了她的典型拼写"opon"，此外，我还规范了她的物主代词的标点符号，因为她通常把"its"写作"it's"，把"yours"写作"your's"，等等。我插入了省略符（比如让她的"cant"变成"can't"），我为后缀"-ed"添加了沉音符（富兰克林版本没有），这个后缀通常不发音，但有时发音，我添加沉音符，以免现代读者觉得这个诗行不合韵律。

---

① 第一手文献信息，详见本书附录。本书除个别原注，均为译者注，以下不再标注。

② 狄金森诗歌中使用了大量的小短线符号，虽然一般称作"dash"，但它们并非通常的破折号或连接符，因此，狄金森所使用的"dash"，在本书中皆译作"小短线"，下同，不再加注。

1955年约翰逊出版了第一部学术版《狄金森诗集：目前所知全部手稿异文批评汇编》。约翰逊以最早的完善手稿为底本，富兰克林则相反，他以最晚的完善手稿为底本。这两个选择各有各的道理。关于狄金森手写的诗作究竟哪个版本最好，一直存在激烈的争论，至今不绝于耳。

本书从始至终采用富兰克林确定的诗歌编号，同时在每篇评论的结尾处提供了约翰逊的编号（J），以方便那些只拥有约翰逊版本的读者。

凡本书评论的150首诗，在全书中任何地方提到其中一首，都会在其编号前加星号，其他诗篇则不加星号，不过，凡本书提到的诗篇都收入最后的"诗歌首行索引"。

本书所引狄金森书信，皆出自约翰逊和沃德编定的《狄金森书信集》(1958年)，并在括号中提供书信编号，缩写为"L＋数字编号"。

《圣经》引文皆出自"钦定本圣经"，这应当是狄金森熟悉的版本。

目　录

导言：

作家狄金森

艾米莉·狄金森（Emily Dickinson，1830—1886）给世人留下了近1800首诗歌；在激情勃发的年月，她几乎一日一首。像所有博大精深的作家一样，她的诗作令人望而却步：要想真正进入她的诗学，读者需要用心（还有耳朵）去熟悉她的全部诗作。理想状态是，她的读者要像她一样牢牢地掌握“钦定本圣经”，要像她一样如饥似渴地阅读前辈的英语诗歌：她熟悉莎士比亚、乔治·赫伯特、亨利·沃恩、弥尔顿、华兹华斯、汤姆森、济慈、乔治·艾略特、艾米莉·勃朗特、伊丽莎白·巴雷特·勃朗宁，等等。她也涉猎同时代著名诗人的作品，包括男诗人和女诗人，她在诗歌和书信里曾提到过朗费罗、惠蒂尔和布莱恩特。她甚至提到过惠特曼，但只是谈及她从未读过他的诗，听说他“不光彩”。[①]不过，即便缺乏这样的背景，世界各地的读者仍争相阅读她的诗歌，回应她的率真、她的忧伤和她的智慧。这本书收录了狄金森的150首诗歌，每一首都有一个短评，目的在于让读者更深入地了解狄金森这位作家，了解她如何探求自然、死亡、宗教、爱情以及思想和心灵的运作方式等永恒的主题，了解她如何另辟蹊径，重新思考这一切，并以自己的方式打造语言。当读者对其中的这一首或那一首诗作发生兴趣之时，这本

① Thomas H. Johnson and Theodora Ward（eds.）, *The Letters of Emily Dickinson*, 3vols., L261 (Cambridge, Mass.: Harvard University Press, 1958）.

书也可供读者浏览查阅。

*

狄金森一家长年订阅几种文学期刊，那是在1862年4月的一期《大西洋月刊》上，狄金森读到了署名托马斯·希金森[①]的文章《致一位年轻投稿人的信》。当时的狄金森极度渴求文学专家的眼睛来品评她的诗作，于是，32岁的狄金森（她在信里表示自己在诗歌艺术领域是一个新手）写了一封信（未署名）给希金森，请对方看看她自己的诗是否"有呼吸"（L260）。她随信附上四首诗，分别抄写在四张信笺上，并把她自己的名片放在一个单独的小信封里。这一大胆的行动开启了她人生中最重要的文学通信。之后她告诉希金森，他的回应救了她的命。

发现她的诗歌过于怪异，希金森提出了（也许正如她所预料的）编辑意见，对此，她表示感激，但并未遵从。希金森暗示她似乎是在寻找发表机会，于是，她回信表示，发表对于她的心灵是如此陌生，就像"苍穹之于鱼鳍－"（L265）。即便如此，从《这是我给世界的信》（*519）[②]等诗作里，以及她在私人信件里寄赠了大量诗作的情形来看，她当然也渴求读者。对于自己的诗歌天赋，她心里有数，因此，在给希金森的信里，她说"如果名声属于我，我逃也逃不脱-"（L265）。狄金森料想到她的诗作不会受到出版商的青睐，这一点在她过世之后被证实了：第一批编辑对她的诗作大加修

① 托马斯·希金森（1823—1911）是美国唯一神教牧师、演说家、激进的废奴主义者和女权运动的支持者，也是当时新英格兰地区最有影响的期刊《大西洋月刊》活跃的撰稿人。1862年4月15日起，诗人狄金森写信向他求教，请他做自己的"导师"，从此他们开启了长达24年的友谊，二人共留下往来书信70多封。这些书信是了解狄金森生平和创作的最为珍贵的第一手资料。

② 此为狄金森诗歌的通用编号。左边的星号表示此诗收入文德勒的评注本，若不加星号则表示未收入。

改，不仅用通行的标点代替了原诗里奔涌的小短线，调整了节奏韵律，并且归顺了反常的措辞，删改了过于大胆的思索。寄送给亲朋好友的大量诗作，是她精挑细选的，是一些允许以私密方式“发表”的诗作；那些更加离经叛道的、阴森恐怖的或比较直露的情色之作，她并未寄出。直到1955年，三卷本学术版《狄金森全集》才由托马斯·约翰逊编辑出版①，而直到2007年，经富兰克林的细致研究，约翰逊所做的年表才得以更正（富兰克林通过纸张上的花纹和手工缝制的小孔，来判断诗稿的顺序，这些诗稿经狄金森折叠并缝成小册子，现在被称作“诗笺”②）。本书所选诗作的文本来自富兰克林的阅读版（一卷本，1999年），并采用了它的诗歌编号；希望看到更多有趣异文的读者，可以参阅富兰克林的异文汇编版（三卷本，1998年），我在解说文字里只引用了其中的一部分③。

通过选录这150首诗歌，我希望能展现狄金森诗歌创作的不同层面：从第一人称的到高度抽象的，从抒发极度的喜悦到描写情感的麻木状态，从喜剧风格的趣闻录到惨痛的劫后余生。我选取了许多熟悉的诗作，不过，我也想留出一些空间，留给那些几乎没有机会进入选集或很少在课堂上讲授的因而尚未得到广大读者接受的大胆诗作。这是一批成就不等的诗作，有一小部分展现了因袭传统或应景的狄金森，大部分则证明了她应得的诗名。

---

① 约翰逊首次将狄金森的全部手稿合在一起，编定三卷本《狄金森诗集》（1955年），共1775首，并提供了同一首诗作的不同手稿中的全部异文，这个异文汇编本为研究狄金森开启了新时代。

② 从1858年至1864年的7年里，狄金森开始筛选、整理和保存自己的诗作，把它们一首首工整地抄录在对折信笺上，每册4—7页，诗作11—29首不等，手工打孔，用针线装订成册，共40册，总计814首。这40册诗稿被她的第一位编者梅布尔·托德称作“诗笺”（Fascicle），沿用至今。

③ 富兰克林是目前狄金森诗歌最权威的编者，他编定了三部狄金森诗集：二卷本《狄金森手稿》（1981年）、三卷本异文汇编版（1998年）、一卷本阅读版（1999年）。富兰克林陆续纠正了约翰逊版本中的各类错误，同时为诗作提供了新的编号。

*

狄金森，这位作家，我们该如何概括她的特征呢？她警句迭出、言简意赅、出其不意、让人惊喜、令人不安、喜欢调情、野蛮粗暴、迷人讨巧、玄奥高深、充满挑逗、亵渎神明、严肃悲壮、滑稽风趣……这一类形容词还可以继续罗列下去，毕竟我们有将近1800首诗作，尽可以用来归纳出不同的特征。让读者惊讶（并且将持续让他们惊讶）的是，狄金森成熟的诗作都是那么*简短*。狄金森仰慕的许多作家雄心勃勃地从事着史诗、戏剧、长篇叙事诗、十四行组诗、戏剧独白体等各种体裁的创作，但她自己却从未尝试过那些体裁。她守着一小块田地，坚持一种微小的创作形式，这导致一些读者对她的作品纡尊降贵，直到20世纪亦然。为什么是短诗？关于诗歌的规模或体裁这个基本问题，她似乎问过自己，并答之以不同凡响的诗句："灰烬表明那曾经是火－"（*1097）。她为这简缩的形式辩护道：她的诗是焚毁了"那逝去的造物"的烈火留下的灰烬，这生命现已死去（尽管在濒死之际，曾短暂地在她自己的灰烬周围"徘徊"）。要理解灰烬是消逝的生命之残骸，读者必须成为化学家，从残留的碳酸盐中还原出死者的本性，现已被火焰燃尽的死者：

灰烬表明那曾经是火－
敬畏那一堆惨白的灰
为了那逝去的造物
曾一度于此徘徊－

起初，火存在于光
而后凝固为

只有化学家能揭示的
某种碳酸盐－

原初的造物先被某种“光”的启示照亮；然后启示被点燃，化为一团灼灼燃烧的火焰，而后消耗殆尽。那遗留物和造物曾经的尘世之躯绝无相似之处：火完成了它的使命，只留下灰烬，即我们在诗人的篇章里发现的被火化的“碳酸盐”（狄金森也许是从莎士比亚的第73首十四行诗中借用了“灰烬”和“死者的床”，她想到了那句“躺在他青春的灰烬里”）。狄金森号召我们，读诗歌要像法医化学家一般，从一小堆灰烬也就是她的诗作中，重建原初的自我，那自我曾被光的洞见滋养，又为火的情感燃尽。

那么读者该怎样按照艺术家的要求来完成这个重建工作呢？由于狄金森是一个富于暗示而非直抒胸臆的诗人，她不间断地激发读者的才智，让他们倍感困惑，同时又积极回应。虽然她也会在诗歌首句做开门见山的声明：“禁欲－是一种刺穿的[①]品德－”（*782），“我活着不能跟你一起－”（*706），“我听到一只苍蝇嗡嗡－我死的时候－”（*591）——但在那些直率的声明之后，接下来往往是一些颇为费解的诗行：

禁欲－是选择
自我反对－
它证明自己合理－
向它自己－

谁是“它自己”？为什么是“它”而不是“他”或“她”？“它”有一个还是两个？“自己”怎么能选择“自我反对”？为什么这种选择表

① 关于“刺穿的”，参考此诗的译者注，见415页。

达得如此抽象，甚至如同代数？这一选择会导致什么结果？就这样，读者被带入思索的丛林。这样的例子不胜枚举。

*

在过去，人们普遍认为狄金森的诗歌太业余了，因为她的大部分诗作都采用了一个基本单一的结构，即一种“稚气”的四行一节的赞美诗体：四音步，三音步，四音步，三音步，第2行和第4行以读音相近的词押尾韵。这个基本的诗体结构有一些变体（如3-3-4-3），但狄金森很少用五音步或连续用四音步写诗。［不过，且来欣赏这个绝妙的四音步对落日的戏剧性描写：“金光里燃烧，紫光里猝熄”(321)；这样的韵律实验散布于她的全部诗作之中，我在评论中已一一指出。］正因为采用了这种几乎千篇一律的诗体结构，读者一不小心就很容易忽略她在韵律及句法上的灵活多变和有意味的创新之处。例如，我们可以通过《开花 - 是成就 - 遇上一朵花》(*1038) 来领略一下狄金森对句法的巧妙安排。为了绽放，诗中的花需要在方方面面付出机智而艰苦的努力：它需要

裹住花蕾 - 抵御毛虫 -
获取它的雨露权 -
调控高温 - 避开风 -
躲过偷偷摸摸的蜜蜂 -

To pack the Bud - oppose the Worm -
Obtain its right of Dew -
Adjust the Heat - elude the Wind -
Escape the prowling Bee -

（“偷偷摸摸的”蜜蜂充满喜剧色彩——但她列举的一系列危险又是对史诗的戏仿：非正义的敌对势力、压迫者、猎食者、拒绝提供必需养料的权威者。）为了表现花的抗争，狄金森将花的种种努力与诗行长度做了相应的安排：在每个四音节诗行中，都有两个斩钉截铁的动词不定式和两个名词；而在三音节诗行中，是一个动词不定式和一个名词。在第一个锋利的单音节动词“裹”（pack）之后，所有的动词都是双音节，每一个（对此她一定是了如指掌的）都带有拉丁语的前缀形式——*ob*（反对）、*ad*（向）、*ex*（出来）：op-pose、ob-tain、ad-just、e-lude、es-cape。到最后，花的一系列职责，读起来就好像一本战场指南，书名叫《获胜必备》。若是想起那一对古老的双关语“诗歌”和“花束”（poesy / posy），我们还可以把这个诗节读作一个寓言式的诗歌创作指南。如果深求寓意，我们不难发现一套让一首诗“开花”的必备程序：

裹住诗句－抵御俗语－
获取它的歌唱权－
调控节奏－避开粗俗－
躲过潜伏的错误－

我们可以看出狄金森（像许多前辈诗人一样）为何被花的象征层面所吸引：其操作指南或许就像是一幅速写，描画了自我证明之艰辛，与此同时，她也在崇高的宗教层面上处理写诗这一主题。比如在《我可否取用你，诗人问》（*1243）这首诗里，她以最靠近上帝座椅的大天使所授予的幻象来奖励诗人。

狄金森选择了一种隐居的生活；她终生未婚，一直和父母还有妹妹拉维妮亚一起，生活在马萨诸塞州的阿默斯特小镇。直到死后，通过遗作的出版，人们才意识到她是一位作家。但是，狄金森知道诗歌的影响并不会随着作家一同死亡。在她众多惊世骇俗的开篇中，有一句诗指明，人的死亡无关紧要：

> 诗人只是点亮灯盏–
> 他们自己–离开–

但是，她接着写道，如果那些留下来的灯盏仍发着“蓬勃的光”，那么“每个时代，（成为）一个透镜 / 将它们的圆周 / ……扩散–”（*930）。而她自己的“灯盏”，从首次发表到现在，已历经四个“时代”，彼此贯穿，或许可以称之为“出版时代”“传记时代”“编辑时代”和“评论时代”。从1890年以来，她的诗歌陆续出版了若干选集，但遗憾的是诗歌文本被编者大大删改了，直到1955年约翰逊才整理出一个可信的文本，同时保存了异文。杰伊·莱达的《艾米莉·狄金森的岁月》[1]和理查德·休厄尔于1974年出版的传记[2]，第一次信实地展现了她的生平事迹、家庭关系以及她生活的阿默斯特镇的环境。这些书出版后反响如潮，随后，富兰克林对手稿的整理和诗集的校订（1998）激发了更多的反响。撰写传记、选编诗集和诗歌批评的热情至今仍持续不衰，也正是有了过去50年间当代编辑和批评家们宝贵的出版成果[3]，我才有幸能够教授狄金森的诗歌，并从事相关著述。这只是一部狄金森诗歌选集和短评，感兴趣的读者若能在此有限的篇目之外阅读更多，必将有更深入的理解。但我希望通过专注于狄金森的作家身份——纸上的一种新的诗歌形式的创造

---

① Jay Leyda, *The Years and Hours of Emily Dickinson*, 2 vols. (New Haven: Yale UP, 1960).

② Richardson Sewall, *The Life of Emily Dickinson* (Cambridge MA: Harvard UP, 1974).

③ 怀特《走近艾米莉·狄金森：1960年代以来的批评潮流和反潮流》(Rochester, N.Y.: Camden House, 2008) 列出了大量英文参考文献。“狄金森词典”是一个网络资源，为狄金森使用的所有词语的所有义项提供了索引，正在修订中。

者——来强调她是一位富于直观性和力量感的革命性的诗歌语言大师，而这是专题研究做不到的。

*

每个时代的“透镜”都扩散着她“蓬勃的光”的圆周，因而狄金森逐渐获得了稳固的历史地位。批评家将她和同时代的作家相比，包括男作家和女作家，他们都处理了大致相似的主题。这些批评和研究加深了我们对狄金森的理解，并进一步证实了她的与众不同，不论是她顽强的意志、怀疑的心性、特异的想象，还是她与语言永不停息的搏击。虽然模仿者众多，但读者总可以轻而易举地将她从模仿者中分辨出来，通过无与伦比的高度集中的能力，她将无限的热情、错综复杂又常常违反常理的逻辑、敏锐的洞察力以及出乎意料的灵视，都凝铸在一首小诗里。正因为狄金森清楚地知道她所承继的诗歌传统，因此她特别注意把自己的诗歌观念和表达方式与其他人区分开来。比如，她从莎士比亚那里借用的诗歌观念：鲜花完成了自然生命过程，死后留下了精油的香气，不过，莎士比亚视之为“蒸馏”（十四行诗第5首），而她视之为一种痛苦的“螺旋的馈赠 -”：

精油 - 得之于挤压 -
来自玫瑰的香露
得以榨出 - 不单靠太阳 -
它是螺旋的馈赠 -

(*772)

我的评论首先关注狄金森如何把想象上的和语言上的“螺旋”

诉诸自己的情感经验，以便提炼其精油（精华），并赋予其相应的结构。虽然我重述了难懂的段落，但我的最终目的是想指出，狄金森如何为她的热情和忧伤找寻单词、短语、句子、谜语、谚语、化身、脚本和策略，如何让它们与她禁不住要表达的个人或非个人的人类情感彼此相称。她告诉希金森，当她说“我”的时候，她指的是“一个假设的人”——她努力让她的诗歌建构与他人的经验相关（L268）。读者很难抵挡这种诱惑——将狄金森的诗歌视为她私人生活的直接反映，忘记一首诗不论其起源如何私密，总需要对个人经验做出筛选，并配之以恰当的语言姿态。虽然有点困难，但必须记住每一页纸上都同时存在着两个狄金森：“有代表性的”说话人和诗人本人，也就是那个创造者。我用“狄金森”这个名字来指代两者，相信读者可以辨明我何时指说话人，何时指创造者——那个隐藏在说话人字里行间的警觉而清醒的作者。狄金森蓄意“天真”，以及持续使用第一人称，这是她的策略，为了让我们忘记，我们正在阅读的复杂而精细的成品其实都是由语言和艺术完成的。正如诗人暗示的那样，我们可以通过“灰烬”，推测出“火”和被火燃尽的“造物”，但这种阅读仍然是我们的建构，是从一首特定的诗中永恒不变而又不断丰富的字词里推断出来的。关于如何探索诗歌结构，狄金森这样说道：

> 因为形式是心灵的赠予
> 模仿着她
> 我们最卑贱的服务
> 显得更有价值－
>
> （1219）

对于现实生活的尴尬、粗糙和遗憾，狄金森无比清醒，因此她寄希望于纸上的美学形式，让经验层面上或许比较卑贱的事物更有价值一些。她通过献身于“形式”上的自律，而不是早些时候通过灵魂上的自律，让卑贱的服务“更有价值”。

狄金森不仅通过选择形式化的抽象来实现“代表性”，让感性和智性的原料“显得更有价值”，并且也为她内心深处对私密的渴望找到了相宜的抽象。她投身于这种抽象，并服从自己“对待灵魂 / 如同代数”（*240，见 A 版）的命令。（她会给出象征性的 X 和 Y，而我们则供应自己的个人变量。）虽然她有时也写某种一阶（first-order）诗歌，读起来就像某个生活事件的转写，比如在死者的床前守夜。但更常见的情况则是，她找到了一种二阶（second-order）“代数”，对应于某种情感体验，无论是欣喜若狂的还是心烦意乱的。她的象征性的对应物常常来自情感的磨难：

在我挖出我的眼睛之前，
我也喜欢看 -
正如其他造物，有眼睛
知道别无用处 -

(336)

但她的象征也常常源自喜悦，情不自禁，尤其是爱的启示：

他的火涌入我的小火炉 -
我的房子通体灼热
扑闪，摇动，因突来的光 -
那是日出 - 那是天空 -

被列名，非因短暂的夏日 -

亦无衰败的限定－
那是正午－没有黑夜的消息－
不，大自然，那就是白昼－

(703)

在她的二阶象征层面上，确实发生着，但却以一种超现实的方式呈现，就像残忍地挖出眼睛一样：“冬天，在我的房间／我碰到一条肉虫／粉红、细长、温热”(*1742)，我们不得不立即对这场相遇做出解读：诗人说那条肉虫（变成了蛇）“他测了我的深度－”，对此我们怎么理解？狄金森在我们心中点燃的解码热情，证实了她的表达方式丰富多彩，但我们的解码仍需基于对整首诗的还原，而这只能通过考察她所塑造的语言形式和诗歌的音乐性才能达成。

阅读狄金森的诗歌的一大乐趣是，读着读着，我们会发现并熟悉狄金森的诗歌世界中一套近乎无限的模板：

以时间来看，从年岁、季节、小时到分钟；
以圆形几何来看，有圆心和圆周，以及连接它们的“辐条”；
以垂直方位来看，从“甲虫的地窖下面”延伸到满天繁星；
以水平方位来看，从东边的黎明扩展到西边的日落；
以地理坐标来看，从新英格兰延展到南北极；
以神话的文化疆域来看，涵盖希腊、罗马和耶路撒冷；
以异域谱系来看，遍及欧洲、亚洲、非洲；
以时间、空间和气温网格来看，有刻痕、计量、度数、阶梯、落差；
以人数来看，从一个人到一群暴徒；
以信仰理论来看，从祈祷到绝望；
以情感病理来看，从冷漠麻木到精神错乱。

这个单子可以继续罗列。这些原料一个一个构成了诗句的支柱。但令读者迷惑不解的是，狄金森如何将一个模板或网格加于另一个之上，让她得以在不同的平面间自由跳跃：

从空白到空白 -
一条无线索的路
我拖动机械的脚步 -

(484)

这个神秘难解的“空白”可能来自若干网格：它可以是一种无迹可寻的浪费，一种麻木的感觉，或者一条不可见的通道；“无线索的路”暗示神话故事中的迷宫；“机械的脚步”暗示自我在机械的网格中自行描绘；“拖动”暗示一次前行，但却在麻木和无知中完成。如果我们按照诗人的指示来阅读，追随她的脚步，我们就会晕眩，就会以她所假定的立场生发出某种运动倾向——跨过一个空格，两手空空，无人引导，强迫自己迈出脚步，而每一步都是那么僵硬和木然。与《从空白到空白 -》对应的是另一首著名的诗《剧痛过后，一种徒具形式的感觉 -》(*372)，此诗将这一类网格漫不经心地混合在一起：

脚步，机械的，转来转去 -
一条木头路
地面的，或空气的，或任何什么 -
不顾一切生长着，
一种石英的满足，像块石头 -

一条“地面”的路可以是“木然的”吗？什么样的“满足”存在于一

种稳定的晶体结构中？我们体内的感觉器官通过奇思妙想的模仿，产生这般前后相继的隐喻，我们感受到机械的双脚，那条路不再有生命的弹力而是木然的地面；那条路似乎是由缥缈的空气构成的；那条路是你能想象得到的任何路（Aught，这个词常常被狄金森拼写为 Ought）；我们呆滞迟钝的凝视；我们石头般坚忍的“满足”。唯有迫使自己的感官紧紧跟上狄金森警觉的意识，我们才能回到词语结构本身，将它们与前后文联系起来。

即便狄金森有时候写得比较直截了当，她的意象仍保持着神秘感，有时她以一连串不相容的明喻开始一首诗，但却并不指明它们的实际喻体“它”到底是什么：

它像一个大漩涡，……
…………
仿佛一个哥布林妖精带着计量器－
…………
仿佛你的判决成立－已宣布－

(*425)

正如狄金森喜欢用“它”传达抽象意义一样，她也喜欢用没有时态、单复数或语态变化的动词。通过用动词不定式代替变位动词，她确保了一个更为普遍的意义层面：

我从未见过荒原。
我从未见过海洋－
但我知道石楠像什么
巨浪会怎样－

I never saw a Moor -
I never saw the Sea -
Yet know I how the Heather looks
And what a Billow be -

(*800)

如果我们试着用“is”来代替狄金森最后选用的“be”，我们就会知道“is”并不一定是“be”所暗含的唯一选项：最后一行诗也可以被写成“（我知道）巨浪*可能是*（might be）什么”或“*应该是*（should be）什么”。这两种读法和“is”一样，都说得通（考虑到诗人从未见过大海，尤其如此）。我们得为这个反常的“be”另找一个不一样的解释：对于这些从未见过的客体（石楠、巨浪），狄金森是基于柏拉图的理念层面来理解的，在理念意义上，客体始终相同——无论是石楠的抽象理念，还是巨浪的永恒理念。“be”是典型的狄金森式动词中的一个，它以时间上的恒定不变，引导我们着眼于“类型”的永恒王国，而不是“个例”的变动领域。

正如狄金森喜欢戏谑式的谜语带来的刺激，她也常常提出各种带有挑衅意味的定义：“‘希望’是……”（*314），“一加一 - 是一 -”（497），“这是一位诗人 - ”（*446），“有两种成熟 - ”（*420）。她还设法在诗歌开头抛出疑问来抓住读者的眼球——“你敢看‘白热’时的灵魂么？”（*401），——或发出感叹——“文明 - 唾弃 - 豹子！”（*276），——或提出悖论——“我的生命在终结前已终结了两次”（*1773）。持续的物质意义上的“肉体的短暂戏剧 - ”（*279）与她严厉但又同样戏剧化的自我审视相结合，既创造出可怖的磨难情景，也生发了崇高的凝思之境。

☆

狄金森从漫长的抒情传统中继承了各种体裁，她如何将它们个人化呢？自然诗、祈祷诗、挽歌和爱情诗都是诗歌读者极为熟悉的体裁，她还能找到哪些富有生机的形式让它们推陈出新呢？她说，“因为我以新英格兰方式－观察－”(*256)，这种地方性成为她颠覆自然书写的重要资源——我们也许可以称之为“人类－自然书写”。她像植物分类学家林奈那样观察马萨诸塞州的乡民，为讽刺找到了丰富的题材，从“何等温柔的－天使般的造物－”的“女人”(*675) 到教堂里“恼人的”“长老派鸟儿”(1620)。她有一个私家花园，可以据此写出种种寓言，如生机勃勃的“开花－是成就－”(*1038) 和令人不寒而栗的“一位浑身泥灰的访客－”(*558)。从春到冬，她细心观察周边的田野和山丘，大自然装点着它们，那里繁衍着“自然的一些子民”(*1096)——小鸟、毒蛇、蟋蟀、蜂鸟、蝴蝶、甲壳虫、松鼠。她“从未见过海洋－”(*800)，但是在她的头顶上有永恒的天空，无论白昼还是黑夜，都装饰着太阳、星辰和明月，还有北极光（至少出现过一次，在某个壮丽的场景中）。风暴和洪水袭击过她的村庄，霜冻和降雪轮番登场。她也对自然的奇观异景怀有兴趣：虫茧、闪电、钻石。通过一个形象或一个形容词，自然诗的大宗产品在她手中发生了变形。闪电是一把“黄色的叉子”(1140)；一道“银色的破裂”(950) 指冬天河流的表面；雪“抛出颗颗小球，像个邪恶的男孩”(622)。她悄无声息地来到读者面前，列出一串常见的事物，然后把它掷入一个让人紧张不安的他物之中。她对大自然中习见之物的平淡总结，一开始总是无甚出奇，比如：

“自然”即我们所见－

山峦 – 午后 –
松鼠 –

(721)

正当我们开始为这常规的列举感到乏味时，在亲切的“松鼠”之后我们遇见了什么？“日食。”纯然的黑暗。她赞美北极光如“青铜的 – 烈焰的 –”（*319），然后我们期待可能会有“诸天诉说神的荣耀”［《圣经·诗篇》（19：1）］的回响，可是，狄金森宣告极光对她那种威严的冷漠在她身上引发了自我欺骗的姿态，渴望模仿极光的威严：一种虚假的壮丽，“以威严的污点 / 感染我简朴的灵魂”。（在1896年出版的《诗集》中，“感染”和“污点”被编辑删去了，取而代之的是“它描画”和“色调”：可见狄金森提供的惊喜并不总是那么受欢迎。）狄金森的自然诗在温软和暴虐之间摇摆不定，但却始终是观察人类生活的手段：“自然如我们，有时被撞见 / 刚好没戴她的冠冕 –”（*1121）。

*

像其他写宗教诗的作者一样，狄金森也遭遇了约翰逊博士在《诗人传：埃德蒙·瓦勒的一生》中列举的特殊困境：“全能不能再完善，无限不能再增加，完美不能再改进。”而全能、无限和完美（以及它们的同类：不朽和永恒）却是狄金森最常涉及的主题。宗教文本——《希伯来圣经》、《新约》和基督教礼拜仪式——给狄金森提供了唯一一套形而上词汇；我在点评里引用的是“钦定本圣经”，这是狄金森熟读的版本。她从未找到一套与她意气相投的秩序系统来代替宗教（在她的同代人里，有的采用了达尔文的进化论，后来的无神论者则与精神分析学或马克思主义结盟）。智性上的诚实阻止她将耶稣当作她的救世主（像她的同学们那样）；成年以后，她拒绝再和家人一起去教堂。①她对宗教和传教士的点评总是带着揶揄的态度，例如，“他鼓吹‘宽宏’，直到‘宽宏’证明他的狭隘－”(1266)，但对于耶稣她又是同情的；这对她来说是一种安慰，至少人类最终构想出了这样一位能够承受苦难的神。她确信某些不可见的抽象概念，比如德行、爱、希望，与物质层面的可见的人和物是同样真实的，或许它们无处立足，除了在基督教宣称的超验的国度。但圣保罗定义的信、望、爱，却与她所尝试的牢靠的定义相背离；希望，缺少一个可证明的对象（比如来世），“唱着没有歌词的曲调－”(*314)；信仰经不起质疑，“滑倒－笑－复原”(*373)；至于爱，不仅对上帝不适用，那个“盗贼！钱商！－父亲！”(39)，并且在生活中也不可避免地受挫——“出生－做新娘－穿寿衣－/一天之内－”(*194)。但基督教信仰的语汇在她的诗篇里频频出现，从未间断，她全身心坚持不懈地钻研它们。她曾描述过死亡之光照亮了末日审判，这个描述也适用于她的写作：

这是复合的灵视－
光－成就了光－
有限－被无限
装饰－

(*830)

基督教对个人不朽的承诺是她最感兴趣的教义：在可推断日期的最后一批诗作（富兰克林版标号为1683）里，她说过，“我们飞，

---

① 1873年，狄金森的父亲在一张卡片上写道：“我从此把自己献给上帝。”上面留下了签名并注明了日期（见《狄金森书信集》L389的注释）。——原注

无论哪条路／都同样被不朽／骚扰”。在最后的日子，也就是审判日，她会和所有她爱的人重聚，这个想法令狄金森感动，为这想象的重聚，她写出了一组最引人入胜的诗歌：

自所有创生的灵魂－
我已选中了－一个－
当感觉列队－离精神而去－
躯壳的伎俩－已结束－
当现在之所是－与曾经之所是－
分离－内在－独立
这出肉体的短暂戏剧－
翻转－如沙粒－
当一个个形体露出高贵的正面－
层层雾霭－被剥离，
瞧，这个原子－我所独喜－
胜过所有队列中的泥坯！

(*279)

通常的赞美诗会展望《启示录》里描述的“金城耶路撒冷”［《启示录》(21：18)］，对比之下，这首诗具有强烈的反宗教意味；上帝并未现身其中，福音派对于天堂的喜悦之情也并未呈现。在审判日，天上的各样装置也未被提及，只有两个形象可见：狄金森和她的挚爱。描述这次天堂重聚的词汇不是“黄金的”而是干枯的：我们听到了这样一些术语，如“选中”“躯壳的伎俩”“内在”“戏剧”“原子”“独喜”。尽管没有基督教对审判日的想象，这首诗就无法成立，但它却不可能由一个基督教信徒写就，因为耶稣说，“当复活的时候，人既不娶也不嫁”［《马太福音》(22：30)］。狄金森所有诉诸基督教意象和语言的诗歌，在某种程度上都是对基督教的重写——以智性的方式，或渎神的方式，或调侃的方式：比如《上帝是遥远 - 而堂皇的恋人 - 》(*615)，借用朗费罗的叙事诗《迈尔斯·斯坦迪什的求爱》，调侃了道成肉身的教义。除了《新约》，诗人还痴迷地阅读了《希伯来圣经》，也就是《旧约》（想必她采用的是这个叫法）。她经常以一种无礼的嘲弄把其中的情节和许诺植入她的诗作：

亚伯拉罕必须杀他
被确切无疑地告知 -
以撒是个顽童 -
亚伯拉罕老矣 -

(*1332)

狄金森重塑了基督教虔诚的死亡观念——以此，坚定而贞洁的灵魂，与自己和上帝和平共处，最终毫无反抗地陨灭——融入她发明一新的阴森恐怖的挽歌之中。死亡对她而言是个巨大的谜，灵魂被分离，而尸体变成令人蒙羞之物：用她的警句来说，“泥土是唯一的秘密”(166)。她盯着棺材里的尸体，“啊，让它动起来 - ”(1550)，她按照上帝创造亚当的步骤，一步步逆向戏仿，建构了关于复活的病态幻想。死亡是她攻不破的墙，是她掀不开的面纱。送葬者把尸体摆放好了，“然后就是可怕的空闲 / 来整理信仰 - ”(*1100)。她知道信仰不能被“整理”或控制；它要么在，要么不在。对狄金森而言，死亡是个难解的谜语，“一个谜语，到最后 - / 睿智，不得不去 - ”(*373)。狄金森自己的睿智，既理性又独立，使她终生与那个谜语僵持不下。死亡所造成的人的消亡，无法破解，这驱使狄金森投入创作，一首首诗作，一支支挽歌。

*

在对自然和死亡的书写上，狄金森的成就远远超过了同时代的美国诗人（除了惠特曼）；她对基督教的大胆批判，对其观念的全面审视，在同时代诗人中是独一无二的。狄金森反思人类头脑的力量，随后对上帝做出了最为犀利的评价：

头脑－比天空宽－
因为－把两个放在一起－
一个会容纳另一个
轻而易举－还包括－你－

头脑比海洋深－
因为－把它们装起来－蓝对蓝－
一个会把另一个吸尽－
像水桶－遇到－海绵－

头脑跟上帝一样重－
因为－拎起来－一磅对一磅－
二者若是有区别－就如同－
音节有别于声音一样－

(598)

这首诗前两节平淡无奇地道出了一个浪漫主义的声明：头脑之宽广不仅能包容和吸收自然现象（天空、海洋），还可以包容和吸收感知这些现象的人——“还包括－你－”。但这两节显然是为第3节而存在的，在第3节狄金森放弃了自然现象，转而验证上帝这一观念。头脑和上帝是什么关系？她放弃了包容和吸收的隐喻，进而考量头脑和上帝这两个举足轻重的事物。她说，它们的重量相等——我们把二者分别放在两只手上，就像一架天平的两端：一磅对一磅，它们彼此等值。头脑不是包容或者吸收对方——它只是在重量上与之相等。但难道我们没有发觉这两者的区别吗？是的——这种区别就是语言：上帝通过自然发声，而唯有人类的语言通过音节发声。诗人存在的意义是在智性的音节里重构那可归属于上帝的非智性的声音。这种自夸——音节高于声音，因此头脑高于上帝——假定，神明在力量上被人类超越了。狄金森这种对音节的渎神式的崇拜，使我们想起了惠特曼对身体同样渎神式的崇拜："如果我崇拜一件事物远远多于另一件，那就是我自己的展开的身体，或其中的任何一部分。"（《自我之歌》第24篇）两位诗人都被迫去思考，抛开宗教，还有什么值得崇敬之物。他们的答案，虽在具体内容上分道扬镳，但在否定由来已久的造物主优越论方面，却携手并进。

当狄金森面对爱情，第三个让她难以释怀的主题，她渴望突破陈词滥调的愿望就遇到了最大困境。爱情来了，如同一个惊喜——"我本以为自然就足够 / 直到人性来了"（1269）——她的早期爱情诗有停留于感伤情调的危险：

可怜的小小的心！
他们已将你忘记？
那也别介意！别介意！

高傲的小小的心！
他们已将你抛弃？
不如满心欢喜！满心欢喜！

(214)

起初她不仅依赖于感伤的表达，也依赖于斜体字，比如在《如果*他消融*》里，她派遣了一位使者给她心爱的人送信：

说－一个小生命－为了*他*－
滴淌着－红色－
*他的*小猎犬－告诉他！
他是否关心？

(251)

如此无奈地依靠斜体字来表现诗中的情感悸动，这表明年轻的狄金森曾一度不知如何更好地传达不幸的体验。不过，她最终写出了一首关于心碎的冷峻诗歌，对于在爱情和婚姻的感伤传统中成长起来的女性，这是一个凯旋。在她的成熟诗作中，她更喜欢书写爱的流逝：

我活着不能跟你一起－
那将是生活－
…………
我死去－不能跟你一起－
…………
我升天－也不能跟你一起－
…………
因此我们分离着相会
你在那里－我－在这里－

(*706)

这是她最有名的爱情诗的梗概，而被剥夺的性爱成为她挖掘最深刻的主题之一。她创作了一系列虚构的婚姻叙事，比如“神圣的头衔－属于我！／妻子－没有标签！”(*194) 和“我是‘妻子’－已结束从前－/那另外的状态－”(225) 等，随后，她认识到她的诗歌之所以历久弥新有赖于这一信条：“感知一物，其代价／恰是，失去此物。”(1103) 每一次丧失都促使她再一次发明创新；正如约翰逊博士所说（还是在《瓦勒传》里），“诗歌的本质是发明创新”。但狄金森所采用的形式或许不会让约翰逊博士感到满意：他接着写道，诗歌提供的乐趣“来自展示自然那迷人的部分，而隐藏其令想象感到厌恶的部分”。狄金森的写作当然包含了那迷人的部分，但她也并不排斥令人反感的部分。她不隐藏爱情内在的痛苦，为了追寻那个对应物，她甚至用扬抑格诗体（“一股股涌流，……／猩红的实验！”）模拟一只云雀，因被情人控诉不忠而“劈开”身体，血液从动脉汩汩喷涌：

劈开云雀－你会发现音乐－
银波里流转着，一颗颗圆球－
吝啬地分配给夏日的清晨
只为你的耳朵预留，当鲁特琴已旧－

放出洪流－你会发现它分明－
一股股涌流，只为你蓄存－
猩红的实验！多疑的多马！
现在，你还怀疑你的鸟儿不真么？

(*905)

尽管这首诗没有脱离歌咏爱情之苦的女性抒情诗传统，但其愤慨的语气却绝不是传统的。尽管“灵魂有被捆扎的时刻－”（*360）参与了死亡之舞的女性哥特传统，但在狄金森设计的情节里，其性别意识比我们预料的更加直白。由于女性讲述者怀疑她的爱人不忠，于是在她心里，爱人被幽灵取代。她饱受怀疑的折磨，感到“被一种鬼魂般的惊悚击中，／它停步，盯着她看－”，然后

> 用长长的手指，向她敬礼－
> 抚摸她渐渐冻僵的头发－
> 那哥布林妖怪，从那一度令恋人
> 流连的－唇上－啜饮－
> 不配，一个如此卑下的想法
> 搭上一个－如此美好的主题－
>
> （*360）

狄金森以各种各样的方式遭遇这一类诡异之事，她思考内心闹鬼的幽灵［如《人不需要一间屋子－来闹鬼－》（*407）］。

*

在她自己保留的完善的抄本里，狄金森没有使用常规的标点符号（不过她寄给朋友的诗作则通常采用常规标点），而是（大多时候）用小短线来连接短语甚至单词。她的小短线有许多功能。如在《我活着不能跟你一起－》（*706）里，小短线成为分离的法令：“你在那里－我－在这里－”。很明显，逗号（“你在那里，我，在这里”）不能产生相同的效果，那种痛苦的距离感。或者，当诗人对一个表达有所修正，然后进入另一个表达时，小短线可以暗示连续中的间断，创造一个半插入语：“你曾侍奉天国－你知道，／或曾勉力为

之 -”。一个有预兆的小短线也可能纠正了后面的叙述:“我们路过下落的夕阳 - //或不如说 - 他路过我们 - ”(*479)。如果一首诗以小短线作结,则尤其意味深长。狄金森显然愿意采用一些正常的标点符号,比如在合适的时机采用问号和感叹号——“你敢看‘白热’时的灵魂么?”(*401)或者“欢快的,阴惨的,节日!”(*341)她也同样愿意用句号来描述一件已经完成的事件:

> 知更鸟从不为面包屑
> 回报任何音节
> 却把女士的名字长久保存
> 在银色的史册。

(810)

但狄金森几乎总是以小短线来结束一首诗作。最后的小短线究竟传达了什么?通常是某种存在状态的延续:“先是 - 冰冷 - 然后麻木 - 然后撒手 - ”(*372)。有时表示动作的延续:“麻醉剂也无法终止牙齿 / 对灵魂的啃噬 - ”(*373)。其他地方,结尾的小短线通向无限:

> 当钟声停止 - 礼拜 - 开始 -
> 钟的 - 确定 -
> 当齿轮 - 停止 - 那是圆周 -
> 轮子的 - 终极 -

(601)

总之,诗歌结尾的每一条小短线都是邀请,邀请读者去思索它可能暗示着什么意味。由于狄金森的许多手稿现已遗失，我们只能依靠狄金森诗歌的早期编者或收件人对这一部分诗歌的转录。在这种情况下，通用标点也会出现，但我们无法确定这是不是狄金森自己使用的。例如，这首著名的无法确定日期的诗作《我的生命在终结前已终结了两次》（*1773），其手稿已遗失，我们现在看到的是梅布尔·托德的转录（来自另一个转录的文本），其中有一个分号、几个逗号和两个句号：

我的生命在终结前已终结了两次；
尚需等待，不朽
是否将第三个事件
向我揭开，

如此巨大，无望，无从想象
正如前两次，从天而降。
离别是我们对天国的全部所知，
也是对地狱的全部所求。

也许吧——不过，很有可能狄金森原诗的手稿是这样的：

我的生命－在终结前－已终结了两次－
尚需等待，不朽
是否将第三个事件
向我揭开－

如此巨大－无望－无从想象－
正如前两次，从天而降－
离别－是我们对天国的全部所知－

也是对地狱的 - 全部所求 -

两个版本比较一下，哪一个看起来更狄金森呢？从结尾的小短线里可以推测出什么托德的句号做不到的意味？结尾的小短线似乎假定了一种地狱，它仍在延续，伸入当下之中，因为离别的剧痛在哀悼的灵魂中持续着。尽管这个例子纯属推测，不过，在狄金森的原始手稿中隐藏着她的思维过程，它不仅藏在用词中，也藏在那些神秘的小短线里。

*

当我们第一次与狄金森的一首诗相遇，我们会感觉到有某种东西——虽然未经分析——在劝说我们重视词语和声音的那种安排。我们发现某种人类的感性——或人类的预感，我们既无法识别也无法记起：

预感 - 是草地上 - 长长的阴影 -
表示太阳渐渐下沉 -

通知惊惶的小草
黑暗 - 就要经过 -

(487)

读到《预感 -》，我们也许会把自己的个人经验带入狄金森象征性的“代数学”，并觉察到她所暗示的那个结局正步步逼近——背叛、疾病、死亡。读过狄金森的诗作，再看到草坪上悠长的阴影，我们几乎不能不想起那惊惶的小草和令它害怕的黑暗，也不能不想起那个抽象词“预感”(Presentiment) 的拉丁语特征（暗示不祥之兆）。阅读狄金森的诗歌，随着数量的增多，渐渐地，她那抽象和形象的奇特交织，她那出人意料的交谈口吻（从严肃的到轻快的），开始浸染着、充溢着我们周围的空气，无论是自然的、智性的，还是道德的。被一首诗作折服之后，我们开始自问，诗人是怎么做到的，竟让人难以忘怀。好奇心促使我们以美学的方式来分析贯穿于诗作中的感性力量，于是，我们再一次被折服。就这样，经由它们的感性和它们的策略两条路径，我们得以进入狄金森的诗歌，成为她的“斜落的光”(*320) 的领受者，领受“内在的差异－/意义就在，其中－”。

23 奉蜜蜂－

奉蜜蜂－
与蝴蝶－
与微风之名－阿门!

In the name of the Bee -
And of the Butterfly -
And of the Breeze - Amen!

这首轻快却亵渎神明的小诗，戏仿洗礼仪式的三位一体①套语，源自耶稣对门徒的诫命［《马太福音》(28：19)］：他们应当行动起来，为万民施洗，“奉父、子、圣灵的名”(in the name of the Father，and of the Son，and of the Holy Ghost)②。这个套语以三位一体的教义为基础，但狄金森这个自然界春天的三位一体是以什么为基础呢？就像我们起初所想的那样，是以头韵：Bee（蜜蜂）、Butterfly（蝴蝶）、Breeze（微风）③，把她的诗连成一体的。可是，如果狄金森的依据仅仅是头韵的话，其实还有很多以辅音 B 开头的名词，她也可以取用，比如以“Birds”（鸟）取代“Bee”，以

① 三位一体，基督教教义。

② 这个句子，有时译作：“奉圣父、圣子和圣灵之名。”本书所引《圣经》的中译本，皆采用目前通用的“简化字现代标点和合本”，不再单独加注。

③ Bee、Butterfly、Breeze 这三个词语的第一个辅音都是［b］，因此构成了头韵。

"Buttercup"（金凤花）取代"Butterfly"。看来，我们还需要一点好奇心，来探究一下这三个名词的深意。

狄金森这里假定了牧师的权威，是他以"奉父、子、圣灵的名"宣告施洗仪式开始，然后以一声"阿门"完成这个仪式。作为上帝的代表，他在19世纪的基督教城镇里占据至高的精神地位，甚至高于法官或市长。正因狄金森确信她自己在心智上和美学上的权威，所以她才能够挺身反抗教会，尊奉自然而不是教会的三位一体，无论看起来多么异想天开。此诗的权威性被表达得如此甜美，以至于我们起初只觉得美妙动听，随后才觉察到其中的讽刺意味：把喜剧和讽刺融为一体是狄金森许多早期诗作的特点。

狄金森诗歌的最初的两位编者①认为这个短小的祷文不会是一首完整的诗作。既然狄金森把三首小诗抄写在同一页纸上，于是，编者就把这首小小的三行诗粘在这一组诗歌的最后，合成为一首诗。的确，一首如此短小的诗作，难免会让人想一想，究竟什么才称得上一首诗。以这首《奉蜜蜂－》来看，我们不得不说，一首诗首先需要想象。在这首短诗里，我们看到了一、二、三、四个方面的想象。

第一，诗人想到了一个主意，要戏仿一下基督教用语，以"阿门"作结，以保留其原始出处的痕迹。第二，诗人决定以三个名词替代三位一体中的三个称谓。第三，诗人必须让这三个名词彼此相关，让这个组合具有"某种意味"，就像父、子、圣灵组合那样。"Bee"（蜜蜂）和"Butterfly"（蝴蝶）都是有生命的事物，都被命名且采用了首字母大写形式，如大写的"Father"（父）与"Son"（子）一样；而"微风"是气流，如"五旬节"②的圣灵一样。第四，

① 梅布尔·托德（1856—1932）和托马斯·希金森，他们于19世纪90年代合作编辑并出版了狄金森的第一批诗集，共三部。

② "五旬节"，又称"圣灵降临节"。据《圣经·新约》：耶稣复活后，第40日升天，第50日差遣圣灵降临，门徒领受圣灵后开始传教。

被选择的名词必须有某种“精神”特质，必须是“真实的”同时又是象征性的；蜜蜂（表示“存在”）、蝴蝶（表示“灵魂”，也就是复活的灵魂）、微风（表示“精神”），三者都符合这个标准。在想象力积极运转的同时，耳朵也在细心考查，为这一串声音（Bee、Butterfly、Breeze）建立联系，以取代那个“家族式的”三位一体组合。

狄金森让世俗的施洗仪式在开阔的田野举行，她的耳朵向蜜蜂的嗡鸣敞开，她的眼睛投向蝴蝶的飞舞，她的肌肤任春天的微风轻抚；可是，她让基督教的三位一体跟蜜蜂、蝴蝶和微风配对，也就自然而然地给它们赋予了神性。狄金森在这里施洗，奉自然的权威而非上帝的权威，为她自己的想象力施洗。

［J 18］

32　清晨比往日更柔顺–

清晨比往日更柔顺–
坚果由淡转深–
小浆果的脸颊越来越鼓–
玫瑰已离开小镇。

枫树围上了更艳丽的头巾–
田野穿上了绯红的长裙–
为了不显得太守旧
我会戴上一个小饰品。

在这里我们看到狄金森列举了一个清单，然后发现它逐渐变得隐晦、狂放或古怪。这个清单从一类事物奇怪地转到另一类：一天中的一个时段、高高的坚果树上的果实、贴近地面的浆果藤蔓上的果实、不在场的玫瑰、一棵垂直的树、一片水平的田野。面对这个异质杂陈的系列，我们起初推断不出诗人的想法，但随后恍然大悟：这是一个清晨，狄金森出门散步，我们的眼睛跟着她的眼睛移动。她首先注意到，在"更柔顺"的阳光下，清晨的样貌变了，这个对比告诉我们，她在回看那个现已离去的季节：夏天。她抬头看看颜色变深的坚果，低头看看"越来越鼓"的浆果（二者都暗示济慈的《秋颂》中的诗行：秋天到来，"鼓起了榛子的壳 / 以一枚甜美的核”）[1]；她叹息那夏日玫瑰的“柏拉图的理式”[2]已经不在，它们之前曾把玫瑰花园装点。接下来，对比转移到颜色；她的视野开始（像济慈一样）延伸到果树园和玫瑰花圃之外，她朝上面望去，看到枫树变红了，然后又朝水平的田野眺望，一片绯红（因为盖着落叶吗？）如果说浆果圆鼓鼓的脸颊（像婴儿一样）或许没有明显的性别特征，但这里的玫瑰无疑是位女士，戴着围巾的枫树以及穿着长裙的田野，也是女士。狄金森采用“gayer”[3]（更艳丽的）这个比较级，以肯定秋季的色调更加生动，以平衡她在第1节首行提出的对比：太阳表现得“meeker”[4]（更柔顺的）了。狄金森这里罗列的单子，像济慈《秋颂》开头部分的单子一样，从家宅周边移动到远处的农田，季节的变化带入了新的景观和特色，引导着诗人的探索。

作为此番观察的结果，狄金森认定她应当参与到这一场自我装饰的热潮之中。她要戴上一条“更艳丽的”头巾吗？她要弄一条更鲜艳的新“长裙”穿上吗？她的结论落在柔顺和艳丽之间：一个小饰品是艳丽的标示，但又不那么高调——大概算得上柔顺之类吧。她对强加于女人的时尚不以为然，但又承认她注意到这条法则变幻莫测；她也会顺从地观察新的样式，但不会屈从于艳丽花哨。“小饰品”（trinket）是典型的狄金森式的低调：小饰品不像绯红的长裙那么大幅张扬，也不像“更艳丽的围巾”那么抢眼。“时尚变了，我注意到了，我也会顺从一些，但我要采取我自己的新英格兰方式；我让步，戴上一个小饰品，但不会接受一条绯红的长裙。”拒绝过度，不论是花哨的服饰还是抢眼的色彩，狄金森为自己确定了一个安心的位置。

---

① 济慈（1795—1821）《秋颂》中的句子如下：“plump the hazel shells / With a sweet kernel”，亦可参考查良铮的译本：“鼓起了榛子壳 / 好塞进甜核。”

② 狄金森此诗中的“玫瑰”采用了首字母大写形式：Rose，大概是考虑到这一点，本书的作者文德勒认为，这里暗示了一种抽象的玫瑰观念，类似“柏拉图的理式”。

③ “gayer”，这里译作“更艳丽的”，它也常常指“更快乐的”。

④ “meeker”，这里译作“更柔顺的”，它也带有“更谦恭的”意思。

狄金森的原则是暗示而非直陈，由动作的先后来主导清单的次序。她让诗歌看起来像是对一个朋友报告这里的情况，朋友此时不在城里，但熟悉城里以往的景观：清晨更强烈耀眼、浆果尚未丰满、坚果还是淡淡的颜色。我们可以想象一下，狄金森因其装扮“守旧”——或因其“守旧”的诗体风格——而受到责备。此诗为她本人的风格做辩护，暗示我们在她的诗歌里可以发现一些“小饰品”，那些在祖先的旋律中不曾出现过的现代因素。她把自己描画为一个低调小首饰的佩戴者，这幅揶揄的自画像从“小饰品”这个出其不意的词语里呼之欲出。最后一个音节“-et”让这个词听起来，虽然仍是珠宝饰品，但就像一个最微不足道的装饰：纯属装饰性的，缺少“头巾”或“长裙”的那种实用功能。如果狄金森宣称她会戴上一双实用的新手套，那么她与众人的最重要的区别就顿时落空了。尽管枫树和田野生机勃勃、时髦一新，明显更胜一筹，但狄金森的幽默在于，她让枫树围上了一条 GS（gayer scarf，更艳丽的头巾），而田野呢，穿上了一条 SG（scarlet gown，绯红的长裙）：它们都乖乖顺从了惯例，不过是反转了一下；从“scarf”到“scarlet”是一个短促的跳跃。只有“trinket”避开了两者——以“-et”应和着“scarlet”（绯红），同时在外形和语音方面参与到包围着狄金森的时尚氛围之中。

虽然这是狄金森的喜剧，但我们看到她喜爱自然景色的交替变迁，这首诗至少还有这样一层意味：有所失（更灿烂的阳光、漂亮的玫瑰），在艳丽中亦有所得。尽管态度不偏不倚，但中间部分有一个巨大的空缺。秋天的一切是其前身的延续，它们只是更柔顺、更饱满或更艳丽了。但玫瑰确实不在了，不论是她自身弱化还是强化的形态，都不在了。她之前所在的地方，现在一无所有。丧失常常会激发补偿；但对于玫瑰的消逝，想不出任何补偿的方式。就算狄金森表达得再温和（“玫瑰已离开小镇”），这缺席还是挫败了周围一切“可感的”彰显季节特征的尝试。玫瑰（Rose）永远是爱神

（Eros）——诗人对变位词[①]总是敏感的——这里，我们读到了一首献给爱神的哀歌。

这首诗一韵到底，写得精巧，起初可能看不出来。“brown”（深棕）、“town”（小镇）、“gown”（长裙）构成一串完美的音符，但结尾的装扮，像狄金森一样，则朴素得多，只是一个简单的“on”（戴上）。

［J 12］

① 变位词（anagram），指字母完全相同，排列顺序不同。这里，Rose 和 Eros 两词都由这四个字母 r、s、o、e 组成，完全相同，但排列顺序不同，所以二者构成了变位词。

90　一副变化的表情在山峦周边－

一副变化的表情在山峦周边－
一种提尔的紫光把村庄溢满－
一幕更壮阔的日出在黎明－
一片更幽深的暮色在草坪－
一个印迹来自朱红色的脚－
一根紫色的手指在山坡－
一头浮躁的苍蝇在格子窗－
一只蜘蛛的生意又开张－
一串加倍的昂首阔步发自雄鸡－
一种花儿处处皆可期许－
一阵斧头的尖叫在林中唱响－
羊齿草的香气在未涉足的路上－
这一切以及更多我无法讲述－
一种诡秘的表情你亦谙熟－
而尼哥底母的难解之谜
收到它的答复一年一度！

狄金森不用标题，她最初的两位编者给此诗加上了标题“四月”，这未免让我们蹙额叹息：一个标题可以多么彻底地预先毁掉一首诗作。这是一首清单诗，随着空白画布被一点点渐次填满，读者始终处于猜谜状态，而这首诗的审美旨趣正在这里。“一副变化的表情”可以描述任何季节的来临。我们不甚清楚“提尔的”[①]紫色是在什么时候进入村庄的，日落时分吗？“更壮阔的”日出也无法解开我们的疑惑，狄金森究竟在写什么——可能暗示夏季吧？“幽深的”暮色或许指冬季。君临一切的女神的“朱红色的脚”或许暗示秋季的树叶。甚至“紫色的手指在山坡”，既可能与春天相关又可能与日落相关。不过，狄金森很快就抛开了这个猜谜语的游戏，转向了沉思，在苍蝇和蜘蛛之后，提供了一个不可置疑的与春天相关的角色——雄鸡及其“加倍的昂首阔步”（就像在约翰·弥尔顿的《欢乐颂》里，它的前辈，一只雄鸡，“在众女士面前昂首阔步”）[②]。读到那个发光的诗行“一种花儿处处皆可期许－”，我们便脱口而出：“啊，这首诗写春天。”是的，不过，它最显著的特质是让开头的谜语保持悬念，吸引读者去留意那一系列既抽象又玄妙莫测的变化、放大、加深的景象。若是添加了标题“四月”，狄金森的谜语就失效了。而且，“四月”并非与春天紧密相依。

此诗中的清单与《清晨比往日更柔顺－》（*32，J 12）中的清单有相似之处，不过，我们注意到这里的清单更多样，也更复杂。狄金森那敬畏和醒觉的意识给她的自然风光（前6行）带入一种幸福感，我们觉得自己正进入一种单纯的室外景观。可是，随着轻浮的苍蝇（以及他的头韵：flippant fly）闯了进来，我们从音调和空间两方面都受到震动，随即进入一种完全不同的境域。可笑的苍蝇以及他的同伴——也就是勤劳的蜘蛛以及昂首阔步的公鸡——告诉我们，春天唤醒了大自然的壮丽，也唤醒了家庭生活的欢笑。这种幸福在“一种花儿处处皆可期许－”的富足中达到顶峰。“处处”满足

---

① 提尔（Tyre），地中海南岸的一个城市，以生产紫色染料著称于世。在古代，提尔城属迦太基王国，现属黎巴嫩，今译“泰尔”，在《圣经》中曾译作“推罗”。

② 约翰·弥尔顿（1608—1674），英国诗人，其诗作《欢乐颂》（1632年）里有这样的句子：春天里，一只雄鸡“在他的众女士面前昂首阔步”。

了全部期许。

可以说，狄金森刚把这花儿带进来，随即就杀死了它。确切地说，不是花，而是树（花儿的表亲），被“一阵斧头的尖叫”杀死，这森林的武器满不在乎地，一边唱歌一边杀死了树木。然后，在狄金森令人费解的清单中，出现了神秘的“羊齿草的香气在未涉足的路上”，似乎暗示令她向往的一个未被发现的国土。清单的最后一项是她的不可思议的“诡秘的表情”，由那个共谋的收信人窥探到了，一位恋人，她本人的“诡秘的表情”让人间之春的爱欲的目光形成一个完美的圆环。尼哥底母的典故出自《约翰福音》(3: 1—21)：他是一个法利赛人，他不想被其他法利赛人看到，就夜里来见耶稣。或许他秘密造访耶稣之事就是狄金森“诡秘”一词的来源，这个词在她的诗歌定稿中只出现过这一次，虽然她曾经在《春天的泛滥》(1423, J 1425) 里考虑过这个词，但最后将其否决了。

借助尼哥底母，狄金森可以把她的春天的奥秘与内在重生的奥秘结合在一起。耶稣对尼哥底母说：“人若不重生，就不能见神的国。”尼哥底母相当合理地反问道：“人已经老了，如何能重生呢？岂能再进母腹生出来吗？”耶稣回答说：“人若不是从水和圣灵生的，就不能进神的国。”自然物种“重生”，于春天返回，以相同的形体；因此，如果有人质疑（如狄金森所做的）耶稣的重生，就会发现“尼哥底母的难解之谜”被彻底解开了，自然界一年一度的苏醒，从字面上回答了这个难题。尼哥底母来自迥异的语境，从《福音书》中被召唤出来，与浮躁的苍蝇和公鸡做伴，这未免令人吃惊。我们以为见到了那些处处可以期许的花儿，我们就已破解了狄金森的谜语，其实不然。狄金森的谜语既是大自然的也是精神上的：如何发现精神和欲念的重生呢？她没有把尼哥底母交给施洗的水或圣灵，而是把他交给了期许的花儿（以及她清单中其他的事物，喜剧的并且温柔的）。她把精神自然化了还是把自然精神化了？对此，我们难以判断，对狄金森来说，二者经常是交织在一起的。

“朱红色的脚（foot）”肯定不是人的脚，而是春天的玫瑰色的脚，不过，就像那个与之押头韵的“紫色手指（finger）”一样，它为风景染上了“人的”色彩，为人的“表情”做了铺垫。

这首诗以清单的方式罗列了花样繁多的事物，皆以对句形式紧密地组合起来（这是一种原始的形式，正如春天是季节的开始，不过，它也是智性的，正如尼哥底母的提问和耶稣的回答一样）。如果没有押韵的话，我们几乎无法把雄鸡（chanticleer）和“一种花儿处处（everywhere）皆可期许”联系起来，可是，一旦我们看到押韵，我们就明白了狄金森的用意：让幽默感与春天的气息相合相契。

［J 140］

122　这是鸟儿回归的日子 –

这是鸟儿回归的日子 –
寥寥无几 – 一只或两只 –
前来回顾。

这是天空复归的日子
那古老的 – 古老的六月的诡辩术 –
一个蔚蓝和金黄的错误。

哦，诡计，骗不了蜜蜂。
你那貌似的合情合理
几乎诱使我信以为真，

直到成排的种子前来作证 –
轻柔地，穿过变换的空气
一片胆怯的叶子匆匆。

哦，夏日的圣典，
哦，那薄雾中最后的圣餐礼 –
请允许一个孩子加入 –

分享你神圣的象征－
品尝你赐福的面饼
还有你永生的酒！

These are the days when Birds come back -
A very few - a Bird or two -
To take a backward look.

These are the days when skies resume
The old - old sophistries of June -
A blue and gold mistake.

Oh fraud that cannot cheat the Bee.
Almost thy plausibility
Induces my belief,

Till ranks of seeds their witness bear -
And softly thro'the altered air
Hurries a timid leaf.

Oh sacrament of summer days,
Oh Last Communion in the Haze -
Permit a child to join -

Thy sacred emblems to partake -
Thy consecrated bread to take
And thine immortal wine!

虽然这首诗在狄金森所有的定本中都排为6节，不过，按照韵脚来看，则划分为三部分，除第1—2行之外，都是整齐的 aabccb 韵脚："Bee…plausibility…belief""bear…air…leaf"，两个四音步对句，每个后面都跟随着一个三音步，由韵脚把两个诗节绑在一起，构成了三组。在狄金森的诗作中，这种结构只用过这一次，不曾重复。

这首诗直接向"印第安夏日"[①]（这是最初的编者为它添加的标题）说话，来回数次。狄金森称呼这个季节为"哦，诡计""哦，圣典""哦，圣餐礼"，这几个别称，简要概括了她的情感变化。她从远处开始，以第三人称描述它："这是……日子……这是……日子。"不过，对于这个季节，她无法保持这种"客观"的评判，她起初将它称作"古老的–古老的六月的诡辩术–"（就好像六月是操控真理的诡辩哲学家，他似乎承诺蔚蓝和金黄的天空是永恒的），随后又将它命名为"一个错误"（似乎六月是一个错误的预言）。狄金森反驳了济慈的怜悯之词（"直到他们相信温暖的日子不会终结"[②]），她为蜜蜂的智慧辩护，认为它们没有被骗，她响亮地断言，这个季节的"诡计"（就好像"印第安夏日"是一个狡猾的骗子）不会让蜜蜂上当受骗。

不过，她自己如何呢？她一度被这六月的"诡辩术"迷惑，在秋日短暂的回返中她起初只是看到了一个"诡计"，现在她将愤恨抛开，承认她对此心怀感激，为这意想不到的回返，那是一种温暖，之前已令人绝望地离去。像鸟儿一样，她做一番"回顾"；以一贯坚定的客观态度，她连续替换了她的带有同情意味的形容词："final"（最后的）和"parting"（分手的），因为"final"宣布了终

---

① "印第安夏日"：在北美新英格兰地区的9月底到11月中旬期间，虽然已进入秋季，甚至过了霜降，但有时候天气突然回暖，仿佛回到春夏之交，当地人把这样的日子称作"印第安夏日"。

② 此句出自济慈《秋颂》第1节。

结，而“backward”（只表示方向）和“parting”（情感上以人类为中心）则没有。

第4节出现了“直到”，引入了确定性，秋天确实来了，随着种子前来为花儿的消失“作证”，“胆怯的叶子”，害怕那种坠落的体验，“轻柔地……匆匆”落到地面，当秋风摇动着树枝。此时狄金森为什么转向“孩子”呢？因为只有孩子能感受到那种天真的宗教信仰，成年人的怀疑无法与之分享。作为一个孩子，诗人可以恢复她对圣餐礼的信念，相信面饼和酒是基督的肉和血。这个孩子参加她“最后的圣餐礼”，她“分享”宗教象征，“品尝”面饼和永生的酒，而那个成年的她则在温柔的记忆中旁观着孩子的信任。狄金森以“take”（取）替换了之前的“break”（掰开），那个积极掰开一个面饼的意味被丢下了，采用了一个更中性的动词“take”，它直接取自前面的亲缘词“partake”（分享）。既然这个圣餐礼是虚拟的，她就可以享用其中的象征意味，但她不可以掰开一张实际的面饼。此诗让一种孩子般的信仰在想象中被允许，这样一来就巧妙地跟此前的诗节构成了一种既矛盾又认可的关系：大自然以诡辩术承诺永恒的快乐（春天、爱情、青春），成人已不再沉迷于这个承诺了。是的，在秋日的薄雾中，她可以再次梦想那无忧无虑的信仰，可是那信仰已不再有效，除非在乡愁的追忆之中。

为什么狄金森让她的6节诗同时保持一种三分结构（由韵脚标记）以及二分结构（以“Till”这个词为节点）？6节结构表示情节发展在时间上的切分，从“这是……日子”到“最后的圣餐礼”；三分结构（由“这是”、“哦，诡计”和“哦，圣典”开启）追溯了她的情感变化，从客观到愤愤不平再到向往；而庄严的二分结构（以“直到”划分，种子是可靠的见证）把我们引向了那个顶点（“印第安夏日”的慰藉）然后再从那里返回（真正的秋日的“变换的空气”）。狄金森经常在一首诗里组合两种或两种以上的“构型”以提醒读者注意被叠加在一起的每一种划分都有各自的重要性，每一种都是真实的，都在表情达意。因此，我们在这里同时阅读着三首诗，分别是六部分、三部分和两部分。

结尾的韵脚“join”（参与）和“wine”（酒）是传统技法，而插在中规中矩的韵脚中间的那些斜韵“back”（回）、“look”（看）和“mistake”（错误）则完全是狄金森的。单音节和双音节的韵脚词是四平八稳的，而单音节词“Bee”（蜜蜂）与五音节词“plausibility”（貌似合情合理）的韵脚却是“不平衡的”，它表现了坦率的真实和复杂的欺骗之间的对比。

[J 130]

124　安卧在他们的汉白玉舍 -

安卧在他们的汉白玉舍 -
不被清晨触及 -
也不为正午所动 -
沉睡着，复活国的温顺子民，
丝缎椽子，石头屋顶 -

岁月浩荡流转，
在它们上方的新月里 -
世界舀出道道圆弧 -
苍穹 - 划动 -
王冠 - 掉落 -
总督 - 投降 -
无声如小点，
落于雪花盘上。

这首名诗的第2节现存三个版本（见下）。按照狄金森最新的编者富兰克林推测（他编定的“阅读版”狄金森诗集收入的每首诗作皆以狄金森手稿的最后版本为准）①，这首诗的最后版本是狄金森于

① 本书所选狄金森诗作皆出自富兰克林“阅读版”。详细文献信息，见本书《附录：第一手文献》。

1862年抄送、寄给希金森的那一版，其中，第4行的第一个单词是“Sleep”（沉睡着）；不过，在诗人为自己制作的“诗笺”（第10册）中，她最后抄录的定稿（大约1861年）是“Lie”（躺着）。此前，大约1859年，在诗人抄录的第一个版本（“诗笺”第6册）中，采用的是“Sleep”。在我看来，诗人在寄给希金森的版本中选用“Sleep”，是因为它符合常规的宗教表述：“to fall asleep in Christ.”（在基督里睡了）。在《哥林多前书》（15：17—18）里，保罗说：“基督若没有复活，你们的信便是徒然，你们仍在罪里，就是在基督里睡了的人也灭亡了。”这暗示，死去的基督徒将从睡眠中醒来，他们的信仰不是徒然，因为基督复活了。既然狄金森对复活表示怀疑，可以推测，她因此修改了1859年的版本，以拒绝直接引用保罗的句子，代之以“Lie”，按惯例，墓碑上的文字往往以此开篇：“Here lies”（这里躺着）——这样一来，她就反驳了保罗关于复活的说法，而是强调了被埋葬的肉体。这首诗若编入未来的诗集，我建议采用“Lie”。1862年此诗刊发于《春田共和报》[①]时，采用的是“Sleep”，而且添加了一个具有基督教意味的标题“The Sleeping”（睡眠），暗示着未来的复活，于是，那个基督教词语就获得了加倍的效果。

这首诗亵渎神明不仅在于狄金森把“Sleep”修改为“Lie”，而且第2个诗节（“诗笺”第6册的版本，不是富兰克林的“阅读版”）充满高度的反讽，大自然的声音无法触及那“迟钝的”（stolid）死者：

---

① 《春田共和报》是当时阿默斯特镇乃至新英格兰地区最有影响力的一份民间报纸，1824年创刊，在塞缪尔·鲍尔斯（1826—1878）任主编期间达到顶峰。诗人从少年时代起就阅读这份报纸，该报对其心智的成长起到了难以估量的影响。主编鲍尔斯是狄金森全家多年的好朋友，与诗人的兄嫂二人关系尤为密切，他们一生往来频繁，书信不断。诗人本人与鲍尔斯也保持了频繁的通信往来，并与之分享过40首自己的诗歌。长期以来，一直有人推测鲍尔斯是狄金森三封神秘的“主人书信”的收信人，但缺乏证据。

清风轻盈地嬉笑
在它们上方，她的城堡里 -
蜜蜂嗡鸣在迟钝的耳畔，
甜美的鸟儿吹着懵懂的小曲 -
啊，何等的睿智灭亡在这里！

狄金森录制了欢快而又“懵懂的”大自然的力量制作的声音（清风的嬉笑、蜜蜂的嗡鸣、鸟儿甜美的吹奏），把空间栖居的区域描述为“城堡”，于是，赋予了大自然那贵族的（虽然不是无意识的）人格以优越性，胜过了地下的尸体那迟钝的聋哑状态。那反讽的铭文——“啊，何等的睿智灭亡在这里！”也驳斥了保罗对复活的确信。他关于复活的非此即彼的表述——死者将灭亡，基督若没有复活——恰好引用在本诗节的最后一行。“睿智”灭亡了，而大自然之嬉笑懵懂却永远持续，永恒复活。

1861年，狄金森的嫂子苏珊·狄金森（Susan Dickinson）批评了第2诗节，于是，狄金森就给她寄上了一个新版本，以“Lie”替换了第1诗节中的“Sleep”，并重写了第2诗节，从偏狭的墓地中，令人兴奋地跃起，进入开阔的宇宙时空，于是，死者的无足轻重就被彻底暴露无遗了（哪怕他们是君王或总督）：

岁月浩荡流转 - 在它们上方 - 在那新月里 -
世界舀出道道圆弧 -
苍穹 - 划动 -
王冠 - 掉落 - 总督 - 投降 -
无声如小点 - 落于雪花盘上 -

Grand go the Years - in the Crescent - above them -
Worlds scoop their Arcs -

And Firmaments - row -
Diadems - drop - and Doges - surrender -
Soundless as dots - on a Disc of snow -

狄金森对小短线停顿的使用在这里取得了最佳效果。每一个都暗示一个发问的思绪在寻觅恰当的词语，一边逐一观察着接踵而来的事件。死者上方的世界现在不是一个大自然的天堂，而是一个禁止入内的无法触及的黄道带中的新月；是世界而不是我们发明了它们的轨道，在空中舀出了它们的圆弧。我们的苍穹是单数的，而这里的苍穹是复数的（Firmaments），它们在空间的海洋中划行。当一个女王（这里，更像是女王而不是国王，与总督构成一对，“总督”毫无疑问是男性）死去，她的王冠会怎样？从她垂下的头上掉落。那个威尼斯的权贵如何？向死亡那至尊的力量投降。狄金森用相互交织的头韵把一连串死亡捆绑在一起，以加强它们的不可避免性［首先是以“d”代表 Death（死亡），然后以“s”，也许代表 cessation（终止）］：“Diadems drop…Doges…dots…Disc; surrender…Soundless…snow.”。那些以“d”开头的词语（“drop”除外）包含着“s”（“Diadems”“Doges”“dots”“Disc”），而那些以“s”开头的词语（“snow”除外）包含着“d”（“surrender”“Soundless”）。这个灭绝的铰链紧紧地编织扣合在一起，任何人也无法逃脱它的控制。

然而，为什么是小点和雪花？它们是狄金森最模糊隐晦的抽象词。她的雪花，如一个圆盘，显然是扁平的，在这里可能指太阳、月亮或星球的表面或“面孔”，如眼睛所看到的样子（见《牛津英语词典》的“disk”词条，4a）。远远看去，我们的星球在死亡的极地之光中，俨然我们的满月，一个白色的圆盘，冰冻为雪花。“小点”，那圆盘的微缩版，落在上面，就好比雨滴落在雪花上（几乎没有颜色，几乎跟圆盘的表面分不清楚，随即迅速消失）。在这个宇宙的距离中，人的死亡，哪怕是王冠掉了，也根本听不到声音。尘世中的王权变更可以改变世界，但从宇宙的遥远的观察视角来看，完全无足轻重。正如许多读者所指出的，狄金森的想象一旦向外延伸到宇宙圆环的领域，就会获得最大的力度。

可是，苏珊并不喜欢这个极好的替换版本（“但它跟闪着幽幽的微光的第1节不相配，之前的版本也是如此”）。尽管苏珊试图说服狄金森把两个版本都放弃（“第1节自身即已自足，无须其他，它无可匹配”）。固执的狄金森仍送来了一个新版本（后来誊写到“诗笺”第10册），并附了一张便条：“这个是不是更冰冷？”诗人确证死者之死亡状态，他们被“遮暗”而不仅是“睡着”，这给“汉白玉舍”带去新的寒意，现在没有任何滑如丝绸的安慰。这屋舍如此冰冷，哪怕春天的暖风遇上他们，也会瞬间僵直，那些富贵的汉白玉已化身为纪念碑上的大理石，冰霜为窗，阻断了视线，而那扇门，永远不会打开：

春天－晃动那基石－
但－回声－僵硬－
白霜－为窗－麻木－为门－
黑暗部落－在大理石的帐子－
岁月的钉子－钉牢－在那里－

正如虔诚的小镇居民以为他们在坟墓里可以“安然”，那些“部落”以为他们是游牧的，那些容他们葬身的“帐子”只是暂时钉上了钉子，直到他们搬进天国的大厦，在那里“必发光如星，直到永永远远”［《但以理书》(12:3)］。可是，他们进入了黑暗，他们的布料“帐子”僵直，如春天的回声，化为僵硬的大理石。不仅如此，岁月流逝，死者并没有动一动。正如在《他们让我们彼此远离－》(*708, J 474) 中，那一对等待赴死的人的“钉牢的脚”，被无法追忆的钉子固定在他们的坟墓里。苏珊对这个诗节的反馈没有留下记录，但希金森在1890年将此诗发表于《基督教联盟》时，刊印了完整的第一个版本，并附上了狄金森寄给他的第二个替换版本，并点评道：正如富兰克林告诉我们的，这个诗节“意境极佳，不容错过”。

狄金森继续修改这个新的替换诗节，并将这个修改后的版本抄写到她的“诗笺”（第10册），可是没有任何记录表明她曾寄给苏珊。修改后的版本带上了极地场景，变得更加冰冷、绝对，令人胆寒，在它完全封闭的沉默中，甚至一只复活的鸟鸣的僵直回声也不允许。虽然狄金森做了让步，极地的春天可以造出一点动静，稍暖的阳光可以让寒霜“松动”，让冰凌“爬”出洞穴，但是，人类的死亡是无可逆转的；没有任何太阳升起，点亮其午夜或温暖其寒冷：

春天－晃动封条－
可是沉默－令其僵硬－
寒霜松动－在北方地带－
冰凌－爬出极地洞穴－
大理石里的午夜－
将太阳－否决－

虽然狄金森用了复数太阳［Suns，可能是为了避免联想到基督教“太阳”（sun）与“儿子”（son）的双关］，但这个持续永恒的不允许太阳继续升起的午夜，彻底而坚定地驳斥了复活。这里的“太阳”（Suns，每个早晨总是照常升起）可能类似哲学命题（比如莎士比亚《李尔王》中的爱德珈所谓“最糟转为嬉笑”），但是死亡的逻辑永远地、一劳永逸地否决了它们（这里根本不存在那种临时的或表面上的驳斥）。

狄金森在诗歌的首行，以辛辣的反讽表达了那个虔诚的基督教信念：人在死亡之舍里安卧。我们知道这里是反讽的，因为说话人以她自己的反面说法即刻纠正了这个天真的信念：“安卧”造成了与一切生命，甚至太阳，彻底隔绝——死者，晨光触不到，暖暖的正午也碰不着。即便他们耐心、“温顺”、愿意等待那个伟大的清晨（意味着复活），可是那个清晨永远不会来。以过去的信仰，他们以为自己是一种精神集会的成员，也就是那个最后审判日的复活聚会，可现在每个人都孤零零地躺在坟墓里。如今，阿默斯特的公墓里躺着狄金森的家人，诗人也躺在那里，那些“复活国的温顺子民”，在她看来就像是祖先或兄弟。只有她自己，作为一个不信教者，从那个家族群落中孤立出来，对那虚幻的信仰发表着评论。

［J 216］

129　我们的生活是瑞士－

我们的生活是瑞士－
如此安静－如此冰凉－
直到某个奇特的下午
阿尔卑斯山疏忽了窗帘
我们得以遥望！

意大利站在对面！
可是，像个守卫－
神圣的阿尔卑斯山－
迷人的阿尔卑斯山
永远插在中间！

很难理解最初的编者为何给这首诗加上了“阿尔卑斯山的光辉”(Alpine Glow) 这个标题：诗中的阿尔卑斯山并不闪亮，虽然被遮挡的*意大利*可能是闪亮的，如果你能抵达那里的话。狄金森经常想象某个不透明的事物遮挡了视野或妨碍了接近。这里，挡在中间的阿尔卑斯山云遮雾绕，甚至让人无法推测山的那边有什么；但如果它们撤掉了防卫，忘了关窗帘，你就可以看见，在关塞那边，有一片令人心醉的景致。阿尔卑斯山区那白色的、安静的、冰凉的生活始终不受打扰，除非你感到可能有某种暖意，但你非得越过那片山脉不可！阿尔卑斯山，以其石碑一般的形象，插在我们和我们的欲望中间，俨然“摩西十诫”：“神圣的”阿尔卑斯山说“你不可”。正如越是被禁止的越是最渴望的，所以，它们也是“迷人”(siren)的阿尔卑斯山，酷似荷马史诗中那些用歌声诱惑水手、致其毁灭的女妖塞壬。把两个诗节连为一体的声音是“s”：“Swiss”（瑞士）和“still”（安静）引领出一种得体、静谧的声音；但那些形容词则互为对立：“solemn”（神圣的，表示道德上的权威和义务）和“siren”（迷人的，表示越轨的情色渴望）。

此诗以三个带感叹号的句子向我们展现了道德的两极。第一个句子表达了云开雾散之后景色一览无余的那种兴奋之情；第二个句子表达了令人向往的伊甸园景象，若不是上帝用喷着火舌的剑（见《创世纪》3：24；这里转化为世俗世界的阿尔卑斯山）把我们挡在外面的话；第三个句子表达了令人叹惋的绝望，在那个令人诅咒的“永远”一词里，绝望之情呼之欲出。《失乐园》向我们承诺，伊甸园终究会失而复得，那个“更伟大的人”（弥尔顿的“上帝之子”）会将它“还给我们，重获那个极乐的座位”。而狄金森却不提供这样的承诺，我们一旦被放逐就永远被放逐了。

第1节是中规中矩的抑扬格，第2节开篇“Italy（意大利）…！”采用了扬抑抑格，就好像喊出了一个发现，但随即（“While like a”采用了反向扬抑抑格）又被吐着火舌的剑制止了，接下来的两句则平缓地回到开始的抑扬格节奏。起初，阿尔卑斯山似乎是女性的，它们“疏忽了它们的窗帘”，就像狄金森自己可能也会发生这样的疏忽。但随着它们变身为一个“守卫”，类似《创世纪》中的伊甸园门口那可怕的“基路伯天使”(Cherubim)，它们又被男性化了。那两个押头韵的形容词“solemn”（神圣的）和“siren”（迷人的）也重复了男性和女性的张力，一个代表神圣的权威，一个代表女妖的诱惑，然而，二者其实都属于一个共同的道德之域：禁止的和被禁止的。如果说这首诗是狄金森对《创世纪》的重写，那么，没过多久，她又将这种失望重写了一遍，表达了对有情有色的伊甸园的向往。在这首诗（205，J 211）里，她稳稳地采用了复沓的扬抑格，其音步节奏取自那个扬抑格的主导性名词“Eden”（伊甸园）：

慢点来吧－伊甸园！
未曾对你启用的双唇－
羞怯地－啜饮你的茉莉－
如令人眩晕的蜂儿－

迟迟靠近他的花儿，
围着她的卧房低吟－
数点他的花蜜－
进入－迷失在香膏里。

第1节的音步为3－3－4－3，第2节则变为3－3－3－4，最后的两个小短线模仿蜂儿缓缓扎进花朵的节奏。

［J 180］

134　若是蓝铃花对恋人蜜蜂

若是蓝铃花对恋人蜜蜂
松开了她的腰带
蜜蜂会不会像从前一样
对蓝铃花顶礼膜拜？

若是"乐园"－经劝说－
交出了她的珍珠护城河－
伊甸园会不会仍是伊甸园，
伯爵会不会－仍是伯爵？

这是一首没有被诗人收入"诗笺"的早期诗作；虽完整（用铅笔写），但没用钢笔"保存"，或许因为狄金森对其质量不够满意。这又是一首伊甸园诗作，开篇的"恋人蜜蜂"是早已人格化的意象，与之配对的意象是一朵欣然解开带子（这里即是腰带）的花朵。但狄金森接下来转入人类的现实世界，引入了"伯爵"和他的女性"乐园"。狄金森此处嘲讽的对象是婚前性行为，中产阶级的禁忌——不是因为担心怀孕而是因为担心失去对女性的尊重。社会羞耻感总是习以为常地（比如在《红字》里）与失去贞操的女人连在一起，但似乎没有人问一个女人是否会尊重一个"堕落的"男人，或诗人是否应该谴责他，像谴责她一样。

第1节的言外之意是没有人会提出这个荒谬的问题（因为在大自然的社会里没有性道德或性习俗，更谈不上什么“顶礼膜拜”了），可是，人类的情况则不同。在第2节，狄金森选定了英国人的最高等级“伯爵”［选择这个词可能是出于韵脚的考虑：“earl”（伯爵）与“pearl”（珍珠）押韵］。如果男人是个伯爵，那么按习俗来推断，比这个男人的条件更为理想的女人应该叫什么呢？那只能是人类心目中最美好的地方——“乐园”了吧？狄金森暗示出：女人是一颗珍珠（由她的“护城河”环绕着），就像乐园的十二个门一样：“十二个门是十二颗珍珠。每个门是一颗珍珠。”［《启示录》(21：21)］狄金森首先提问：依照习俗，自愿顺从的女人一旦松开了她的腰带，她还是不是“伊甸园”；接着，她追问了一个从未被追问的问题，如果发生了婚前性行为，一个伯爵是否也会蒙受羞辱。狄金森明白，人类的社交世界为一个放荡的贵族提供了极大的自由，他们做梦都想不到会把一个失去童真的伯爵挡在客厅的门外。

狄金森狡黠地把两个反讽的问题并列呈现，照亮了那些庄严的词汇，教会和家庭往往用这些词语来论述贞操的重要性。四个斜体字各有侧重：“顶礼膜拜”暗示教会；“经劝说”暗示求爱的社交方式；“是”提出了一个哲学问题，关于存在状态在发生性行为之后的改变；“伯爵”质疑道德等级的稳定性。扬抑格的运用模仿了疑问助动词的通常语调：“Did… Would… Did… Would”（若是……会不会……若是……会不会），两个诗节采用完全相同的句法结构，两相对照，将第2个诗节中的第一个问题置于荒谬的境地。狄金森的第一代编者给这首诗添加了一个温和的标题“占有”(Possession)，这个标题显然过于中性了；关于性行为，狄金森这里提出了一个颠覆性的观点：女人和男人所犯的过错，并不比蓝铃花和蜜蜂的过错更重。只提问不回答，将成为狄金森日后欣然自得的一大源泉。

［J 213］

138　高声战斗，是多么英勇－

高声战斗，是多么英勇－
但我知道，更勇敢的
其胸膛里装着
悲伤的骑兵－

其赢，民族看不见－
其败－无人注意－
其弥留的眼睛，没有国家
致以爱国的礼遇－

我们相信，羽翼的队列
就是为此，天使们行进－
一排排，以平稳的脚步－
还有雪的制服。

为了更深入地体会狄金森如何处理默默无闻的英雄这个主题，可以对比一下霍普金斯[①]的一首十四行诗，两首诗主题相同，霍普金

① 霍普金斯（1844—1889），英国19世纪诗人，其诗作生前不曾发表，直到1918年出版《诗集》后才引发关注，逐渐被公认为具有原创性的大诗人，他在诗歌韵律上的创新，特别是他的“sprung rhythm”（通常译作“跳韵”）对现代诗影响深远。

斯的主人公（最终被封圣）是谦卑的耶稣会的庶务修士看门人阿尔方索·罗德里格斯。像狄金森一样，霍普金斯也以军事战争来对比。

为丰功伟绩，我们常说，荣光彪炳，
那英勇冲杀，曾磨损了盾，割伤了肉，
此刻，让口舌赞颂，让铜管奏响，
为勇士，铸造这光荣的一日。
为基督，也为殉道士，他们这样颂扬；
可若是内在的战斗，若是我们挥动的旗帜
看不见，那英勇的胸膛硬如钢铁，不外露
大地听不到声响，纵然是最惨烈的战场。

跟这些张扬的诗行相比，狄金森的风格显得多么直白，甚至幼稚，她采用的是最初级的抑扬格节奏："高声战斗，是多么英勇 - "。我们拭目以待，看她以这样的声调怎么往下写，诗意如何拓展。狄金森凭直觉引入了天使，同样，霍普金斯在结尾处提到另一个领域，也就是精神领域，颂扬那些无声的英雄：上帝公正地评价这样的人生，他

能让生涯充满征服，那个世界没有
任何事件发生，一年又一年时光流过，
马约卡的阿尔方索守着那扇门。

我们注意到霍普金斯的诗，风格渐趋直白：前8行以军事行动描述光辉灿烂的英雄壮举，其措辞和句法与那种活跃的人生相辅相成；而对于沉思默想的人生（最后一次对武功致以敬意之后，他的用语转向了圣徒那充满征服的生涯），一种没有事件的世界，则采用了更为质朴的风格。

我们再回来看狄金森，发现她把两种英勇放在一起加以对比，一种“高声”，一种沉默，她采用了两种措辞，起初正面（“更英勇”），然后，出人意料，采用了负面方式，就好像她用正片做了一个负片（就像印制摄影胶片一样）。活跃的英雄的胜利是从民族的视角看到的，他的失败是同志们有目共睹的；他的死被他的国家尊奉为“爱国”。这位无声的英雄（或男或女），在内心里面对强大的悲伤的骑兵，过着一种默默无闻、缺少敬意的人生：没有民族目睹这样的胜利，没有同志为这种失败悲悼，没有荣耀的国家带着感恩的爱戴之情注视那弥留的眼睛。诗歌首行的说话人用幼稚的语言讲述外面的战斗；第二段的说话人决心否定这种战争英雄的神话和众人的致敬。此时，出现一个僵局：如果狄金森不用军事用语就无法以复杂的方式评价英雄主义。那么，她能怎么办呢？这里，我们惊讶地见证了语言的奢华，她竟然说，天使军团（“一排排”，从天使长到六翼天使）以“羽翼的队列”致敬。“羽翼的队列”是此诗中一个最有文学色彩的词语（用毛茸茸的翅膀来描绘天使的特征，羽毛是王权的符号）。军队的制服总是带颜色的，各种耀武扬威的色彩，对此，狄金森一定注意到了，但天使不需要用制服标明它们的归属或炫耀它们的力量。它们纯而又纯，几乎是透明的，穿着“雪的制服”，以“平稳的脚步”滑行，不会引起任何注意。

把第1个和第2个诗节绑在一起的首语重复法（无名者）——“其装着……其赢……其败……其弥留的眼睛”——我前面已经说过，起初是正面的，然后是负面的，但是这个“其”（who）都指无声的英雄（或男或女）。最后的诗节丢开了首语，这样，对那无声的内在的勇士的描绘就摆脱了任何关系从句的限定。她把视线从现世的漠然转向天国的奖赏，在那里，向死者致敬的队列是一支天使团，而不是士兵和铜管乐队。狄金森说“我们相信”，而我们会想起丁尼生在《悼念集》[①]中的“我们相信”，其中，“相信”一词总是掺杂着怀疑的色彩：

噢，不过我们相信，不知为何
善将总是恶最后的目标……

看吧，我们什么都不知道；
我只能相信，善终将到来
最终——远远地——最终，为所有人，
每个冬天终将变为春天。

丁尼生以绝望结束了他的诗章（“一个婴儿在夜里啼哭”），而狄金森则将信任维持到最后。起初是第一人称单数“我”（“但我知道，更勇敢的”）最后是复数“我们”（“我们相信，以羽翼的队列”），这个人称代词的变化促成了向宗教信任的转换：她的声音成为一个民族的，而不是某一个诗人的声音。为了让两个声音合二为一，合情合理，狄金森让两组句子（第2行和第4行；第10和第12行）使用同一个韵脚，采用相同的元音［know（知道）、Wo（悲伤）、go（行进）、snow（雪）］，把它们联系在一起。以她敏锐的耳朵，她这样做并不是不经意的，按照她自己的标记，从“我”到“我们”的转换是融合而非区分。

［J 126］

① 阿尔弗雷德·丁尼生（1809—1892），英国维多利亚时代的著名诗人，1850年出版代表作《悼念集》，同年11月，成为桂冠诗人。《悼念集》是一首长篇组诗，由133个诗章构成，悼念1833年英年早逝的好友哈勒姆，发表之后，深受读者喜爱，甚至打动了维多利亚女王。

165　我从未见过“火山”－

我从未见过“火山”－
然而，听旅行者讲
那些古老－冷漠的山峦
通常是多么平静－

里面却装着－恐怖的军火库，
枪炮，火光，和烟尘－
把村庄当作早餐，
还有惊恐的人－

是否那火山一般的平静
在人的面孔上
而下面是泰坦式的痛苦
外表却安然无恙－

是否，最后，阴燃的痛苦
会压制不住，
而发抖的葡萄园
被抛进一片烟尘中？

是否某个深情的古文物学家，
在收回日的清晨，
不会兴奋地呼喊，“庞贝”！
对着那复归的山峰！

这首诗讲述了受苦者心中压抑的“泰坦式的痛苦”，那张“人的面孔”在痛苦面前波澜不惊。狄金森一直在阅读济慈的作品：他1820年发表的长诗《海伯利安》便描绘了溃不成军、在痛苦中抽搐的泰坦神（第二卷，第22—28行）。其中最强悍之辈，展现出一种“火山一般的”痉挛。他们

被关押在喘息艰难之地；
被囚禁于无光之境，
他们牙关紧咬，手足被紧锁
被限制，被扭曲，爬满钢铁的脉络；
一动不动，除了他们硕大的心
在痛苦中起伏，可怕地痉挛，
和着血脉里炽热沸腾鲜红的漩涡。

狄金森诗中的主人公明显面不改色，心中却沸腾着由济慈掀起的血之漩涡，宛如爆发在即的火山中翻腾的岩浆。狄金森为受苦者做出的预言，正是这样一种爆发：“阴燃的痛苦”将把“发抖的葡萄园”夷为平地，抛在烟尘里。这似乎是一首讲述失恋或出轨的诗，伴随着拼命的克制。在《我不会低声抱怨，若是到最后》（1429，J 1410）一诗中，狄金森描写了她自己身上类似的情感压制，因为她向自己的密友们隐瞒了一个秘密（在一首写给朋友凯瑟琳·安森却显然并未寄出的诗中）：

> 泄露隐情会让我的心安宁
> 却会把他们的心蹂躏 -
> 为什么，凯蒂，背叛者可以发声 -
> 而我的 - 却消散 - 于眼泪。

连背叛都被允许发声；可是，正如《第十二夜》中的薇奥拉提到的那个女孩，“从不诉说爱意，/而是让隐瞒，像花蕾中的蠕虫一样/啃食她粉润的脸颊”[①]；狄金森《我不会低声抱怨，若是到最后》中的诉说者与《我从未见过“火山”-》中的受难者，都被心中隐藏的秘密摧毁了。

在诗中，狄金森将人的内心生活或明或暗地比作一座火山。她对“一种平静的火山生活”（517，J 601）的沉思以骇人的大爆发告终：火山“嘶嘶的珊瑚红色”，那些“从不说谎的嘴唇”，稍一动作便“裂开又合上/城市逐渐消失”。但在先前的这首《我从未见过“火山”-》中，狄金森依然能设想出一个幸福的结局。在想象的过程中，她“亵渎神明地”重新定义了最后那天的所作所为，将上帝对死者所做的“复活”（resurrection），改成了“收回”（resumption），也就是死者自己主动取回肉身，开始新生。在“收回日的清晨”，庞贝古城亦将重现。召唤它的不是天使加百列的号角，而是“深情的古文物学家”的声音（也许是那个死去的爱人，其永恒的离去导致了坚忍面庞下无法忍受的悲痛）。他会“兴奋地呼喊”，呼唤心爱的庞贝古城回到她古老的群山怀抱，再也不受任何伤害。

在这首复杂的诗中，最后3节是一个长长的假设，也就是说：“如果在这张人脸上看到的不是安详，而是对痛苦的克制，那么郁积其中的痛苦是否终将战胜坚忍，摧毁平静背后颤抖的心灵？如果不会，那么在复活前的最后一天，是否就不会有深情的古文物学家兴

---

① 见莎士比亚《第十二夜》第2幕第4场。

奋地呼喊那‘复归’的庞贝？”我们想问，狄金森何必要错综复杂地叙述可能发生的心碎呢？诗中的句法强迫听众得出“是”的回答——“是的，痛苦终将爆发，将跳动的心脏烧成灰烬。但庞贝会复生，再一次与深情的古文物学家生活在一起”。可是狄金森一向怀疑来生的存在，并不会对未来做出如此自信的预言。相反，她必须诉诸假设性的猜测，以及她想象出来的“收回日的清晨”。

对最后3节的假设加以扩充之后，我们就能更好地理解前面两个诗节了。这两节声称能够代表旅行者对不爱外出的发言者讲述火山爆发：通常静止的山峦其实深有蕴藏，里面装的东西既像军事破坏中最骇人的引擎，又像神话传说中喷火又吃人的龙。通过这两组比喻，群山的生命力加倍了：它们是造成破坏的武器（枪炮、火光、烟尘），但它们也是“把村庄当作早餐”的怪兽。狄金森在第2个诗节中做出了一个奇怪的举动，在军火库和众人之前都加上了“appalling”（惊恐的）这个词。这个词既是形容词又是动词：恐怖的军火库令人惊恐不已。这种进攻与回应的精准对应，将烈火与受害者复合成了一个毁灭与被毁的组合。而这种组合又被同一个诗节中“gun”（枪炮）与“Men”（人）的残忍韵律强化了。

一旦在心中经历过真正的火山爆发，曾经的传说变成了暴烈的现实，狄金森身上那种天真无邪的幼稚（“我从未见过……那些古老－冷漠的山峦……把村庄当作早餐”）便消失了。当她试图（用含糊的假设）预言自己的未来时，她的语言变得前所未有的错综复杂（从庞贝城的葡萄园被维苏威火山摧毁，到埋在地下的城市被考古发掘，再到基督教复活的情节被纠正）。她“天真烂漫”的开端似乎总是在为一个深奥微妙的结局做陪衬。

[J 175]

181　受伤的鹿－跳得最高－

受伤的鹿－跳得最高－
我听猎人这样讲－
那不过是死亡的痉挛－
随后灌木丛静寂！

岩石受击要喷涌！
钢板被踏要反弹！
脸颊终日绯红
只因肺痨叮咬！

欢笑是痛苦的盔甲－
它以此小心防护，
以免有人窥见血
惊呼“你受伤啦”！

请看一位欢乐的家庭成员——情绪无常、豁达开朗、双颊粉润、表现欲十足。是什么原因导致了如此张扬的社交活力？其实是因为她生活在悲痛之中，内心焦灼、遭遇重创践踏，几乎就要被苦痛吞噬，却不想要别人的同情。为了让自己的苦楚不被察觉，她采取了一种欢乐的态度，在世人眼前藏起仍在流血的致命伤口。五个感叹号却将她情态中的不自然凸显了出来。“怎么会，”她想知道，“他们怎会不知道我真正的感受？难道他们没有像我一样被告知，异常的高跃，对一只鹿来说，代表的不是活力而是死亡的剧痛吗？难道他们没有在《圣经》中读到过，沙漠里的岩石必须被摩西击打才能喷出水来吗？难道他们想象不出，从阵亡士兵身上落下的凸面盾牌，在被骑兵踩踏时是如何一次又一次地回弹吗？难道他们不知道，脸颊上狂乱的潮红是肺结核的标志吗？当他们看到我高兴得如此不自然、就像条件反射一般时，怎能猜不出背后的致命原因呢？”但是为了避免他们察觉真相、说出同情的话来，她便用由欢乐做成的连锁盔甲武装自己——并且过于成功地令自己刀枪不入。与永远穿着这种社交盔甲相比，为已然遭受的伤痛丧命反倒还容易些。

狄金森将“小心”(cautious) 一词用作状语——“痛苦小心地用欢乐的盔甲防护自己，以免有人窥见她的血”，引发了一连串挥之不去的印刷错误、更正和替换。这个词相继被替换为“cautiouns”“caution”“cautious”（而后又被打印机“更正”为“cautions”）“cautious”“caution”。直到1945年，随着狄金森诗集《旋律的闪电》的出现，这首诗才有了固定的正确形式。这一小处变幻莫测的编辑问题延续了55年之久，代表了狄金森文本给编辑们带来的诸多困难之一。狄金森的语法特色令首次编辑工作颇为不易，例如本诗便以虚拟语气（“Arm”，防护）替换了一般现在时（“Arms”）。

我在对这首诗的阐释中写道，“她用由欢乐做成的连锁盔甲防护自己”，但这并不准确。这几行中的“欢乐”其实是带有讽喻性的：“欢乐是痛苦的盔甲-”。“痛苦”代表下一行中的“它”：“它（痛苦）以此小心（地）防护（它自己）。”这两行连在一起成为一句格言，笼统地总结了之前的各种过度流露（跳跃、喷涌、反弹）。在那种格言模式下，狄金森很可能会一如既往地延续到最后。但这首诗却一反常态，果断回归到家庭场景，以及可能暗藏在那里的令人苦恼的同情之中。“你受伤啦”，这样的口语与“欢乐是痛苦的盔

甲 –” 这样的枯燥警句猛烈碰撞，一如真实的血液侵入她隐藏病情的决心。猎人、鹿和灌木丛为本诗的开头营造了一些现实感，显眼的血液则在结尾完成了同样的使命。在首尾之间，受难者寻找了更多的例子——岩石、钢板、脸颊，但她却从未试图将受伤之鹿的小寓言写得生动起来，哪怕只是粗略的叙述。在那些例子当中，一切都已经结束了：岩石已经被击打、钢铁已经被踩踏、脸颊也已经满是病容。

这首诗最引人注目的风格特征，便是连续的末尾轻音节。“highest”（最高）、“gushes”（喷涌）、“redder”（绯红）、“Anguish”（痛苦）这些词的发音，模仿了关键的双音节词“wounded”（受伤）。至于“death”（死）和“blood”（血）这两个反常的“末尾重音节”词，有人可能会说，它们都被有意缩短了，本来就比前面那四个词少了末尾弱音节。生命的突然休止通过单音节词“death”表达了出来，又被单音节词“blood”威胁恫吓。

[J 165]

187　穿过磨难的笔直关口

穿过磨难的笔直关口
殉道士的步伐平稳－
他们脚踏诱惑－
他们面朝－上帝－

一队庄严的－被赦免的伙伴－
骚乱在四周发作－
安然无恙如流星－
擦过行星的束带－

他们的信念，永恒的约定－
他们的期待－那么美丽－
朝向北方的指针就这样
跋涉－穿过极地的空气－

在这首诗中间，我们目睹了发生在天上的惊险一幕：一颗行星挂在天空，缚在它既定的轨道中，突然间一颗流星带着未释放的能量与它擦肩而过。不过，这场突发的骚乱并未伤到这颗行星，它毫发无损，继续运行。狄金森始终知道“骚乱在四周发作”，不论它是源自疾病还是死亡、悲伤还是失落、愤怒还是疯狂、疑惑还是恐惧。每当她处于高度兴奋状态时，这电能便会令大气充满生机。在这带电的风暴之中，由大自然之美或情感的暖流所引起的短暂平静，则是她倍加珍视的时刻。尽管如此，神经的震颤依然令她时刻警惕着焦虑和快乐之间的摇摆状态。当疼痛令神经麻木之时，她还得提防神经的死亡。骚乱似乎已经盘踞在她的生活中，而她则颤栗不已地摆脱了它最猛烈的袭击。她嫉妒那些殉道士。因为当遇到宛如斩首之斧、燃烧烤架的暴力流星时，信仰能使他们免受伤害。但那种嫉妒是百味杂陈的，她不愿意与殉道士共享“极地的空气”。她选择了殉道士而非圣徒作为主题，因为他们是“证人”这一类词的词源，公共圣徒，如果你愿意这样说的话。当他们在绝境中受苦时，其他人看着他们，感受启迪教化。哪怕在死亡面前，他们的信仰也可堪检验。

殉道士踏着“平稳”的步伐，就像在《高声战斗，是多么英勇 -》(*138，J 126) 中，那些天使羽翼的列队的“平稳的脚步”，为未被歌颂的内在生活中的逝者。什么也打扰不了他们，什么也影响不了他们。他们已经征服了魔鬼的诱惑，将其踩在脚下。那场胜利中即便有过斗争，现在也没有任何冲突的痕迹留下。他们征服邪恶时似乎一帆风顺，他们的信仰中不含一丝恐惧。像狄金森一样，乔治·梅瑞狄斯[①]也思考天上的力量，那种冷漠的安详，他痛批了一幅在卢浮宫看到的拉斐尔画作。画中的圣迈克尔正举矛刺向恶龙路西法：

在巴黎，在卢浮宫，我看到
那羽翼华丽的天使将矛尖向
俯卧的路西法，刺去。他样子凶猛，
呈现了一场精彩的搏斗吗？简直太平静了！

---

① 乔治·梅瑞狄斯（1828—1909），英国维多利亚时代的诗人和小说家，以小说《利己主义者》闻名于世。

…………

啊，路西法，若恶魔与人类真要较量，
他们不会赢得这般轻松。
这些虫已奋力长出半蛇之身，
待长成半人，便大功告成。

在拉斐尔的画布上，平静的圣迈克尔周围充满了“骚乱”：在背景中，可以看到一座燃烧的城市；在圣迈克尔身后，则是怪兽和地狱般的痛苦场面。当龙在长矛下尖叫时，年轻的圣迈克尔如冥想一般镇定，不受这些苦痛的任何影响。

狄金森笔下的殉道士以坚毅的姿态，走向并非天文概念中的天空。与大自然的天空不同，这个天空里没有险恶的流星。殉道士是无罪的：他们是被赦免的，过往的任何罪恶皆已被免除。他们威严庄重，似乎不知道激动是什么意思。对他们来说，塞莫皮莱①意味着“磨难的笔直关口”，但他们没有一直被困在痛苦之中，而是走上了那条通往上帝之路。他们坚信期望会得到回报，并且坚信上帝关怀的“永恒的约定”——狄金森对此感到困惑，只好四处寻找可与之类比的事物来促进理解。经由她的描写，作为隐喻的罗盘概念已几乎被摧毁。罗盘针不会“跋涉”过任何介质，却总是毫不费力地指向北方。但要想进入神灵所处的纯粹甚至非人的极地空气，却需要努力（狄金森可能想到了北极探险中的那些几乎无法克服的困难）。殉道士“跋涉”过苦难，仿佛穿过一股深流。上帝在极地等待着他们。殉道士只有一个目标——“他”的存在。在向他前进时无论必须忍受何种痛苦，他们都知道方向所在。他们内心的罗盘永远指向那值得为之牺牲的苦寒极地，他们的眼睛紧盯目标。

我之所以一直用一般现在时讲述殉道士，是为这首诗狡黠的手

---

① 塞莫皮莱，希腊东部一多岩石平原，古时曾是一山口。

法所迫。一开始，殉道士肯定是过去的产物，动词“trod”（脚踏）的时态表达出了他们传奇的过往。但随着诗进入第2节，他们周围的气氛便是以现在分词来传达，也就是“骚乱［永远］在四周发作”。而在第3节中，狄金森原本可以用系动词来定义时限，但却拒不使用，从而将读者的注意力从殉道士的过去性上移开，给予他们某种永恒的见证：“他们的信念，［当时是，永远是］永恒的约定－/ 他们的期待［当时是，永远是］那么美丽－”。而在结尾，“wades”（跋涉）一词用一般现在时表现永恒不变的前进步伐，这个隐喻又将殉道士放在了我们眼前，他们的挣扎仍在继续，他们坚定的面孔转向了一种超人类的理想。狄金森的想象既表达了他们的过去性，又暗示了他们作为榜样的永恒性，将他们与正在现世受苦、更加世俗化的殉道士相对比。

［J 792］

194　神圣的头衔－属于我！

神圣的头衔－属于我！
妻子－没有标签！
严峻的等级－授予我－
髑髅地女皇！
尊贵－只缺一顶王冠！
许配－没有上帝派给
我们女人的晕眩－
当你－握住－宝石对宝石－
金子－对金子－
出生－做新娘－穿寿衣－
一天之内－
“我的丈夫”－女人说－
奏出这旋律－
是－这样说吗？

［A版，1861年］

神圣的头衔，属于我。
妻子没有标签－
严峻的等级授予我－

髑髅地女皇－
尊贵，只缺一顶王冠－
许配，没有上帝派给
我们女人的晕眩－
当你握住宝石对宝石－
金子－对金子－
出生－做新娘－穿寿衣－
一天之内－
三重胜利－
“我的丈夫”－女人说
奏出这旋律－
是这样说吧－

[B版，1865年]

这首诗的A版（1861年）：带有四个感叹号和一个斜体字，以问号结尾。B版（1865年）：没有感叹号、没有斜体字、没有明确的结尾标点，只不过出现了另一个小短线。当狄金森诗集阅读版付印时，编者富兰克林决定印刷每首诗的最后一个版本而非第一个版本。这样一来，读者看到的是与1861年版截然不同的诗。A版躁狂亢奋，用了一连串庆祝胜利的感叹号（当它们不是自吹自擂时）。B版则几乎删掉了除小短线以外的所有标点，并用“三重胜利－”声明了所有感叹号的含义。狄金森将A版寄给塞缪尔·鲍尔斯，并附上了一条消息：“这是－我不得不‘告诉你’的－你不会告诉别人吧？荣誉－是它自己的抵押品－”。4年后，狄金森又将B版寄给了她的嫂嫂苏珊。在两个版本之间，她有着足够多的时间（也许还有足够多的失望）将思想和诗文冷却下来。第一个版本所用的标点总是得意扬扬，我认为似乎在精神上更接近诗中那些挑衅的词语，所以我将它印在了更为镇静的后期版本旁边。塞缪尔·鲍尔斯对狄金森的声明和密信有何回应，我们并不知晓。我们也不知道狄金森被“许配”给了谁，或者为什么她在“做新娘”的同一天又“穿寿衣”，又或者为什么代表死亡的“穿寿衣”应该构成“三重胜利－”的一部分。

这首诗的中间部分，向读者呈现了一幅传统婚礼的图片：新娘和新郎牵着手，结婚对戒并排相靠，每一只都是镶着石榴石的金戒指。在那样的场景下，新娘体验着来自上帝或是由上帝派给女性的“晕眩”（因为喜悦、因为成就、因为性的满足）。而狄金森的订婚却没有获得这种神圣祝福的认可，正如她在本诗开头想象或重述的那样。与此相反，她在那可怕的无形婚礼上收到了这三样东西：一个称号（妻子）、一个头衔（女皇）和一个阶级（尊贵）。但她也缺少三样东西：婚姻的“标签”（结婚戒指），与阶级相对应的王冠，以及新娘一般会获得的、由神灵赐予的肉体满足之“晕眩”。到目前为止，这首诗在第一部分中展示了“我的婚礼”，第二部分展示了“她们的婚礼”。第三部分则总结了狄金森极度压抑的、无人性的情爱生活：“出生－做新娘－穿寿衣－”，在我看来，这引人注目的警句似乎被1865年加入的大胆宣言“三重胜利－”毁掉了。这个警句中的三个过去分词显示，生命才刚开始便结束了，婚嫁之喜的发生日正是那种喜悦的死亡日，就像婚纱变成了同样是白色的裹尸布。虽然狄金森在描述任何婚姻时都未曾提及，但婚纱的形象却不免跳了出来。狄金森给自己写的墓志铭，作为她一生的完整陈述，“应该”作为这首诗的结尾。但是，因为她特别喜欢对称，所以在墓碑上概括了她的矛盾婚礼之后，她又回到了传统婚姻中。她在诗中插入的不是“我，如此如此，婚配你”的仪式，而是新婚妻子在仪式之后第一次说出的“我的丈夫”。狄金森不能大声说出这些话，因为这是她遭受的最大剥夺。她可以没有头衔、戒指、王冠，甚至可以没有晕眩（神魂颠倒），但她想要这句话。她以如此复杂的骄傲、占有、要求、吹嘘、渐强的方式爱着这些词语，以至于当从妻子嘴里念出来的时候，它们会在发音的同时“奏出”旋律。由于“我的丈夫”这句话在任何寻常的词汇意义上都没有旋律感，所以当它们被女性说出时，只能通过语调来赋予旋律。狄金森在这首诗中尝试着说出这句禁语，并要求她的读者去听。她尝试着真实地念出这两个禁词，哪怕自己的嘴唇从没说过：“*是这样说*吗？”她大声念出了禁语，又用带有解说性的“*这*”来指出。肯定答复不能由她自己来给，必须由能判断她的念法是否像常人一样“奏出这旋律－”的人说出。在这个版本中，本诗的结尾明显地转向了证婚人（这是她婚礼中缺失的另一个成分），并提出了一个真正的问题。狄金森后来删除了斜体字和问号，让这一切变得更加苍白：这首诗失去了原来的紧迫感，开头亦是如此——被剥夺了感叹号之后，里面的惊呼就变成了观察。

到目前为止，我都没有提到狄金森在描述她的新状态时做出的放肆声明：她是“髑髅地女皇！”用我们现代的话来说，这两个术语之间的“认知失调”程度令人震惊。我们承认，“犹太人之王”这句话被贴在了基督的十字架上［《约翰福音》(19：19—20)：“彼拉多又用牌子写了一个名号，安在十字架上，写的是‘犹太人的王，拿撒勒人耶稣’］。只要提到髑髅地，她的“头衔”便与耶稣并列。如果他是犹太人的国王，那么可以说，她便是正在受苦的皇室配偶，即髑髅地的王后。如果人的内心中有十字架的话，她便也被挂在那上面，她的苦难就同他的一样。为什么要说“女皇”而不是“皇后”呢？因为耶稣的称号使他成为犹太民族的统治者，她“神圣的头衔”将要超越他，将她命名为整个帝国的统治者。这是她唯一一次将自己命名为“女皇”，这种自我夸大的自我加冕是“客观的”，因为这是神灵赋予的称号。命运将她置于这种非同寻常的婚姻中，就像耶稣被别人放在十字架上一样，他的“王权”由彼拉多授予，值得铭记。在这里，狄金森以她惯用的非正统方式（即使不说是亵渎神灵的话）提到了上帝和耶稣。上帝的功能是赐予女性神圣头衔和性的“晕眩”，耶稣则在髑髅地缺少女性配偶，狄金森将立即填补这个空缺。

在这种自吹自擂中，形式的不规则与激动的话语是一致的：从单音步诗行［“In a Day”（“一天之内”）可以被读作单个的抑抑扬格，虽然它可能是一个二音步诗行］到四音步诗行［“Acute Degree - conferred on me -”（“严峻的等级–授予我–”）］。与狄金森常用的赞美诗音步相比，这种狂放的变异几乎是在召唤极富表现力的感叹号来证实它的狂喜来源。即使是从对句开始的押韵，也在三个对句之后、临近篇末之际崩塌成了无韵的小短线词尾，即 Women（女人）、Garnet（宝石）、Gold（金子）、Shrouded（穿寿衣）。结局并不在开头的对句中，而是在一个韵律奇怪的四行诗中（版本 A），即 Day（天）、say（说）、Melody（旋律）、way（这样）。之前可能有人向狄金森提出“旋律”的建议，正是因为耳中缺乏这种韵律，狄金森才在 B 版中插入了额外的一行“三重胜利–”。

狄金森的语句和诗歌都很简洁，所以在表达心醉神迷的、欣喜若狂的、崇高的内容时便颇受限制（这些通常都需要较长的语句）。如今的我们可能会避开“髑髅地女皇！”这种写法，但在本诗的第一个版本中，我们至少可以看到狄金森对每一个技术层面进行了雕琢——韵律、节奏、标点、结构、图像，力求传达出狂喜的中断。“我的婚姻与他们的婚姻”并不是一个“连贯的”二元结构，而是包含“混乱的”的四个部分——“我的婚姻，他们的婚姻，我的特别之日，他们的话语”。她的大胆（为了自己的目的而将髑髅地同化）和她的谦虚（“宝石对宝石–金子–对金子–”的简陋对戒）在诗中共存，标志着她不戴戒指的超然得意与寻常婚姻中对戒这个简单标志之间的距离。

在这首自吹自擂的诗中，最令人意想不到的特征便是第一人称的缺席。我们看不到“我是女皇”“我是尊贵的”之类的表达方式，或者如（225，J 199）中那种“我是‘妻子’… / 我是沙皇–我现在是‘女人’-”的说法。狄金森坚信她的得意是神定的，因而能够宣称神圣的称号“属于我”，头衔是“授予我”的。只有这种信念才能让她自称为“髑髅地女皇”。当她在楼上的小卧室里想出神灵委任那一说时，便向我们展示了，她自然而然想象出的那种自由的、巨大的时空感。

［J 1072］

204　我来告诉你太阳如何升起－

我来告诉你太阳如何升起－
每一次，丝带一条－
尖顶在紫水晶里沐浴－
消息，像松鼠，奔跑－
山峦脱下它们的软帽－
食米鸟－开唱－
于是我轻声对自己说－
“那一定是太阳”！
但他如何下落－我却不知－
似乎有一条紫色阶梯
一群黄衣男孩和女孩
沿阶而上，攀爬不息－
直到他们抵达另一边－
一位灰袍牧师－
轻轻关上夜晚的栅栏－
带着羊群远去－

这是一首精致的小诗，前8行写日出，后8行写日落。通过平稳的对称结构，这首诗确认了“古老的昼夜相依”之序，正如华莱士·

史蒂文斯在《礼拜日早晨》一诗中所写的那样。[①]全诗从头至尾没有空行，因而确认了日出日落的过程是一个无缝的整体。虽然最初的两位编者将本诗的标题定为“一天”，但准确地说，狄金森省略掉的标题应该是“白天”，即日出与日落之间的时长。在狄金森起初的“诗笺”中，这首诗分为4个四行诗节，各节之间留有空行。富兰克林评论说：“狄金森在第2节和第3节之间画了一条地平线，仿佛她曾一度考虑把它们分为两首独立的诗作。”我认为她在第2节之后画了这条线，是因为她想在那里空行，将这首诗分成两个八行诗节，一节写日出、一节写日落。这是一个折中之选，因为她起初采用4个四行诗节，最后又连成了一首十六行长诗。

我曾写道（见《诗人思考》[②]），狄金森选择“丝带”作为黎明后天色渐变的隐喻，让太阳以丝带为单位冉冉升起。然后，她连续呈现了四条“丝带”，每一个都隐喻着日出中的一个半色阶：小镇的尖顶沐浴在紫水晶的光芒中，日出的消息传播得像松鼠奔跑一样快，从晨雾中涌出的山峦，食米鸟的黎明合唱。她的目光足够开阔，意味着没有任何方面被忽略。她扫视着城镇、动物、风景和鸟类，采用了以部分代替整体的提喻法。“我来告诉你”，狄金森说，她绝对有信心讲述白天的诞生。啊——但是那个白天的死亡又是怎样的呢？“但他如何*下落*- 我却不知 -”（引自版本A，斜体字强调了一个真理，即日出是当前可见的奇迹、日落则是未来的奥秘。）生命的终结是难以形容的，因为它未知。而通过狄金森对确定性的突然撤回，我们意识到这首诗涉及日出与日落，也关乎生与死。在她对日落的幻想中，一群黄衣男孩和女孩不断攀爬在紫色阶梯上。这种幻想终结于对《圣经》第23诗篇的暗示中：但是这羊群没有被好牧

---

① 华莱士·史蒂文斯（1879—1955），美国现代诗人，1955年获普利策奖。创作诗集《秩序的理念》等。《礼拜日早晨》出自他的诗集《簧风琴》（1923年）。

② 《诗人思考》（*Poets Thinking*: *Pope*, *Whitman*, *Dickinson*, *Yeats*. Cambridge, MA, and London, England: Harvard UP, 2004.）是本书作者文德勒的一部论著，论述蒲柏、惠特曼、狄金森和叶芝四位诗人如何以诗歌思考。

羊人耶稣照顾，而是被“一位灰袍牧师”引导。当它们到达另一边后，牧师将紫色阶梯变成了一连串“夜晚的栅栏”，因为孩子们已经聚集成了一个永远无法折返的羊群。狄金森惬意地用“Bars”（栅栏/条纹）来为这种监禁赋予微妙的含义，这个词的视觉意义借自济慈《秋颂》中的一个从句：“当条条云彩让渐逝的白日如花绚烂。”(While barrè d clouds bloom the soft - dying day)

在后来一首引人注目的诗歌《谁是东方?》(1085，J 1032) 中，黄色和紫色表述得更为暧昧：它们的状态依赖于像阿特拉斯[①]一样的中间人，这个中间人或被称为“他…… / 扛起太阳”或被称为“他…… / 再把他放出来”。这个“他”本身应该是足够伟大的，因为能够扛起太阳，但其力量却又极其有限：“如果他能”是每一次转变的支点（黄色变成紫色，紫色变成黄色）：

谁是东方?
那个黄衣人
如果他能，会变成紫色
扛起太阳。
谁是西方?
那个紫衣人
如果他能，会变成黄色
再把他放出来。

东方（自然）是黄色的，因为它是太阳升起的地方。西方（自然）是紫色的，因为它是日落发生的地方。但是，由于人们普遍存在对差异的欲望，祈祷黄色变成紫色，又祈祷紫色变成黄色。如果将太阳扛进东方的人有能力，他就可以把太阳再扛出去，那么东方就会变

① 阿特拉斯，希腊神话中以肩顶天的巨神。

成紫色。如果被监禁在黄色东方的太阳能够得到释放，那它就可以去到西方，紫衣人就可以变黄。对“如果他能”的强调暗示着他并不能：死亡无法逆转，紫色日落不能变成黄色日出。正如济慈所说，“神圣的季节可能不会被打扰”，哪怕“原始神”也做不到（《海伯利安》，I，293）。对于狄金森来说，复活的希望就像期盼西方能够变黄一样徒劳。

《谁是东方？》以一个谜语结束，与《我来告诉你太阳如何升起》这首诗异曲同工。但是前者强行扭转人的心灵，使之远离那更温顺的日出日落的全景。当太阳的黄色孩童通过死亡的紫色阶梯时，他们便进入了牧师的灰色和夜晚的栅栏所预示的冥河暮色之中。尽管如此，一切却都是该有的样子：小羊群服从于他们温柔的灵魂牧羊人。《谁是东方？》中发生了急剧的“扭转”，是由于狄金森认识到，紫色永远不会回归黄色，温柔的幻想并不能取代悲剧的现实。

［J 318］

224　一场可怕的暴风雨捣碎了空气 -

一场可怕的暴风雨捣碎了空气 -
层云萧索，稀稀落落 -
一种黑 - 如幽灵的斗篷
遮蔽了天穹和大地 -

那些造物在屋顶上咯咯窃笑 -
在大气中打着口哨 -
挥舞着它们的拳头 -
牙齿咬得嘎嘎响 -
狂乱的头发甩来甩去 -

清晨照亮 - 鸟儿现身 -
那怪兽的眼睛消散无光
慢吞吞转向他原来的海岸 -
宁静 - 就是天堂!

通过一张逐步列举的清单，本诗采用了与《我来告诉你太阳如何升起 -》(*204) 相似的方法来讲述暴风雨。不过，狄金森没有想方设法去描述日出觉醒的喜悦，而是发明了一些象征符号，用来指代突然被恐怖风暴征服的世界中所发生的地狱般的变化。她所讲述的噩梦，尽管有暴风雨的仆从——无名的“造物”聚集其中，但却带有画家亨利·富塞利[①]的那种欢乐的严峻感：有一些生物会围攻城镇的屋顶，在着陆时咯咯窃笑、在大气中吹着口哨；其他的则挥舞拳头，像食人魔一样牙齿咬得嘎嘎响；还有一些会像雪莱诗中的疯婆子一样，甩动着狂乱的头发。狄金森对暴风雨的描述引发了一个问题，那就是这首诗从单数到复数又回到单数的变形路径：虽然单数名词很容易被彼此同化，无论是字面的还是隐喻的、暴风雨还是怪物，但造成停顿的其实是那一大堆无名的“造物”：就像斯宾塞寓言中名叫“错误”的人物（《仙后》[②]第一卷）一样，狄金森笔下的怪物已经产生了一大群邪恶的孩子。他们淘气的骚扰令父母亲的袭击杀伤力倍增，他们一边折磨别人一边“咯咯窃笑”——在本诗中间部分的描述中，这是用得最好的词。

狄金森描述暴风雨的退散（被晨光和鸟鸣击垮），最令人惊讶的词便是“消散无光”。迄今为止，暴风雨总是被想象成彻底的黑色：现在我们却被要求想象，恶魔之光一直住在怪物的眼睛里，这种地狱般的强光只有在消散进冉冉升起的太阳光时才会被看见。溃败的怪物用虚弱的眼睛看向家园，他的地狱也同他一起（咬牙切齿地）离开。因为在撒旦及其随从被征服之后，白昼便将天堂修复了（重写《创世记》的故事）。

在引入“可怕的”、令人敬畏的暴风雨时，狄金森使用了通常与人类无关的暴力动词（人无法“捣碎”空气，或遮蔽天穹和大地）。风暴来临的目击者是惊恐的“萧索”的云，它们知道自己寡不敌众。当黑暗为世界蒙上阴影时，“幽灵的斗篷”增添了适当的哥特风格。在这狄金森式的，由空气、云朵和黑暗组成的幽灵奇观中，真

---

① 亨利·富塞利（1741—1825），瑞士画家，被超现实主义者认可为其前身之一。他的许多作品，如《噩梦》等，处理超自然的主题。

② 《仙后》是英国诗人斯宾塞（1552—1599）于1590年出版的史诗，由于其崇尚亚瑟王传奇中的骑士精神，所以效仿亚瑟王传奇的手法，写下史诗中描述骑士霍理士（圣洁）与公主优娜（真理）一同对抗恶龙（邪恶）的故事。

正令人齿寒的小妖随着第2节的拟人化的攻击而来，因为它们的窃笑、口哨、挥舞拳头、咬牙切齿和甩动头发并非发生在云端，而恰恰是在屋顶上，威胁着小镇上每个人的安全。第2节的拟人化十分“引人注目”：因为通过这种方式，这些小助手的准人类活动便产生了第3节中俯瞰一切的怪兽，将他插入人类场景中去，使他地狱般的眼睛变得可信。狄金森把复原的世界称作“天堂”，这是一个过于慷慨的判断，这表明人类有能力压制，甚至也会遗忘，怪兽的能力，若是愿意，他随时会从他“原来的海岸”回来。

［J 198］

232　他忘了－而我－记得－

他忘了－而我－记得－
这是每天的事务－
很久以前如基督和彼得－
“温暖他们”以“神殿的火”。

“你和他在一起”－“那使女”说?
“不”－彼得说－“那不是我”－
耶稣只是“看着”彼得－
此外，我还能对您－如何?

狄金森提到，彼得忘记了耶稣对他做出的预言，以此类比她自己遭到遗忘后的感觉。“对观福音书”中叙述过此事，其中最接近狄金森版本的是《路加福音》第22章，只有那里提到基督“看着”彼得。在最后的晚餐之后，耶稣和彼得说话:

主又说:“西门！西门！撒旦想要得着你们，好筛你们像筛麦子一样。但我已经为你祈求，叫你不至于失了信心，你回头以后，要坚固你的弟兄。”彼得说:“主啊，我就是同你下监，同你受死，也是甘心。”耶稣说:“彼得，我告诉你，今日鸡还没有叫，你要三次说不认得我。”①［耶稣在客西马尼园受苦，责备了他的门徒——《马太福音》中提到，彼得也在其中。耶稣敦促门徒们不要睡觉，而是要观察和祈祷。在犹大用亲嘴来确认耶稣之后，耶稣被带到了大祭司的宅里。］彼得远远地跟着。他们在院子里生了火，一同坐着，彼得也坐在他们中间。有一个使女看见彼得坐在火光里，就定睛看他，说：“这个人素来也是同那人一伙的。”彼得却不承认，说：“女子，我不认得他。”过了不多的时候，又有一个人看见他，说：“你也是他们一党的。”彼得说：“你这个人！我不是。”约过了一小时，又有一个人极力地说：“他实在是同那人一伙的，因为他也是加利利人。”彼得说：“你这个人！我不晓得你说的是什么。”正说话之间，鸡就叫了。主转过身来看彼得。彼得便想起主对他所说的话：“今日鸡叫以前，你要三次不认我。”他就出去痛哭。②

这是一个扎心的故事，关乎人类的过失和忏悔，它在美国诗歌中占据一席之地，除狄金森外，伊丽莎白·毕肖普③也写过：她的《公鸡》一诗以拉丁文铭文总结了整个故事“*Gallus canit*，*flet Petrus*”——“公鸡鸣，彼得哭”。（伊丽莎白·毕肖普可能读过狄金森的诗。）

对狄金森来说，每一种情形都对应着《圣经》中的一个故事和语言，读者只要思考一下就能回忆出来。在《他忘了－而我－记得－》中，她引用了福音叙事中的重要短语（“神殿”“火”“使女”），暗示着她一开始便沉浸在《圣经》的原始叙述之中。但是当这位新英

① 引文出自《路加福音》（22：31—34）。
② 引文出自《路加福音》（22：54—62）。
③ 伊丽莎白·毕肖普（1911—1979），美国当代女诗人，桂冠诗人（1949—1950），1956年获普利策奖。

格兰圣徒“彼得”用“使女”来回答福音时，一种恶作剧的本土主义便占据了主导地位。那句回答并非出自《路加福音》，而是出自《马太福音》(26：69)：“‘不’－彼得说－‘那不是我’－”。重写《圣经》一直是狄金森的一种娱乐方式。虽然她饶有兴味地为土里土气的彼得发明了一句反驳，但我们不应该忽视，她在福音书中寻找生活化的评论时是十分认真的。福音书在此处告诉她，应该原谅那个忘却了她的人，因为耶稣并没有跟彼得断绝关系。其实，当空坟墓中的“年轻人”，即基督自己的使者，让玛利亚们向别人传播基督复活的消息时，他提到的唯一一个名字就是彼得：“快去告诉他的门徒和彼得，说他在你们以先往加利利去了。”（《马太福音》28章[①]）无论是从耶稣的眼神中，还是从彼得在门徒中被指定的首要位置来看，彼得都完全被宽恕了。

狄金森在开头用第三人称指代那个忘记了她的“罪人”——“他忘了”，结尾又笔锋一转，从第二人称的角度直接去问那个罪人：“此外，我还能对您－如何？”如此一来，全文的两个诗节便被区分开了。这种人称的变化反映出，她已经学会了给予宽恕。起初，由于那个男人在某种程度上玩弄了她，她便谈论他，而不是与他谈话；但是在耶稣“看着”彼得之后，她也可以直接“看着”犯罪者了（从语法层面上看）。她还称他为“您”，在结尾的问句中宣布她效仿了耶稣的榜样。在收到了那个“看着”（她以此恢复了他们之间的交谈）之后，他是否会像彼得一样出去“痛哭”，就留给这个罪人自己决定了。狄金森在福音故事的结尾省略了伤心欲绝的彼得，却又强迫听众记住他——若想关注故事的结局，听众就必须为他的遗忘忏悔。

为简洁起见，狄金森合并了福音故事中的两个重要时刻。在第一个重要时刻，耶稣谴责了那些俘虏他的犹太人，提醒他们虽然他

① 这里的引文出自《马可福音》(16：7)，而不是《马太福音》28章。

每天都在圣殿讲道，但他们并没有在那里抓他，而是在夜间偷偷地来抓他。[①]在第二个重要时刻，大祭司的仆人在大祭司的房子（或宫殿）的大厅里生起了火。狄金森把火放在了圣殿里，也许她自认为，上帝在哪里，哪里就自然成为神殿。她让“（af）fair”（事务）和“fire”（火）构成韵脚，把我们放在“纯粹的”斜韵[②]的世界。扬抑格四音步的诗句，让我们可以依据需要，将重音放在诗行的第一个音节上：“He forgot”（他忘了）、“Thou wert with him”（你和他在一起）、“‘No’-said Peter”（‘不’-彼得说）。

[J 203]

---

① 见《路加福音》（22：53）：“我天天同你们在殿里，你们不下手拿我。现在却是你们的时候，黑暗掌权了。”

② 斜韵（slant rhyme），有时也称作“不完全韵”（imperfect rhyme）或“半韵”（half rhyme），是指构成押韵的词语只是音韵相近，而非相同，因此不属于“完全韵”（perfect rhyme）。

236　有人－守安息日－去教堂－

有人－守安息日－去教堂－
我－选择－留在家里－
食米鸟－作唱诗班－
果园－作穹顶－

有人－守安息日－穿法袍－
我－只是披我的翅膀－
不必敲响钟声，为教堂－
我们的小司事－歌唱－

“上帝”－开讲－一位著名的牧师－
这布道决不烦冗，
因此－不是最终－抵达天堂－
我－一向－就在其中！

［B版，1861年，诗笺9］

有人守安息日去教堂－
我选择留在家里－
食米鸟作唱诗班－

果园作穹顶－

有人守安息日穿法袍－
我，只是披我的翅膀－
不是敲响钟声，为教堂，
我们的小司事－歌唱。

上帝开讲，一位著名的牧师－
布道决不烦冗，
因此不是最终，抵达天堂－
我一向，就在其中。

［C版，寄给希金森］

在这首名诗的“规范”版本（收入富兰克林狄金森诗集阅读版），也就是狄金森寄给希金森的版本里，诗人只在诗行中间使用了一个小短线，她删去或用其他标点替代了它们，而在“诗笺”版本中，可以见到多个小短线。考虑到狄金森对小短线的一贯偏爱，以及她在誊抄的诗笺中对它们的使用情况，我认为收入作品选的诗作应该将这些小短线完整地保留下来。为了希金森的缘故，狄金森缓和了第9行诗中强烈的讽刺：她去除了加在“上帝”一词上的引号以及“著名的”一词的斜体。毕竟，希金森先生以牧师的身份开始他的职业生涯，并且他偏好传统标点符号。

尽管这首诗采用4－3－4－3的韵式，即民谣体，但从第1行开始，欢快的抑抑扬格就赋予了抑扬格的声音以轻快的调子。在诗歌版本C中，倒数第2行出现了3个抑抑扬格音步：

˘ ˘ ′ ˘ ′ ˘ ˘ ′ ˘ ˘ ′

So in stead | of get | ting to Heav | en at last

因此不|是最终|抵达|天堂

而纯粹的抑扬格诗行则是：

˘ ′ ˘ ′ ˘ ′

Our lit| tle Sex | ton sings.

我们的|小司事|歌唱。

抑抑扬格节奏不断复沓，转入抑扬格，显然，狄金森是在模仿她的唱诗班——食米鸟（Bobolink），而它的名字本身就应和着这个节奏。诗人，这个脱教分子，在她世俗的安息日中并不是乖戾无礼，而是欣喜不已。诗人将她自己的教堂与传统的基督教堂进行类比，她列举出以下各项：唱诗班的高声部（她的食米鸟）、礼拜者头上的穹顶（她家果园里的树枝）、教士的法袍（她的翅膀）、教堂的钟（她的歌唱的小司事）、牧师（上帝）以及布道词（她的诗歌）。牧师（以过分烦冗的方式）允诺了一个永恒的天堂；但在果园中谛听鸟鸣、书写她的"布道词"的诗人已经在那里了，她就在自然的天堂之中，那个自然的天堂由上帝的第二本经书——"造物之书"构成，在那里上帝不仅通过他的话语，也通过他的行为被人认识："因此－不是最终－抵达天堂－/我－－向－就在其中！"她想象的"翅膀"不是天使的，而是鸟儿的；她作为自己的唱诗班来歌唱，就像食米鸟在茵茵绿草中歌唱。

狄金森不愿上教堂做礼拜，某种程度上可能是由于她对出门跟陌生人打交道感到焦虑不适；她知道自己"远离尘嚣"的生活，在某个方面看来是逆境的一种形式，而她就被囚禁于其中。狄金森创作这首诗时，《皆大欢喜》第2幕第1场中公爵所说的"逆境的作用"也许浮上了她的心头：

逆境的作用也是甜蜜的，

…………

我们的这种生活，远离尘嚣，

可以发现树木的谈话，溪流中的书，

石头间的布道，万物中的善行。

…………

我不愿改变这种生活。①

为了平衡她个人的与世隔绝，狄金森的诗歌宣布了一种类似的自然宗教。

狄金森拒绝以正统方式守安息日，这激发了华莱士·史蒂文斯的两首诗歌：喧嚣的《礼拜日耕作》②（诗歌叙述者在安息日从事一种被禁止的“屈从的活计”）以及《礼拜日早晨》，华莱士·史蒂文斯在组诗中审视了对复活和来世失去信仰的人们，将会面临怎样的后果。

［J 324］

---

① 参考《莎士比亚全集》，朱生豪译。

② 《礼拜日耕作》收录在华莱士·史蒂文斯的诗集《簧风琴》（1923年）中。

238　那卑微的双脚蹒跚了多少回－

那卑微的双脚蹒跚了多少回－
只有那张焊住的嘴能说得清－
试试－你能否拨动那可怕的铆钉－
试试－你能否拉起那钢铁扣！－

摸一摸那冰冷的额－曾经多温热－
撩一撩－你若关心－那无精打采的发－
握一握那些坚硬的手指
永远不会－再－把顶针戴－

嗡嗡，几只呆呆的苍蝇－在卧房的窗户－
斑斑点点的窗格子－照进美妙的－阳光－
无畏的－蜘蛛网在天花板上荡悠悠－
懒惰的主妇－在雏菊中－躺！

希金森把这首诗刊发于《基督教联盟》杂志，当时，他给诗歌加上了一个传统挽歌式的拉丁文标题："安魂曲"（*Requiescat*）——它是句子"愿灵安息"(Requiescat in pace) 的缩减版，意为"愿她安息"(May she rest in peace) 。这首诗缅怀了一位现已过世，但从前勤勤恳恳的家庭主妇：她缝纫、编织、修补（戴着顶针）；定期打开窗户，让房间通风透气；使劲擦掉窗户上的斑点；扫去高高挂在天花板上的蜘蛛网。但这首诗的重点既不在于她从前的勤劳，也不在于她现在的“懒惰”：重点在于她生命中所经历的种种苦难，而既然她的嘴现已被“焊住”，这些苦难将永远无法被讲出来。狄金森将殓尸官的工作夸张地替换为更加严酷刺耳的永恒的“焊接”；棺材成了一座地牢，尸体永远无法获得自由，因为它好像是被“可怕的铆钉”固定住了，被无法拆卸的“钢铁扣”束缚住了。狄金森想象着死亡后的时刻，她感到送葬者先前温柔的动作——摸摸余温尚存的额头，撩起头发，握住双手——是多么无用：她的额头冰冷，头发无精打采，手指僵硬。

描绘这个最困难的主题——死亡，狄金森向来游刃有余。这里，她赋予死亡一种奇特的瞬间：诗歌第1节简略回顾了死者生前的苦难（给我们一个活生生的、双脚不稳的身体），然后集中于由铆钉固定于一处而带来的折磨，她的脚被钢铁扣钉住，嘴被焊住了。尸体对此不会有任何感觉，但狄金森马上想到了一个活生生的身体，她与它一起沉入棺材之中，忍受可怕的监禁的滋味。她回顾死亡的瞬间，然后是送葬者徒劳的动作，之后，诗人将目光延展到死者曾是家庭主妇的那所房屋；房子里的每一个角落，每一扇窗户都显示出无人看顾的迹象。没有人打开女人去世时所在房间的窗户，参与分解现场的苍蝇仍被困在那里，句首音步的倒装强调了那“嗡嗡”声；那扇窗户上有“斑点”（freckles，一个用来描述污点的词语）；天花板上蜘蛛网荡着秋千，它们不再害怕扫帚。苍蝇嗡嗡叫，蜘蛛网高挂，美妙的阳光从有斑点的窗户照进屋来。最后，狄金森想象了葬礼后的女人“在雏菊中－躺”，并为她的墓碑书写了颇为讽刺的碑文：“懒惰的主妇！”对于葬在此处的女人，这是最不合实情的碑文。

狄金森重新排列了时间组合的顺序——痛苦生活的剪影，棺材中折磨人的监禁，临终床榻，她死后房屋遭到的忽视，葬礼后的尸体，语带反讽的铭文——似乎表现了一名送葬者在一次最近的死亡、守灵和葬礼之后，内心的反复。“我知道她受苦了——但当我守灵时，看到她被固定在棺材里，嘴巴被紧紧缝住，我意识到她生命中的挣扎将永远无法被诉说。对于一个不久前还有知觉的人而言，这空间狭小的棺材是多么可怕！当任何对她的微小照料都不再可能时，在临终床榻边的我们是多么无用！在她死后，这所房屋显得多么冷落——她完美无瑕的清洁工作消失得多么迅速！而现在，她再也不会去做那些特有的、卑贱的工作了——她躺在墓地里的雏菊花坛之下。”诗歌叙述的正常顺序应该是：临终床榻，殓尸官对尸体的处理，守灵，葬礼前夜哀悼者返回女人家中，他们对她生命最后的记忆，接下来是葬礼，以及带有来世意味的、装饰性的雏菊；但这样的正常顺序无法表达丧失了亲人或朋友的人内心的忧思。读者需要在阅读过程中“厘清”叙述的顺序。

我称之为“叙述”，但诗歌中，并不是所有言语行为都是叙事性的。诗歌前两节中有许多恳求：“试试 -”“试试 -”“摸一摸”“撩一撩 -”。诗歌中也有一些提问：“你能否拨动”“你能否拉起”。这些徒劳的努力——皆为徒劳——再现了直接被提及的送葬者的无力：她无法拉动沉重的钢铁扣；她甚至不能撩起那轻如鸿毛、无精打采的头发。在两个“你能否”之后，诗行“撩一撩 - 你若关心 - 那无精打采的发 -”几乎不可避免地像是在对我们耳边说着“撩一撩 - 你若能够 - 无精打采的头发 -”(Lift - if you can - the listless hair -)，将头发与其他无法撩起的挑战同化了。“你若关心”是一个怪异的句子，听起来差不多像是“你要是敢”。“摸一摸”和“撩一撩”都是仁慈的词语；但一旦提及送葬者能够“握一握”那些僵硬的手指，我们的举动就在表示关心的行为之外了（“握一握”当然是由未被提及的尸体的“手”引起的）。被插入诗歌中，描述周遭环境中那些非送葬者的微型叙事——苍蝇、阳光、蜘蛛网——同与之平行的、对送葬者的叙述构成了反讽；它展示了一系列对送葬者想要拨动铆钉、拉起钢铁扣的徒劳愿望漠不关心的行为。

在《路加福音》(10: 41—42) 中，马大请求耶稣，让她的妹妹马利亚（她也一直在听耶稣的讲道）帮她准备筵席。“耶稣回答说：‘马大，马大！你为许多的事思虑烦扰，但是不可少的只有一件，马利亚已经选择那上好的福分，是不能夺去的。’”在1890年公开发表的版本中，这首诗被加上了标题“为许多的事思虑烦扰”(Troubled about many Things)，好像它重述了（在对逝者辛劳的回忆中）耶稣对马大的指责。狄金森最初的两位编者将这幅描绘两个邻居的肖像图——一个是生前在苦难中蹒跚而行的女人，另一个是徒劳地想要拉起加诸死者身上的铆钉和钢铁扣的送葬者——变成了基督教的道德寓言。

诗歌中强烈的扬抑格四音步以及它在句法上的倒置，如“嗡嗡，几只呆呆的苍蝇”(Buzz the dull flies) ——使狄金森得以强调句首的感叹和恳求。尽管诗歌中几个引人注意的句首词带来了情感上的干扰，错综复杂的瞬间也反映出各种各样的回忆，但诗歌在评论苍蝇、阳光以及蜘蛛网所表现出来的漠不关心时，仍留有一定的审美距离。济慈曾在临终前对好友约瑟夫·塞文①说：“我感觉雏菊在我身上生长。”狄金森想象着已故女人的坟墓，盖满雏菊，如济慈所说，“我们春天里朴素的花儿”。

[J 187]

---

① 约瑟夫·赛文（1793—1879），英国画家，济慈的挚友和临终前的伙伴。

240　限定一个麻烦 – 众生就能忍受它 –

限定一个麻烦 – 众生就能忍受它 –
划界 – 成就了苦难 –
持续预期中 – 若是没有界限 –
有谁足以承受不幸?

告诉它期限 – 以一种算法 –
它就可以安心地痛下去 –
歌唱，一边痛着，像个劳作者 –
刻计着规矩的太阳下落 –

根据《牛津英语词典》，“Bound”作为动词，意为“设置边界，限定”，现已废弃不用了；这给读者造成了第一个麻烦，因为他们知道该词是“bind”[①]的过去分词。狄金森的语言极端压缩，在评论此诗之前，应该放进来一点空气。扩充之后，这些句子或许可以这样读：“一个麻烦，若是限制一下它的边界，人们就能够忍受它了；有界限的时空使（理智）得以忍受苦难。痛苦，若始终在预期中是无法忍受的——如果不对折磨加以限定，使其在无限的痛苦中延伸，那么谁能足够坚强，去承受不幸呢？但如果你讲明苦难，痛苦将持续的具体期限，它就会安心地痛下去；它会在痛苦中歌唱，正如劳

① “bind”在现代英语中有多个义项，如捆绑、黏合、装订、迫使等。

作者在劳动时歌唱，他在计数器[①]上刻下时间，一个又一个小时过去，直到夕阳西下，他一天的工作时辰行将结束。”我们推断，狄金森是个一直在经历绝望的人，因为她遭受的痛苦似乎永远没有尽头。

这首诗中的言语行为多种多样。它们由三组假设和一个格言组成，每个部分都代表着某种思想的结果：

1. 假设一级结论：［如果能］限定一个麻烦，众生就能忍受它；
2. 格言：划定界限成就了苦难；
3. 与事实相反的假设及结论：如果预期没有可预测的限制，谁能够承受苦难？
4. 假设一级结论的数学形式：如果告诉苦难，痛苦将持续的具体期限，它就会安心地继续痛下去；它将会在忍受的同时歌唱（而这正是苦难的工作），就像劳作者们在劳动中歌唱，等待他们工作日的结束，画线，用小棍子一道一道刻下来，时辰逐次过去，伴随着太阳下山。

从以上梗概中可以得知，诗歌第2小节的结构安排跟第1节非常接近，都由假设和结论组成。但两节之间的主要区别在于，在第2节里，时间被进一步提炼为忍受痛苦的具体期限，它是一个可以预见的数字，被刻画下来，直到一个已知的解脱时刻的到来。但两个诗节都从狄金森所创造的“警句”中生成：“划界成就了苦难。”（Circumscription enables Wo）这句话仅用三个单词，就揭示了警句这一形式对诗人的价值：它往往通过一个富于表现力的动词（就像

① 计数器，古代一种用于记录数字的工具，人们在计数器上刻画痕迹以计数，亦可用于记录时间。

这里一样），将某种情绪或物理状态，同正面或反面的结论联系起来［试比较一下：正面的例子，乔治·赫伯特[①]的《忏悔》（*Repentance*）——“痊愈的骨折令我们更强壮”；反面的例子，“滚石不生苔”。］狄金森“改写”了这首诗中正面警句的形式，她拒绝提供那个我们所期望的情绪健康的终极状态（“划界成就斯多葛主义[②]”）；相反，她告诉我们，面对那些无法忍受的苦难，划界能换取可以忍受的苦难。（“界限”能带给人以通常的苦难，而不是无法忍受的苦难；这让人想起弗洛伊德对一位接受精神分析者的母亲的断言：他至多可以承诺为她的同性恋儿子恢复“通常的苦恼”，以取代神经上的苦恼。）狄金森诗歌中的数学要素多少有点被忽视了；事实上，她的许多解决办法都取决于数字的精确性，例如诗“我知道她 - 从一个广阔的国度 - / 选择一位 - ”（*409）与此诗相似。此处，想要知悉痛苦的明确范围这一执念，决定了她的需求：希望在极度痛苦的持续时间中，“刻下”一个个时辰，并期待着一个可以预见的终点。

我上文采用的是1863年的修订本，它在正确的方向上改进了本诗较早的版本（1861年版）。这两个版本的诗歌都各有两个诗节，但在早期版本中，第1诗节既是感叹的——尤其是在它最吸引人的第三个命令中（对待灵魂 / 如同代数！），如果说它也有些夸张的话——又是出人意料的：

限定 - 一个麻烦 -
众生就能忍受它！
限制 - 一个流血的伤口能流多深！
如此 - 多 - 滴 - 生命的鲜红 -

---

① 乔治·赫伯特（1593—1633），17世纪英国著名玄学派诗人。

② 斯多葛主义，古希腊时期重要的哲学学说，又称斯多葛学派，主要主张有禁欲苦修、独立自主等。

对待灵魂
如同代数!

狄金森很喜欢用小短线,“一滴-接--一滴-”,再现那颗流血的心灵的失血过程。作为之前更加笼统的词语“流血的伤口”的补充和细化,那个滴滴释放的冗长的短语“如此-多-滴-”需要一条形而上学的止血带。在代数中,人们通过确定一个能正确替代“x”的具体数字,来“解方程”。灵魂的广阔带给受害者以无穷的痛苦,就像不能确定的“x”一般;但若是能在痛苦结束前,将还会流的血的具体数量确定下来,并将之告诉流血的心,那么一滴一滴的鲜血就会变成令人宽慰的终点:“50”(或者“60”,抑或“100”——这不重要;重要的是方程已经被解出来了)。从某种程度上讲,狄金森的所有诗歌都试图将精确性(往往通过某些仪器——如指南针、铅垂线、计数器等)固定于情感的混乱之上。(在诗歌的这两个版本中,这种混乱都造就了“错误的”韵脚,例如将致命的“血流”与可能解决问题的“代数”联系起来,以及将有限的“苦难”同无限的“不幸”联系起来。)

我们注意到,在早期版本中,第1诗节缺少的正是那句统领狄金森修订版本的语言优美、形式新颖的警句:“划界-成就了苦难-”。几何学进入了诗歌中,与它一起进入的还有从拉丁语中派生的抽象名词“Circumscription”(划界),狄金森将该词与残忍的盎格鲁-撒克逊词语“Wo”(苦难)“粗暴地套在一起”(正如约翰逊博士对玄学派诗歌所做的评价),仿佛头脑在想象一个界限时所采取的沉着行动,使我们得以忍受内心折磨。我们记得,诗歌初版仅仅由一些感叹式的训诫组成:

限定一个麻烦众生就能忍受它!
限制一个流血的伤口[如此多的血滴]能流多深!

对待灵魂如同代数!

这些是（法庭所谓的）“激动的话语”，是由一个担心的人说出来的，担心她会失血过多（若是没有限定），以至死去。狄金森诗歌的初稿通常是对她自己哀痛的纯粹表达，就像这首诗一样。但在第二版中，读者常常可以发现她思考的证据，把她个人的麻烦指向一个更广阔的层面（例如，谚语就意味着普遍适用）。在修改版中，说教只剩下两句：“限定一个麻烦”和“告诉它期限”，但这两句都没有使用感叹号。对狄金森而言，找到警句是表达（和缓解）痛苦的一种令人满意的方式。

由一个流血的伤口造成的无尽的蹂躏，对于这样一首诗，为何狄金森最后选择以“劳作者”来收尾呢？原因有二：第一，有偿的劳作（不像生活中的大多数事情）总是有一个业已确定的范围，因此它以隐喻的形式回应了不幸对限制的渴望；第二，在劳作时歌唱是一种强有力的诗歌修辞手法，这在华兹华斯的诗歌《孤独的割麦女》中以最动人的方式表现了出来：

你瞧，那孤独的山地少女
那片田野里，就只她一个！
她割呀，唱呀；停下来听吧，
要不就轻轻走过！
她独自割着，割下又捆好，
唱的是一支幽怨的曲调；
你听！这一片清越的音波
已经把深深的山谷淹没。
…………
不管这姑娘唱的是什么，
她的歌仿佛永无尽头；

只见她一边唱一边干活，
弯腰挥动着镰刀。①

Behold her, single in the field,
Yon solitary Highland Lass!
Reaping and singing by herself;
Stop here, or gently pass!
Alone she cuts and binds the grain,
And sings a melancholy strain;
O listen! For the Vale profound
Is overflowing with the sound.

....

Whate'er the theme, the maiden sang
As if her song could have no ending;
I saw her singing at her work,
And o'er the sickle bending.

狄金森自作主张，改写了这幅将劳作与富于表现力的歌曲融为一体的（近来饱受批评的）肖像。就像割麦女一样，她笔下的劳作者也受太阳时辰的支配；但华兹华斯笔下的割麦女似乎将这一状况视作自然，而狄金森笔下的劳作者则感受到了时间的重负。在诗句“忍受着，歌唱着，像一个劳作者那样”里，通过将人们预想中的词语“劳作”替换成“痛苦”，狄金森明确指出，在苦难的状态下，灵魂的劳作是痛苦的。它将会“痛下去”，直到终结。

一个更进一步的问题：尽管诗歌中的受害者一开始是人类（“众生”），但狄金森随后便放弃了人的复数形式，她决定将苦难

① 参考了杨德豫译本。

寓言化为“不幸”，并在此后一直都称其为“它”（“麻烦”也是“它”，但它被“众生”忍受）。在诗歌初版中，“灵魂”是重要的“对待”的间接宾语，而这也使“灵魂”成为第2节中的“它”和“它的”的先行词：“告诉它期限……”对狄金森而言，“灵魂”和“精神”通常与其所有者的性别是一致的，例如诗歌《灵魂选择自己的交友圈 -》(*409, J 303)，以及《事件恰好在他背后》(1724, J 1686)，在该诗中她写道：一颗子弹“让他的肉体 / 世代离开他的灵魂”。她并不把灵魂视作一个没有生命的“它”——但诗歌《以蔑视之羽翼》(1448, J 1431[①]) 也许是个例外；在她的诗歌中，灵魂更多以活生生的形式出现。当狄金森看到“灵魂”（在此诗的最初版本中）成为代词“它”的先行词后，她也许决定要找到另外一个与“它”更匹配的名词；因此，她在诗歌第二版中完全删去了词语“灵魂”，让更普遍的、柏拉图意义上的“不幸”成为“它”的先行词。

像《限定一个麻烦 - 众生就能忍受它 -》这样的诗歌应该可以让我们明白，狄金森为何常常执意坚持隐晦。她让自己的诗歌不仅在词汇和句法上晦涩难懂，甚至不惜让它明显缺乏条理（例如，“劳作者”突然闯入抽象的气氛中进行的讨论，“刻计”落日这一不寻常的行为，用奇怪的词语“even”[②]来描述太阳等），而这又为她自己以及她的艺术带来了什么呢？首先，她很确定，一般读者会对她的诗歌不屑一顾，认为它“无意义”。她选择她的读者，那些有意进入她的无序世界的读者，的确，这种无序世界常常使像希金森这样的受过教育的读者感到惊讶。然而，单靠教育并不足以理解狄金森的诗歌，尽管教育对于那些拒绝被翻译的诗歌来说是必不可少的。就像

① 在此诗中，狄金森写道，“肉体就是灵魂 - / 借助于同样的指示 - / 多么简单的工作 -”。

② 在诗歌中，狄金森玩了一个文字游戏：她将“evening”写作“even”，既表示夜晚，也有规矩、循环之义。

华莱士·史蒂文斯在《搬运物品的人》[①]中所说的那样，诗歌必须近乎成功地抗拒脑力。我们也许会认为“抗拒脑力”是属于高等数学的特性——我们自己也会欣然承认，我们无法洞悉那些公式。但语言的人工产品也可以抗拒脑力，并且能设置一些普通读者无法解决的谜题。读者会觉得，一首仅仅使用了诸如“限定”“劳作者”“刻计”“规矩”等简单词汇的诗歌，应该十分容易理解。即使像“条件”这样较为抽象的概念，其意义往往也在语境中显而易见。狄金森坐在一座虽透明却不见入口的房子里，享受着那些自选的、能够溜进玻璃房的支持者们。那些认为诗歌晦涩难懂的人之所以对它无能为力，与其说是因为课堂或教育，不如说是因为缺乏想象力。狄金森总是准备接纳那些能够通过自己的想象走进诗歌情境的人们；通过把诗歌寄送给朋友和亲戚（其中许多是几乎没有接受过高等教育的女性），她坚定了自己的信心：诗歌的读者并不需要特殊的准备。

[J 269]

① 参见《最高虚构笔记》，张枣等译。

243　恐惧过后－就是我们－

恐惧过后－就是我们－
穿过正崩塌的码头－
就像爆裂的花岗岩放开－
我们的救世主，一发之间－

再过一秒，便跌入深渊
就算渔人也无法测探－
思想的那一幅侧影
置回忆于木然－

离世－的可能性
没有片刻钟鸣－
警示其预测之来临
像一张钢铁的面孔－
突然朝我们的，盯进去
露出金属牙齿的笑意－
死亡的诚挚，钻孔－
把他的欢迎钻了进去－

在一封信里，狄金森将这首诗中有着双倍长度的第3节（不包括其他两节）寄给了希金森；而它也确实能独自成诗。一个可怕的可能性突然出现在我们眼前，没有事先警告——比如，获悉一个致命的疾病诊断。甚至，与死亡会面的可能性就像……像什么呢？狄金森问道。这就像遇到一张骷髅的面孔——但不是一颗可腐烂的骷髅头；而是一种柏拉图式的不朽头颅的理式（Form）——这张面孔由金属构成，没有眼窝，只有能“看”的器官；没有人类的牙齿，只有钢牙，露出“金属牙齿的笑意”。我们当然会拒绝欢迎这样的客人；但他执意要进入我们的屋子，带着可怕的“诚挚”，举着一件令人畏惧的铁制工具（在这一版本中是个钻子——但狄金森也给出了作为替代的钉子①），假装我们会欢迎他，并为他自己钻了个身体大小的入口。

而这次与钢铁面孔的可怕相遇，又同诗歌第1、2节有什么关系呢？这两个开场白式的诗节，叙述了一次惊险的逃脱，与死亡的距离仅仅一发之间。你穿过一个“正崩塌”的花岗岩码头，而就在你离开的那一刹，它四分五裂；再多停留一秒钟，你就将跌入深不可测的海底，任何人都无法救你。故事从头到尾的叙述，是由两种对创伤后反应的描述构建起来的。第一个描述是与你整个人相连（“就是我们－”）的“恐惧过后”；第二个描述则是以行动来抑制（active repression），它“置回忆于木然”。

与狄金森一贯的做法类似，她以一个“真实生活”的故事开头，随后又以抽象的方式重述它。此处，抽象的叙述——哥特式的钢铁面孔、金属牙齿的笑意以及钻子——比最初的、更写实的叙述更成功（狄金森自己可能也意识到了这一点，因此只把第3节寄给了希金森）。第3节对死亡－骷髅的抽象叙述，作为单独的一节是连贯的；但前两个诗节的叙事总体上是不连贯的。它包括恐惧，一个已经崩塌、成为一堆花岗岩碎片的码头，没有明显先行词的救世主、

① 狄金森在诗歌后提供了“钻进去”（drills）的替代词“钉进去”（nails）。

头发的谚语、想象出来的渔夫、思想的侧影以及麻木。控诉狄金森不连贯，难免是有风险的，因为我们通常认为的不连贯之处，往往存在某些未被觉察的联系，它们会照亮诗歌的连贯性。诗歌第1节里最好的东西是“爆裂的花岗岩”，这是狄金森最喜爱的一类悖论；第2节里最好的东西，则是人们能看见一个思想这一想法，不论是见到完整的面孔抑或侧面。诗歌第2节，我们见到了一个侧面；但在第3节，狄金森则让那令人毛骨悚然的“死亡之思”的（钢铁的）正脸转向了我们。（在《怠惰颂》中，济慈将一个寓言形象的侧面与正面连在了一起[①]，该诗于1848年济慈去世后出版，因此狄金森可能曾读到过它。）

［J 286］

① 在《怠惰颂》中，济慈以寓言的形式，描绘了三种抽象物的“面孔”：“他们 / 每人不时地把面孔转向我片刻； / 然后退去，我渴望去追随他们， / 苦想生翅膀，我认识他们三个； / 第一位，美丽的姑娘，名叫爱情； / 第二位，正是雄心，面色苍白， / 永远在观察，用一双疲惫的眼睛； / 第三位，我最爱，人们骂她越凶狠 / 我越爱，是个最不驯服的女孩 / 我知道她是我的诗歌之精灵。”参见《济慈诗选》，屠岸译。

256 知更鸟是我评判乐曲的标准

知更鸟是我评判乐曲的标准－
因为我长在－知更鸟的故乡－
可是，假如我生来就是布谷鸟－
我会凭他起誓－
那熟悉的颂歌－把正午裁定－
是金凤花，左右我对花儿的热情－
因为，我们都在果园里发芽－
但是，假如我生在不列颠，
我会把雏菊轻贱－

唯有坚果－与十月相宜－
因为－经由坚果的坠落，
季节来了又去－我早已懂得－
若是缺少白雪的造型－
冬天，对于我－形同虚设－
因为我以新英格兰方式－观察－
女王，明察万物，像我一样－
也从本乡本土出发－

狄金森的陈述“因为我以新英格兰方式－观察－”往往被学者们

引证为一个严肃的宣言。某种程度上的确如此，但同时，它也带着几分诙谐的自嘲——她自我坦白，她持有普遍的乡土视角，这正是此诗的主题。英国女王会更喜欢布谷鸟（别名：杜鹃鸟），而狄金森，作为一个美国人，则喜爱知更鸟；每个国家都有自己更偏好的风景、花朵、气候与鸟鸣声。她的知更鸟与英国的布谷鸟是狄金森唯一明确的比较；英国诗歌中，布谷鸟屡见不鲜：从“夏天来临，/布谷鸟歌声献殷勤”[①]，到莎士比亚，再到华兹华斯的“杜鹃呵！该把你叫作飞鸟，/或只是飘忽的音波？”[②]在英国鸟类中，夜莺是“高雅艺术”的象征；而布谷鸟则更加平凡、亲近，象征着春天。虽然英国也有知更鸟，就像在阿默斯特一样，但它们并没有像布谷鸟那样，在此前的文学中扮演如此重要的角色。

狄金森并没有继续做横跨大西洋两岸的比较，在第4诗行后，她不再阐述英国人的偏好，而是口语化地列出了一系列在她看来与“熟悉的颂歌”（一首朴素的颂歌）有关的东西：金凤花、雏菊、坚果以及白雪。直到结论部分，她才回到这一跨大洋的比较，但她在这里将英国和新英格兰并举，并不像之前那样使二者对立，而是把它们联系了起来：二者都“从本乡本土出发－”。

尽管狄金森没有将她的结论推而广之，扩大到自然偏好之外，但她颠覆性的视角——每个国家的居民都从本乡本土出发来观察，也同样能应用于饮食、宗教甚或政治上。狄金森也像霍普金斯一样，重视物种的差异；一个没有国别差异的世界将是乏善可陈的。你出生在英国，所以是国教徒；他出生在得克萨斯，所以是浸礼会教徒[③]。但比起国家间的政治、宗教差异，无伤大雅地聊一聊金凤

---

① 这是一首中世纪英国歌曲，由西萨克森方言写成，名为《夏天来临》，又叫《夏天卡农》《布谷鸟歌唱》。此处参考了李赋宁先生的译文。

② 该诗为华兹华斯的《致杜鹃》。此处参考杨德豫先生的译文。

③ 在英国，新教徒人数众多，其中又以英国国教徒人数占比最大；而美国得克萨斯州新教徒人数众多，其中又以浸礼会教徒占比最大（约占32％）。文德勒此处语气略带嘲讽，与下文的“无伤大雅”承接。

花、坚果，显然要明智得多；明眼人自然会知道，你的“相对主义”立场自然不限于布谷鸟。

狄金森提出了一系列关于品味的评判标准。首先是“乐曲”的审美性，与之相符的是春天知更鸟的啼鸣。尔后，她又将怎样继续描述自己的品位呢？在音乐之后是诗歌（“熟悉的颂歌”在这里成为评判标准），接着是夏天里热情的金凤花（因为金凤花不仅是新英格兰地区特有的植物，也是在更小的地区——狄金森的果园里土生土长的植物，它们就在果园的苹果树下茁壮生长）。至于“雏菊”，在给“主人”的书信中狄金森称她自己为“雏菊”，这些信件写给一位不知名的爱人，只是一些草稿，是在她的手稿中发现的。在春天和夏天之后，诗人接着写秋天：在新英格兰，栗子掉落就预示着十月的到来，告诉诗人“四季更迭”。诗人以如此轻松的笔调描述时光的逝去，这是前所未有的，原因随即揭晓：作为一个新英格兰人，诗人热爱冬天的来临，她在“白雪的造型”中看到了冬天真正的标志。这里，诗人有意采用了装饰性的行内韵，再加上法语词“Tableau”（造型、图画、场景），把平淡无奇的新英格兰冬日提升到欧洲艺术的领地。

诗歌第1节的韵脚是不规则的，它模仿了自由的沉思；随着狄金森宣称她有权拥有自己的偏好，第2诗节转向了坚定的韵脚：首先是“…fit（相宜）/…it（它）/…taught（懂得）”的尾韵，以及“Nut”（坚果）和“flit”（掠过）之前的行内韵；随后是一个逗趣的行内韵：“Snow's Tableau”（白雪的画面）；最后是四个左右闭合的弓形押韵：“…me（我）/… Englandly（英格兰方式）/…me（我）/…Provincially（本乡本土）。”当然，狄金森的讽刺之处在于，若是你认可她的“从本乡本土出发”，你就自然已抛开了自己的本乡本土立场。

[J 285]

259 一座钟停了－

一座钟停了－
不是壁炉架上那种－
日内瓦最高妙的技术
也无法让木偶鞠躬－
此刻它垂悬不动－

一种敬畏降临这小摆设！
数字弓起背－带着痛苦－
然后颤抖着离开十进制－
进入无刻度的正午－

不会为医生动一动－
这雪的摆锤－
哪怕店员再三强求－
它却冰冷－漠不关心的否－

点头，从镀金指针－
点头，从细长秒针－
数十年的傲慢横在
刻度盘的生命－

和他之间-

A Clock stopped -
Not the Mantel's -
Geneva's farthest skill
Can't put the puppet bowing -
That just now dangled still -

An awe came on the Trinket!
The Figures hunched - with pain -
Then quivered out of Decimals -
Into Degreeless noon -

It will not stir for Doctors -
This Pendulum of snow -
The Shopman importunes it -
While cool - concernless No -

Nods from the Gilded pointers -
Nods from the Seconds slim -
Decades of Arrogance between
The Dial life -
And Him -

在首行（扬扬格）里停摆的钟，按形状来说，是一种老爷钟[①]，我们可以从它有摆锤这一特点看出，并且狄金森直白地声明这不是

① 老爷钟，以摆锤释放重量推动齿轮运转的落地机械钟，通常有1.8—2.4米高。

一座壁炉钟[1]。它有一个表盘（上有镀金时针和秒针）。不过这是一座微型老爷钟，放在一个店员的橱窗里，一个“小摆设”。与此同时，它是一个人造的木偶，“此刻它垂悬不动”。它还是一具没了声息的尸体，“不会为医生动一动”，也不会对于店员的强求有所回应，虽然它曾让他的橱窗充满生机。这首冰冷的诗作呈现出狄金森的想象力达到最激动不安的状态会是什么样子，她为垂死和死亡的多个方面寻找隐喻。当她凝视着那具尸体——已然目睹它颤抖着经历死亡的痛苦——她想要表达的，既有钟体做工的精致，又有临终之时这长方形的僵硬和冰冷，它自身全然无法动弹，对于商业社会请它复工的强求无动于衷，并拒绝顺从医生的摆布，不再“动一动”。它已被一位死神接管，狄金森称其为“它却冰冷－漠不关心的否”。“否”(N-o) 做什么呢？他“点头”(N-o-d-s)。[看到 No 和 Nods 两个词的重合之处，我们就理解了狄金森为何丢下了原本为他准备的动词“stares”(凝视)，而由第一个词沉默的“No”中想出了第二个词“Nods”，并重复了一遍。] 显然没有感情的“No”归属于“snow”[雪] 的国度，在那里摆锤保持着其现在的惯性，既不能让摆锤“摇晃”，也不能让身体“动一动”。

“木偶”由“日内瓦”制造，“日内瓦”采用了提喻法，是钟表匠的代称（这跟启蒙时代的“钟表匠上帝”[2]概念已经相差不远了）。不过其生命活动却被一位傀儡师即上帝操纵，他操控他的木偶在舞台上完成最后一次鞠躬，让它“垂悬”(dangle)，仿佛被处以绞刑。死亡使得上帝创造了拥有自由意志的人类这一观念破产：世上没有任何人可以拒绝死亡的接近或者通过努力战胜它。

---

① 壁炉钟，通常被摆设在壁炉架上，采用雕塑、铸造等金属工艺，是欧美富裕家庭必不可少的装饰品。

② 在启蒙运动时期，自然神论者喜欢将上帝比喻成一个钟表匠，他无须不断干涉被造物的世界，因为这个世界可以按照上帝创造的理性与自然法则自行运转。

这首诗的雅致在于它不事张扬的韵律，几乎所有韵脚都押完全韵[①]，除了“pain”（痛苦）和“noon”（正午）押不完全韵，狄金森以她强烈而富有同情心的想象力采用了这两个词，把灵魂的绞痛和它非自然的死亡时间联系起来。这首诗的韵律还有一个显著特征：如果我们暂时将第1节和最后一节的两个短行（开头和结尾）调整为一个长行，形成规整的四行诗，我们会注意到奇数行的阴性韵[②]与偶数行的阳性韵[③]（在视觉上）重复交替出现。在奇数行中，只有第2节中的“Decimals”（十进制）和第4节中的“between”（横在……之间）有重音词尾。除此之外，在那些奇数行中，我们不断听到阴性韵的扬抑格韵脚：“Mantel's”（壁炉）、“bowing”（鞠躬）、“Trinket”（小摆设）、“Doctors”（医生）、“［impor］tunes it”（强求它）和“pointers”（指针）。由于这首诗（一直到最后一节）绝大部分是抑扬格，我们本能地把这些“扬抑格”的“额外”音节加到它们所在的那一行的最后一个抑扬格音节上，而不会特别注意它们。当我们来看构成第3节的平滑的抑扬格的时候，会认为我们已然永久地处于一种死亡惰性之中；但那些规整的抑扬格是为接下来的第4节的冲击做铺垫，第4节是一连串无情的扬抑格。上述五个奇数行的韵脚中早些时候重复的扬抑格节奏（ˊ ˇ ）预告了第4节中节奏的陡然转向（对此我们只有后见之明），转为傲慢的扬抑抑格和扬抑格，这节奏击打着我们，如同“它却冰冷-漠不关心的否-//”。

---

① “完全韵”（perfect rhyme）必须满足以下三个要求：重读元音必须相同；该元音后面的音素（辅音、辅音群，甚至轻读音节）必须完全相同；该元音前面的辅音必须是不同的音素。

② “阴性韵”（feminine rhyme），押韵的音节有两个（或更多），前面的音节重读，后面的音节非重读。

③ “阳性韵”（masculine rhyme），押韵的重读音节在词尾，其后不再有非重读音节。

´ ˘ ˘ | ´ ˘ | ´ ˘
Nods from the Gilded pointers -
Nods from the Seconds slim -
Decades of Arrogance

随着“between”(横在……之间)一词的出现，这首诗开始了向死亡最后的抑扬格的沉落：

˘ ´ | ˘ ´ | ˘ ´ | ˘ ´
between / The Dial life - / And Him -

诗人把钟面和上面的数字拟人化，将12个小时的时间跨度视为一个120“度”的圆，在这段时间内，时针从数字12又走回数字12。而秒针则在每个刻度之中都有自己的60个“细长的”秒。当代表时、分、秒的“指针”在正午时分重合，也就是在数字12重合时，钟表示“无刻度的正午”，即死亡的时间。我认为狄金森不想让死亡发生在“无刻度的午夜”(同样准确描述了指针停在12时的钟面)，因为“摆件-身体”对于死亡的痛苦感知是至关重要的；在午夜，死亡可以降临，毫无知觉的，使人沉睡不再醒来。“小摆设”意识了自己的末途，感到了“敬畏”；数字痛苦地弓身，看起来像是驼背；之后，用一种神秘的措辞来说，他们在死亡之前“颤抖着离开十进制”。狄金森似乎是用“十进制”来表示(正如狄金森语料库表明的那样)“以十来衡量的数字”，钟面以十个空格为单位进行标记。当“无刻度的正午”敲响，凡俗之躯“颤抖”着从“刻度的生命”中的位置进入了空无。“痛苦”与“无刻度的正午”之间的对立，一个如此人性和撕心裂肺，另一个则如几何学一般缺乏人性，二者将狄金森主要隐喻的两个部分结合在一起，一个是垂死的人，另一个是圆形“刻度”，(通过类比)代表走过的人生。

“冰冷-漠不关心的否”目空一切；他“数十年的傲慢”使他与

刻度盘的生命——移动的指针和钟面上的数字所过的生命——拉开距离，与此同时二者之间仍然有内在的时间联系。当生命的最后一秒结束时，指针停止移动，“否”宣告了他的威力——事实上，他的威力延续于凡人生命的几十年间，即使从没有人对此有过思考。“否”只是在等待时机，以表明相对于肉体和精神上各种时刻的“是”而言，他傲慢的优势所在。

［J 287］

269　暴风雨夜－暴风雨夜！

暴风雨夜－暴风雨夜！
若跟你一起
暴风雨夜恰便是
我们的奢靡！

风暴－不值一提－
心已入港－
罗盘，不用－
海图，收起！

泛舟伊甸园－
啊－海！
但愿－今夜－我能停泊
于你！

狄金森将这些诗句以二步格4节诗的形式组织起来，模糊了它们基本的对句结构。如果将它改写为更为流畅的对句，我们可以看到，二步格形式会增添些什么：

暴风雨夜－暴风雨夜！若跟你一起

暴风雨夜恰便是我们的奢靡。
风暴－不值一提－心已入港－
罗盘，不用－海图，收起！
泛舟伊甸园－啊－海！
但愿－今夜－我能停泊于你！

那些带有停顿的令人心醉的愿望、预想中的抵达以及激越的泛舟，被轻而易举地收纳在对句之中，过于仓促地抵达。在原先的版本中，“暴风雨夜”这一短语在首行和第3行中重复出现，获得了额外的力量；而在改写后，第7、8行中的首语重复法（以“Done”引领着两个单独的诗行）也将消隐在四音步对句中。正如她常做的那样，狄金森的停顿创造出一种狂喜的心灵，停下来，以估测它自身的情感和它的语言。

起先，叙述者的声音似乎在高声地做梦，点明了自己的渴望；而后它暂时停下（在小短线之后），上升至一个更高的语域，以惊叹号表示。但它仍未告诉我们，是什么令这些令人惊叹的夜晚变成“暴风雨”。而这份狂喜随即就被一个与事实相反的假设所修正——“若跟你一起”，且它预想的结局在“将是”（would）一词的虚拟式“恰便是”（should）之中。不过，叙述者很快抛开了爱人不在身边的不甚如意，想象着在一段伴随着风暴威胁的海上之旅后，心灵终于在港湾中觅得安宁的那份释然。到那时，在她爱人的陪伴下，那些风暴也将变得“不值一提”。一旦进入港湾，罗盘和海图这些精密仪器就再无用处，而叙述者便会满怀欣喜地抛开它们，为她再也不用监测自己的航行而安下心来。尽管这个想象中的“港湾”还无法作为一个停靠点，但它在想象中的在场，令狂暴的大海化作令人充满期待的伊甸园。爱人与港湾合为一座避风港，而在这个令人惊叹的瞬间，“今夜”，将狂热的欲望，而不仅仅是向往，带入视线。“thee”（你）既是狄金森的第一个押韵词，同时也是最后一个，显示出叙述者的心灵所围绕的磁极。

我还没有谈到“luxury”（奢靡）这个词。它在那个与事实相反的假设的末尾作为答案出现：若跟你一起，暴风雨夜将成为我们的——什么？狄金森选用“奢靡”一词［其拉丁词根为“*Luxuria*”（色欲）］，带有放纵、过度和欲望的弦外之音，明知故犯地亵渎了童贞的得体和节制。

有一种批评观点根据“停泊于你！”推断诗歌的叙述者为男性，不过，在我看来这个推测是站不住脚的，这种粗俗之气跟狄金森格格不入。诗人的措辞属于那种女性的浪漫传统。后来，在《多么腻烦－等待－》（410，J 368）这首诗中，狄金森重复使用了许多《暴风雨夜》中的措辞，再一次将自己想象为一个在船上航行的女人：“一个港口－足够－对一艘像我这样的双桅船－／／我们的是颠簸－尽管大海狂暴－／胜过停泊地－而没有你陪伴。”

［J 249］

276　文明 – 唾弃 – 豹子！

文明 – 唾弃 – 豹子！
难道豹子 – 张狂？
沙漠 – 从不指责她的绸缎 –
埃塞俄比亚 – 亦不指责她的金黄 –
黄褐色 – 她的习俗 –
她对此一清二楚 –
布满斑点 – 她的外袍幽暗 –
这是豹子的天性 – 先生 –
看守者 – 何必 – 眉头不展？

可怜 – 这花豹 – 离开了她的亚洲！
棕榈树的 – 种种记忆 –
无法被麻醉药 – 扼杀
亦无法被香膏 – 压抑 –

担心她在别人眼中会是何等古怪，在1862年7月寄给希金森的一封信中，狄金森写下了这句讽刺诙谐的自嘲："我自己，美人中唯一的袋鼠。"（L 268）但在这首诗中，她不是一只来自澳洲的袋鼠，而是一只从亚洲俘获的豹子，被囚禁在"文明"中。这是狄金森写给"主人"的诗作中的一首，在这首诗中，"看守者"被尊称为

"Signor"（先生）。这一意大利语的敬称也出现在270（J 250）及387（J 429）中。这些异国的猫科动物——豹子、老虎和它们的热带家园，让狄金森意识到，它们刚好是新英格兰所缺少的物种。然而，她的"先生"唾弃她，这难道是她本人的过错吗?

豹子虽以第三人称谈论自己，但她与叙述者是一体的。起初，豹子似是后悔地问道（像在谈论一个孩子一样）："难道豹子－张狂（bold）？"［现在我们不太会用"bold"这个词来指责他人，但在19世纪，"张狂的姑娘！"（"Bold girl！"）是教师常用的一句严厉的批评。］被唾弃的豹子垂着头，以一种抚慰性的、第三人称的童言稚语来谈论自己，似乎是谦卑的。但很快她奋起反击：在别处——在沙漠，在埃塞俄比亚（对于狄金森时代的美国人来说，这个国家是个十足的异域之地），她那金色的绸缎外衣被人夸奖。尔后，狄金森宣告了一个令人震惊的结论：品味是相对的。这样一来，她就让她的豹子，来了一个大转折，接受了那位"先生"（显然是一位种族主义者）的评判标准：豹子知道，她的习俗和她的面庞一样，是黄褐色而非白色的；她明白，按照北方的喜好，她金色的皮毛"幽暗"，并且"布满斑点"；她清楚地意识到这一切，却以一个无可辩驳的宣言捍卫自己，向"文明"挑战——这就是她的天性，她生来如此。那么，她又为何非要忍受"看守者"的皱眉呢?

"看守者"似乎做了不少尝试，希望与豹子和解：为了治愈她的乡愁，抹掉她过去的记忆，他给她带来麻醉药；为了让她在他的"文明"中感到舒坦，他为她提供"香膏"。豹子清楚，这些补救之法都是徒劳的，并以一句突如其来的转折道出她的不幸："可怜－这花豹－离开了她的亚洲！"她的记忆无法被"扼杀"或是"压抑"，无论这可能会多么不合时宜，对于她的"先生"和他所代表的文明。

作为一种古老的民间形式，兽类（和鸟类）寓言让狄金森着迷。这些"家常的"寓言被传统所认可，相较她那些抽象的分析寓言来说更为灵活。很难想象会有一支狄金森部落，生活在“亚洲”某处的棕榈树下；然而，每一个特立独行的人都梦想着在别处而不是在本地找到更好的同伴。这篇受伤的演讲，语调铿锵有力，重音都落在第一个音节上：“Was the Leopard - bold? ”（“难道豹子 - 张狂？”）（显然，这反驳了她的“看守者”对她的指控）；她骄傲地告诉她的“先生”，“沙漠 - 从不指责她的绸缎 - ”（埃塞俄比亚对她的金黄色亦是如此。）在她一再让步的自我描述之中，不断复沓着相同的重音，记录着她在白人的标准下显得多么“丑陋”：“黄褐色 - ”，是的，这无可否认；“布满斑点 - 她的外袍幽暗 - ”，的确如此。在这些外来的标准面前，她为自己的斑点和暗褐色的外袍感到羞耻，为自己身为女性却无法在外貌上得到认可而感到失望。她抱歉地说道，自己无法做出改变：尽管她了解“看守者”的喜好，但她天性如此。（“看守者 - 何必 - 眉头不展？”我们在《走过麦田来》[①]一诗中见过这样的表达：“如果一个他吻了一个她，/ 她何必哭起来？”）但这种冒犯就理应遭到这种回应吗？豹子的冒犯就理应遭受“看守者”的轻蔑吗？

“看守者”试图安抚她，却换来她同等的轻蔑。这种轻蔑被诗歌末尾的以重音加以强调的“Cannot”（无法）和“Nor”（亦无法）两词表达出来。豹子从对童稚的模仿到骄傲地进行自我防卫，再到道歉、恳求、自怜以至轻蔑，在这个过程中，最为集中地体现了狄金森运用重音节奏来创造语调的娴熟手法。实际上，她提供了一份韵谱，供我们朗诵。在末尾的诗节中，诗人有意地让充满乡愁气息的亚洲“Palm”（棕榈）与“看守者”徒劳的“Balm”（香膏）押韵。

在狄金森写给“主人”的信中，追忆了豹子的情感：“上帝造了我 - ［先生］主人 - 我没有成为 - 我自己。我不知道这是怎么回

① 《走过麦田来》是苏格兰农民诗人罗伯特·彭斯（1759—1796）的诗作，作于1782年。此句原文为：“If a body kiss a body, / Need a body cry? ”这里引自《彭斯诗选》，王佐良译。

事。”（L 233）而在最后一封写给“主人”的令人心碎的信中（L 248），狄金森同样以第三人称（作为“雏菊”）谈论自己，正如豹子一样：“或许她让他的品味难过（擦伤）了－或许她古怪的－乡野气（烦扰）嘲弄了他高雅的天性（理性）。雏菊明白这一切－可却不能让她躲过罪责－教她优雅－主人－教她威严－”。

[J 492]

279 自所有创生的灵魂－

自所有创生的灵魂－
我已选中了－一个－
当感觉列队－离精神而去－
躯壳的伎俩－已结束－
当现在之所是－与曾经之所是－
分离－内在－独立
这出肉体的短暂戏剧－
翻转－如沙粒－
当一个个形体露出高贵的正面－
层层雾霭－被剥离，
瞧，这个原子－我所独喜－
胜过所有队列中的泥坯！

大胆而高亢的第7行，起初的版本是“这出肉体的短暂悲剧”，后来，狄金森修改为“这出肉体的短暂戏剧”。并非每个人的生命都是悲剧，她或许这样思忖；把她本人的情感投射到整个启示场景中聚集的众人身上，未免有些感情用事。也许她是对的，不过，在被她否决的词语中，“这出肉体的短暂悲剧”这个句子不该被忘记。

按照新教教义，上帝已经预先选定了某些灵魂，作为他的选民，预定他们获得拯救（其他人则注定永受地狱之苦）。狄金森仿效上帝的做法，指定了她的选民，但她比上帝更挑剔，只选定了一个。关于群众，她的隐喻是“所有创生的灵魂”，包括每一个，从亚当到最后一个被造之人，他们都将在末日出现，那些泥坯的队列（军队）。（“list”，这个词用于部队，指具有某种共同点，可以被划归一类：在末日审判时，他们都拥有一个腐朽的肉体，也就是泥坯，那是一群群复活的灵魂曾经拥有的共同点。）

狄金森对于末日审判的描述是逐步展开的。肉体死去时，死者看见他们的一个个感觉器官，像一支部队，从精神中离去。随着遮掩的肉体消失，“躯壳的伎俩”（Subterfuge，其词源意思是，在某物的遮掩下逃遁）[①]已不再可能了，精神的每一个真相都暴露无遗。在永恒的无时间状态中，现在和过去都是完整的，每一个都是独立的，如今都以它们的“内在的”而不是偶然的本性被瞧见。每一个出现在末日审判的灵魂都有他或她自己的“肉体的戏剧”，之所以觉得它“短暂”，只能是因为现已被抛开，或者不如说，被神圣的力量“翻转－如沙粒－”。这里的措辞神秘隐晦：“沙粒”采用了特殊的单数形式，这与狄金森对“干草”的用法类似：“我希望我是一干草－”（见《小草几乎无事可做》379，J 333）。在回顾中，她短暂的生命对于她就好像“浩瀚的永恒之沙漠”[②]中的一粒沙子，正如在“队列中的泥坯”中，狄金森把那位心爱的被选中的灵魂称作单数的“原子－我所独喜”。

狄金森把末日天启描述为那个时刻，“当一个个形体露出高贵的正面－/层层雾霭－被剥离”，这个描述借用了（由某种雕刻师批准的）如下理论：从冷漠的大理石遮挡中最终出现的人形，其实始终“在遮挡之中”，雕刻师只是剥离了多余部分以便让它现身。那些被

① 诗歌的中译本采用了意译：“躯壳的伎俩”，以便将“subterfuge”一词的多重义项尽可能表达出来。

② “浩瀚的永恒之沙漠”出自马维尔（1621—1678，英国玄学派诗人）的名诗《致他娇羞的情妇》，又译作《致他娇羞的女友》。

解放的选中的精神（无论他们此前的短暂戏剧多么卑微），如今发出光芒，像从前一样：高贵，有国王为伴。为了让他们的荣光被看见，尘世的雾霭模糊了荣光，像雾霭模糊了太阳一样，必须被那位神圣的雕刻师“剥离”，是他将一切揭开。

此诗的前两行与最后两行首尾衔接：前面宣告选民，最后“瞧”，指向那个被选中的一个。中间展开了一系列状语从句，以“当”（When）作为先行词（有时可以从语法上“理解”为“when”），按照我的计算，一共六个从句，描述末日的方方面面。每一个方面都暗示着庄严，它们延缓了诗人逐渐揭开末日天启之面纱的过程。对末日的描述通常都是高声的、光彩夺目的：天使吹奏喇叭、死者复活、宣告审判（“离开，你被诅咒了”）以及各种可怕的超自然的显现（如《启示录》所述）。“如果让我来描述末日，”狄金森暗示说，“这就是我的版本”。她提供了一个压缩的但必不可少的全景画。一旦感觉和躯壳的伎俩都随着肉体的离去而消逝，一种形而上学的威严就会开始，以狄金森那开阔的“瞧”的姿态作结！上帝以一种预定的呆板的行动来选择他的选民，可是，狄金森的做法却是一种大胆的选择，她不过宣布了她自己的“喜好”或“偏好”，这个词表明了一种趣味选择而不是道德选择。

[J 664]

284　零度教我们什么是－磷－

零度教我们什么是－磷－
我们学会喜爱火焰
通过触摸冰川－在孩童时代－
猜测到－火种－通过

对立面－平衡一切的力量－
日食－暗示－太阳
麻痹－我们喑哑的启蒙
通向生命力－

［B 版，1863年］

若转写为日常语言，此诗的大意如下：“寒冷教会我们炎热；在年少时代，我们通过触摸冰川学会喜爱火焰。被寒冷包围，我们猜测火种（生火燃料）的存在，通过对立面的力量，以平衡……一切事物。”换言之，我们从匮乏中学会渴望；我们在对赤贫的控制中，学会喜爱渴望。我们推测可燃物的存在，因为我们知道一切事物皆有其对立面。因此（到目前为止），那无法点燃的寒冷告诉我们，此处存在火种。日食暗示着（此前存在着的炙热的）太阳；“麻痹”——以其寒冷的喑哑或是麻木，是我们学习（语言或感官的）

生命力的第一课。

诗歌的关注对象是对热度（生命力、太阳的温暖）的强烈渴望，由一位终生处于寒冷之中的女性所感受到。生活迫使她触摸寒冰的次数越多，她便越发懂得珍视狂热。最终，她从这些愈发迫切的、未满足的欲望中领悟其中潜藏的真理：任何事物都能从其对立面中推测出来。从黑暗的生活中，她凭直觉确认了太阳的存在；通过体验麻痹，她明白了何为生命力。

在最初的版本A中，狄金森希望借助数学思维，来阐明对立物中那种平衡其他事物的力量。偶数平衡奇数。我们“通过 / 对立物 - 平衡奇数 -”，并由此猜测火种的存在。但奇与偶之间的对立关系不同于具有强烈感情色彩的热与冷，因此诗人又增添了一个关于色彩的比喻。白色是寒冰，红色是热度：“若（那儿）有白色 - 红色 - 一定在（那儿）！”她从“雪”中推测出火焰的存在。

猜测到 - 火种 - 通过
对立物 - 平衡奇数 -
若有白色 - 红色 - 一定在！

[A版，1862年]

我们需要弄清，诗人为何以相等的“一切”[①]之对立物的力量，代替版本A中奇与偶的相关比喻，以及诗人为何删去红与白的意象，替换为日食和麻痹。无须多言，日食和麻痹远比白色和红色更具戏剧性和刺激性；而由最高级别的“一切”引出的哲理“所有事物都有对立面，可以用来定义它自己”，也比平衡奇偶数更为缜密而有趣。

如果感到诗歌的形式与她想传达的经验不够匹配，狄金森通常

① Aught即Ought，这是狄金森的拼写习惯，意为“一切”。——原注

会返回诗歌的内部反复推敲。以“白色”来言说“冰”“雪”或“匮乏”等意象，似乎力度不够；“红色”，以其模糊性，有可能暗示（以身体的洁白为参照）鲜血而非热度。（她在修订时自问）处于恐惧、匮乏、死一般的寒冷、无力言说之中究竟是怎样的感觉？就像是一场永恒的日食，她带着极度的思慕，通过它想象出光芒四射的太阳；又或者像是对麻痹的体验，中风剥夺了她言说的能力，令她肢体麻木。她希望自己对情感状态的表述是准确、清晰、鲜明有力的，因此她将诗歌修订为现在的版本。

在“零度”中狄金森道出了一个凝练的警句，并非意在制造一个持久的谜语（因为接下来的两行立即对其做出了解释），而是追求一种惊人的、反常的语言使用效果。“零度”可以被理解为一种自然气候，就像“热带”一样：这样的“寒带”，反复地施加“零度入骨”（见*1096《草丛里一条狭长的家伙》），创造出一种渴望，不仅对热量，更是对自燃、对一种耀眼的内在爆炸的瞬间迸发的渴望。那么，在什么元素中能找到它呢？答案是磷。狄金森那本1844年版的韦伯斯特词典对磷的定义是：“在正常的空气中能迅速燃烧，在氧气中，熊熊燃烧。”在《是谁夜夜寻找我的枕头》（1640，J 1598）中，“磷”（Phosphorous，原文如此）象征着地狱的火焰和硫黄，按照基督教的观点，可以将罪恶归因于“零度”中的“磷”所代表的强烈欲望。

在《我们摆弄人造宝石 -》（282，J 320）中，狄金森沉思人类如何学习拥抱并运用我们的价值观，最终得出了这样的结论：摆弄“Paste”（人造宝石、假珍珠）让我们做好了拥抱“珍珠”的准备。通过类推法，我们的双手“学习宝石之术 / 磨炼颗颗沙粒 -”。这首诗展现了学习是一个从低到高逐渐提升的过程，因此能够以积极的基调结束。而在“零度”中所描述的那种不同类型的学习，则通过对立之物而非类推法来进行。那个痛苦的结局（身陷匮乏而想象富足），并未预期会有任何“宝石”落入我们麻痹的双手。

首行“零度”语出惊人，其实它套用了一句更为传统的表述：“热带（反而）教给我们冬天的快乐。”每个诗人都希望打造一个引人入胜的开篇，比如我们会想起一些经典的例子，它们的冲击力得益于各种各样的方式：开门见山的称呼（如约翰·多恩的“忙碌的老傻瓜”①）、鲜活有力的动作（如乔治·赫伯特的“我猛敲餐桌”②）、令人难忘的景象（如华兹华斯的“看她，孤身在田野里”③），或是天马行空的幻想（如爱德华·李尔的“猫头鹰和小猫咪出海去”④）。相比之下，狄金森的开篇：零度，磷——一个令人费解的带有说教意味的化学警句，显得庄重枯燥。这个警句，作为一种开端的姿态，其“冲击力”对狄金森而言十分珍贵，特别是它可以唤起磷光的隐喻。

[J 689]

① 约翰·多恩（1572—1631），又译邓恩，英国玄学派诗人。“忙碌的老傻瓜”一句来自其代表作《日出》一诗。

② “我猛敲餐桌”一句来自乔治·赫伯特的代表作《项圈》一诗。

③ “看她，孤身在田野”一句来自华兹华斯《孤独的割麦女》。

④ 爱德华·李尔（1812—1888），英国诗人，以写荒诞诗出名。“猫头鹰和小猫咪出海去”出自他的诗作《猫头鹰和小猫咪》。

288　久病后－初愈的头一天－

久病后－初愈的头一天－
我请求到外面去，
把阳光握在我手中
看看豆荚里的东西－

只有一朵花－当我进来
与疼痛一试运气－
不确定是我，还是他，
终究哪一个最强。

夏日渐深，当我们搏斗－
她收走了一些花儿－
更红润的面颊－取而代之－
以宠爱－迷幻的方式－

为欺骗自己，她仿佛尝试着－
如同面对一个孩子
即将凋零－明天－挂起彩虹
坟冢，就可以藏匿。

她给坚果分发时装－
为种子系上兜帽－
随处抛撒色彩的亮片－
让巴西的丝线逗留

在她碰到的每一个肩头－
然后，把她迷雾般的手
举起－遮住她即将离去的恩典
躲开我们不适应的双眼－
我的损失，由于疾病－真是损失吗？
或许是缥缈的收获
赢得，通过测量坟墓－
而后－测量太阳－

这首诗让读者想起济慈的《秋颂》[①]，狄金森在诗中描述了秋之女神（德墨忒尔）的到来和渐渐离开。从这年春天开始，诗人因疾病缠身而不能出门，没能见到夏日。她在与死神搏斗，看她与死神哪一个“最强”，而不是“更强”，因为在这场搏斗中，输掉就意味着死去。当狄金森可以再次出门时，她记下了春天以来（她上一次在室外时，一切仅仅是“一朵花”）可能发生哪些事：她像济慈一样，在秋天时“到外面去”，去“看看豆荚里的东西－”，因为花朵都已凋谢。济慈看见秋之女神在收获的田野里忙中偷闲；狄金森则看到她温柔地换下已逝的春日事物。在“夏日渐深”，诗人与死亡搏斗之时，“面颊更红润的”花朵（比如大丽花和鱼尾菊）代替了春日

① 济慈的《秋颂》共3节，第1节主要用多种感官描写秋日的光线、香气、色彩和味道，第2节写收获中的田野，第3节写收获过后的日暮时分。此诗作于1819年9月，此时，济慈的弟弟刚病逝不久，而诗人自己也已患病。不过，济慈在诗中并没有偏重渲染秋日之悲，而是写丰盈的收获，总体风格沉缓静谧。

里粉色的花朵。通过这种方式，夏日仿佛隐藏起时间的流逝，而让自己进入一种对时间无知无觉的状态。就像济慈笔下的蜜蜂，因为花朵晚开而误以为日子将永远暖和[①]。夏日用红色的花朵来欺骗自己。这里，狄金森用了一个残忍的比喻：她把夏日自我哄骗的方式，比作大人们在一个将死的孩童面前的无力表演——他们挂起一道彩虹，试图隐瞒逐渐逼近的死亡。

在残酷的死亡预言之后（这大概源于诗人重病中的心态），诗人得以再次出门。有感于眼前的季节变化，她开始描述女神如何继续装点这个世界，尽管花朵已被剥夺。女神赋予坚果、种子、叶片以新的“时装”，留下（“巴西的”）温暖色彩给她所碰到的（或者说可以够得着的）每一个“肩头”〔这里的“肩头”(Shoulders) 或许是“灌木”(shrubs)？〕。在最后两节中，像济慈笔下的秋日那样，狄金森的秋之女神在“迷雾”中消失，并免去了“我们不适应的眼睛”因见证她“即将离去的恩典”而导致的痛苦。(“迷雾”“面纱”“薄纱”，这一类词语，在此诗中暗示隐藏着的另外一面。）狄金森后来的一首诗仿佛是对这处神圣告别的回响。在《不知不觉，有如忧伤》(*935) 一诗中，当“夏季已轻轻逃逸 / 消隐于美 -”，诗人把夏日逃逸的姿态描绘为“一种礼貌而恼人的优雅， / 像客人，即将道别的模样 -”。

因为狄金森在与病痛的生死搏斗中得以幸存，此时，有一股欢欣之情在她心中涌起，并逐渐超越了因错过春天而产生的怨怼。现在，诗人开始怜悯大地女神，因为她坚持着装饰这个世界，尽管材料所剩无多：她为种子预备的小小兜帽、色彩的亮片、“巴西的”丝线（因其热带的色彩而具有装饰性，但它仅仅是丝线，就像亮片仅是一些小碎片，兜帽也是迷你的）。在描写夏日时，诗人只用了寥寥

---

① 引自济慈《秋颂》：“又为了蜜蜂 / 一次一次开放过迟的花朵 / 使它们以为日子将永远暖和 / 因为夏季早填满它们的粘巢”，参考《济慈诗选》，查良铮译。

几个动词，夏日苍白地把花朵“收走”，因为彼时她被疾病困于室内；而现在诗人出门亲眼见证了崭新的秋日。她逐渐发现秋日的创造力，因而在写作时，她格外突显了秋日丰富的动态——秋日积极地“给坚果分发时装”“为种子系上兜帽”“抛撒色彩的亮片”。

在诗歌开头，狄金森因为身体虚弱还不能独自行走，于是“请求到外面去”；她的第一个愿望是“把阳光握在我手中”。这双手迫切地想要抓住这个季节的温暖，与秋天结束时女神的双手相呼应：在离开之际，女神将自己“迷雾般的双手”举起。在秋日女神离去之后，诗人感到必须要对自己的经历做出一个衡量：自己先因疾病而失去了那些花朵，但最终得以短促一瞥“豆荚里的东西”。这究竟是失去，还是获得？这种补偿性的思维方式在诗歌创作中十分常见。比如，尽管华兹华斯没有看到歌唱着的收获者，但“那歌调早已寂无声响／却还在心底悠悠回荡”；尽管他失去了“荣光和梦境”，但他拥有了能够听到“这低沉而又悲怆的人生乐曲”的能力。①

那么，狄金森在疾病造成的失去中获得了什么？她知道了生命体验如何宝贵；她测量了坟墓，然后测量了太阳。和狄金森其他以数学收尾的诗歌一样，“测量”是诗人获得确信的一种途径。在此诗中，对失去与获得的测量结果完全相同。在后来的一首诗（1103，J 1071）中她这样写道：“感知一物，其代价／恰好是，失去此物－”（狄金森一生使用“Precise”［精确、恰好］一词20多次，这再次证明了她对数学思维的热衷），坟墓让人更加懂得生命的价值，这一点在“Gain”（收获）与“Sun”（太阳）的押韵中得到再次强调。那是“缥缈的”收获，是精神上的；无论多么巨大，在物质世界中都找不到对应。

［J 574］

① “那歌调早已寂无声响／却还在心底悠悠回荡”“荣光和梦境”“这低沉而又悲怆的人生乐曲”这三句分别引自华兹华斯《孤独的割麦女》《永生的信息》《丁登寺》。译文均采自《华兹华斯、柯尔律治诗选》，杨德豫译。

291　它从铅色的筛子里筛下－

它从铅色的筛子里筛下－
粉饰了整个树林－
它用汉白玉的羊毛
把路上的皱褶填平－

它造出平整的脸
在原野，也在高山－
连绵的额头从东方
再向东方伸展－

它扑到篱笆上－
一条条包裹着
直到消失在绒毛里－
就播撒缥缈的面纱

给树桩、草堆－和茎秆－
一间夏天的空房屋－
连片的庄稼秆，那里曾有丰收，
若不是它们，便毫无记录－

它让桩子的手腕带上荷叶边
就好像女王的脚踝－
然后就停下它的巧匠－像幽灵
否认它们刚刚来过－

［A 版，1862年］

它从铅色的筛子里筛下－
粉饰了整个树林－
它用汉白玉的羊毛
把路上的皱褶填平－

它像一群鸟儿散去－
像一群牛羊聚拢－
像魔术师弄出的形影落于
一道弧，无缘无故－

它穿越－却又止步－
消散，同时留下－
然后蜷缩在魔蝎宫里－
否认刚才是它－

［E 版，1883年］

这首诗描写一场暴风雪，却全篇不提“雪”字，让人联想到狄金森的“谜语诗”，它们不明写主题，等待读者猜测诗旨。此诗共有5个版本，富兰克林在阅读本中选印的是短短的3节版（E 版，1883年）。但是为了比较此诗的前后变化，更早的5节版（A 版，1862年随信寄给嫂子苏珊·狄金森）也很值得一看。就像评论家们所注意到的那样，A版的一些措辞受到1862年2月《大西洋月刊》上一篇文章的影响，这篇名为“雪”的文章在发表时没有署名（其实为希金森所做）。在从A版删改为E版的过程中，狄金森将4个诗节删为一节，大改全诗最后一节，不过基本保留了末句的样貌。狄金森删节诗作通常是因为在重读时，她发现自己之前的想象过于活跃，导致诗歌已经离题。此诗中被删去的3节是全景式的，雪景被延展（与希金森在文章中所写的一样）到树林与通往山谷的公路之外，延展到篱笆桩与“丰收”过后的、庄稼秆遍地的田野上。这3个诗节并无什么毛病；事实上，把不同的田野连成一片的“庄稼秆”构成的严谨线条，来自狄金森，来自一种纯粹的几何。她一定是因为不想保留全景才决定删节，因为在裁剪的过程中，许多优美的诗行和动人的意象被牺牲掉了，比如，雪花在篱笆桩上积起荷叶边，还有“一间夏天的空房屋－”。

她后来的改动能够透露出什么呢？在A版的第1节中，雪花使风景一片平坦，消失了原来的特征——它覆盖了树林中的棕色树木，填补了道路上的旧车辙［和希金森一样，狄金森在此暗指《圣经》中的“他降雪如羊毛”（《诗篇》147：16）］。之后的3节继续延展这个奇喻，但没有增加任何新内容。狄金森想让此诗更进一步，因此删掉了这3个诗节，转而去写一个更富有动态的画面——漩涡中的雪花像鸟儿一般飞散，然后聚缩成“一群牛羊”。C版和D版新增了一处比喻，把雪花比作魔术师抛下的“鲜花”。E版则将“鲜花”替换为“形影”。如果我们把做出抛撒动作的魔术师看作对制造暴雪的上帝的比喻，这首诗的含义就变得有些不祥了。因为如此一来，被魔术师抛撒的那些“形影”便象征人类，由上帝以“无缘无故”的动机扔出来。事实上，魔术师与“形影”所构成的不祥暗示正是诗人一直想要表达的主题。A版中间3节那种无危害的、全景式的美妨碍了这一主题的表达，因此它们被诗人删去。

最后一节主要描写暴风雪中雪花飞舞形态的不可预测。在“散去”和“聚拢”这两个描述雪花飞舞形态的动词后面，诗人运用了几个表现运动方向摇摆不定的动词：雪花根据“魔术师－造物者”的意愿，穿越，止步，消散或者停留。然后，当“魔术师－造物者”对于玩弄“雪花－形影”感到厌倦时，暴风雪便消失了。它如今蜷缩在冬季黄道星座即摩羯座之中（如同野兽蜷缩在洞穴里那般），同时为自己造成麻烦的来访做无罪辩护，否认它曾耍弄空中那些不幸的“形影”。

E 版的3个诗节都由动词驱动，诗人的思想便寄托在这些动词中。在1862年的 B 版里，狄金森对造物主的指代更加明确：雪花“停下它的巧匠－像天鹅－/否认它们刚刚来过－”。雪花将它的行为委托给它的巧匠，不过这些巧匠十分高贵，如天鹅一般。

[J 311]

294　一个带针的重物压下来 -

一个带针的重物压下来 -
而且，推着，刺着 -
如果肉身抵抗这重量 -
冷冷地 - 穿孔 - 考验 -

每一个毛孔都不放过
只要属于这复合构形 -
剧痛之多样繁多 -
正如 - 为物种 - 命名。

面对这首描写“剧痛”的谜语诗，我们仿佛身处一间刑讯室中。审讯官不满足于一般的刑具，于是发明了一种新的酷刑工具。它是一个重物（就像用来迫害殉道士的那种刑具，比如霍普金斯曾经纪念的英国殉道士玛格丽特·克利瑟罗[①]）。这个重物的下表面（也就是接触到受害者皮肤的那一面）布满细针。针的分布如此密

① 玛格丽特·克利瑟罗（1556—1586），罗马天主教会的英国圣徒，被称为“约克之珠”。1586年，她因藏匿天主教神父而被捕。因为拒绝为自己辩护（她将接受审判，她的三个孩子将受刑并当庭作证），她被判处一种残忍的刑罚：受罚者躺在地上，行刑人不断地在他／她的胸膛上添加重物，直到受罚者认罪或死去。玛格丽特始终拒绝认罪，最终死于这种刑罚。1970年，教皇保罗六世将她封为圣徒（四十圣徒之一）。霍普金斯的诗作《玛格丽特·克利瑟罗》手稿（61行），没有标题，不完整，创作时间在1876至1877年间，见《诗》（1918年）。

集，以至于受害者皮肤上的每一个毛孔都会被刺中。重物向下施压；如果受害者挣扎抵抗，重物便“冷冷地”提供穿孔考验。

狄金森把折磨归之于重物本身，其折磨方式从“压”到“刺”。至于发明针刺的用意何在，狄金森解释道：为了“每一个毛孔都不放过”。一个如此狠毒的用意，如此细致地追求暴力（扫描受害者的身体，不放过最小的毛孔），这暗示了酷刑用具发明者的疯狂。被折磨的“复合构形”，实际上就是肉体与灵魂的不安结合，即“自我”。虽然种种折磨直接施加于肉体（毛孔在身体上），终极目标却是扎入灵魂同样多孔的表面，为灵魂带来剧痛。在狄金森的语库中，没有哪个词汇比“剧痛”更有力。她在诗中一共使用了32次之多，以描述身心经受的残酷折磨。在《以我破碎的心为傲》（1760，J 1736）中，狄金森谈到了那个花园中的苦痛，她这样写道：“为拿撒勒人酿造的一杯强烈的痛。”在这里，施加剧痛的一方也被省略了，但我们都知道，是上帝酿造了“这杯”痛，因为耶稣在客西马尼园中祈祷道：“我父啊，倘若可行，求你叫这杯离开我；然而，不要照我的意思，只要照你的意思。”［《马太福音》(26：39)］

狄金森想象出这种酷刑工具，来描述自己体验到的、仿佛被某种超人的外力折磨一般的剧痛感受。她没有做过任何足以招致如此极端惩罚的事情。迫切地想要对此做出解释，她说：自我感受剧痛的毛孔，就像亚当给物种起的名字那样繁多。因为在狄金森看来，语言是最能象征多样性的一个喻体。在《胜过－音乐！》（378，J 503）中，她把剧痛与失乐园的故事联系起来，描述这个故事如何在成年之后变成了“伊甸园－一个传说－模糊讲述－/夏娃－和剧痛－老婆婆的故事－”。《一个带针的重物压下来－》一直在写压抑的剧痛，最后一句（亚当为所有动物命名）突然滑入一种天堂般的喜悦，为诗歌结尾带来一种令人震惊的效果。

《创世记》中有一个场景展现上帝造物之丰富，上帝邀请亚当为各种动物命名：“耶和华神用土所造成的野地各样走兽和空中各样飞鸟都带到那人面前，看他叫什么。那人怎样叫各样的活物，那就是它的名字。”(2: 19—20) 可见，亚当强大的语言能力甚至引起了上帝的兴趣：他把种种牲畜带到亚当面前，看亚当会如何称呼它们。还有什么比亚当所发明的词汇——为每个物种找到的名字——更“多样”呢？狄金森一定在《圣经》中找到了某种肯定：上帝对人类的语言创造很感兴趣，这其中当然也包括她自己的。但与此同时，她又对《创世记》发起了挑战：她采用一个现代的科学术语“Species”（物种）来代替《圣经》中的词汇“living beings”（活物）。此外，通过“Name”（命名）与“Frame”（构形）的押韵，狄金森重申了语言的力量。

［J 264］

306　酷热的日子－找个－

酷热的日子－找个－
阴凉的朋友更容易－
跟内心寒冷的时刻－寻找
一个高热度的－相比－

风向标微微偏东一点－
把薄纱做的灵魂－吓跑
如果细绒布制作的心
比欧根纱的更加牢靠－

那要怪谁呢？纺织工吗？
啊，令人迷乱的丝线！
天堂的条条挂毯就这样
造出来－不见记录！

狄金森与其他女性有时非常亲近，但她经常觉得，女性被习俗与时尚压制，比如在《何等温柔的－天使般的造物－》（*675）中她写道，大多数“温文尔雅的女人”有“一种恐惧如此雅致／面对有斑点的人性－”。鉴于在《怀疑我！》（332，J 275）中，她称自己为“有斑点的少女”；在《重塑一位“妻子”的情感》（267，J 1737）

中她提到自己“有斑点的胸脯”，我们便可以想象，在书写令“温文尔雅的女人”恐惧的对象时，她并未排除自己的天性。狄金森揭示出其他女性对自己时不时的离经叛道之举——“改变自己风向标的方向”——感到不安。她写道，她的风向标“微微偏东一点”（暴风雨来临的征兆），就会吓跑那些灵魂（和她们的衣服一样）由薄纱制成的女人。在内心不安时，狄金森能从男性那里获得支持，因为用“细绒布”（一种男士西服面料）制成的心，比用“欧根纱”［一种精致的女装面料；“薄纱”或者*675中的“凸花条纹布”也都是典型的女装用料］制成的心更加结实。在女性中，狄金森能找到在“酷热的日子”里为自己投下阴凉的朋友：她们能冷却她发热的头脑，平复她的骚动。然而，女性会在狄金森内心“寒冷”时、在她频繁地陷入抑郁时与她疏远。相比之下，男性的“热度”比女性“更高”，他们能够将抑郁的她拉出谷底，帮助她在生活中“回温”。这或许是因为，幼年时的狄金森总是本能地依恋父亲与哥哥奥斯汀，并从这种依恋中寻求避风港。狄金森感到，他们比母亲和妹妹拉维尼娅更贴近自己的内心。对狄金森来说，男性总是代表着某种权威，从她的父亲，到她后来结识的男性（如本杰明·富兰克林·牛顿[①]、查尔斯·沃兹沃斯[②]、塞缪尔·鲍尔斯、希金森和奥蒂斯·洛德[③]）都是如此。除此之外，男性“热度”更高的观念也得到传统性别观念的支撑：男性的内心比女性的内心更加坚强［“courage”（勇

---

① 本杰明·富兰克林·牛顿（1821—1853），狄金森父亲的法律实习生，比狄金森大9岁，在19世纪50年代初向她推荐了爱默生的诗集，并鼓励她走上诗歌道路。1862年，在给希金森的书信里，狄金森暗示牛顿是她人生的第一位“导师”，她说：“还是小女孩的时候，我有一个朋友，他教我不朽 - 但他自己探险，靠得太近 - 再也没有回来。”“我的导师临终前告诉我，他愿意活到我成为诗人的那一天。”可惜狄金森和牛顿的来往书信全部丢失。

② 查尔斯·沃兹沃斯（1814—1882），费城长老会牧师，1855年，狄金森很可能在费城听过他的布道，从此相识。据推测，沃兹沃斯有可能是狄金森三封神秘的“主人书信”的收信人，但没有任何确凿的证据。二人往来通信现已荡然无存。

③ 奥蒂斯·洛德（1812—1884），马萨诸塞州法官，狄金森父亲的同事和朋友，1881年成为狄金森的恋人，曾向她求婚，二人留下了一批往来书信。

气）一词来自拉丁语“*cor*”，意为“心”］。

诗人反思女性朋友与男性朋友哪一个更可靠，然后禁不住指责女性，因为她们时常缺乏回应。但她想到，自己生来便具有“豹”一般的天性（*276）。那么，其他女性拥有薄纱一般的性格，或许也是因为她们生来如此。究竟是哪位造物者／编织工把她们创造成这样的呢？又有谁知道“天堂的挂毯”是怎样制作的呢？高深莫测的造物者编织了那些“令人迷乱的丝线”，他当时并没有留下任何记录。在后来的《何等温柔的－天使般的造物－》（*675）中，狄金森把女性的缺陷归咎于她们的社会化过程：女性被培养得趋炎附势、过度优雅、缩手缩脚、智力贫弱。与此矛盾的是，在稍早的这首诗作中，狄金森更为深入地将两性之间的行为差异归结为性别本身的因素，而不仅仅是他们的社会化过程。在写作中，她发现自己无法彻底贬低女性的天性，于是她停止指责女性，转而指责上帝。“挂毯”这种漂亮的挂饰一般为国王的城堡编就，上帝的“城堡”也就是天堂。女性和男性一样，也是“天堂的挂毯”的一种。

在本诗中，狄金森提到自己有“酷热的日子”和“寒冷的时刻”，这或许暗示着她的狂躁比抑郁更加频繁。她没有提及任何介于二者之间的温和地带。也许在她看来，她的生活一直在两种极端之间快速切换。在与狄金森第一次见面后，希金森（在给他妻子的一封信中）谈到了诗人令人精疲力竭的精神强度（可能她在家人面前才能放松自己）。希金森庆幸自己不是狄金森的近邻；最后狄金森也宁愿通过书信，而不是通过见面来维持二人的友谊。也许因为狄金森性情不稳，她总是对朋友抱有过高期望（有助于她平复情绪波动）；在失望之后，凭着直觉，她把责任归咎于上帝——“人类挂毯”的制造者。这首诗以一个坚定的声明开头，在中间演变为一个假设，随后尝试归咎责任，最终以一个陷入困惑的惊叹（原因不可揣度）结束。

［J 278］

312 我能跋涉悲伤－

我能跋涉悲伤－
哪怕整个池塘－
对此我早已习惯－
可是喜悦轻轻一推
就震碎了我的脚－
我晃悠悠－醉了－
请小卵石－莫取笑－
那是新酒的错儿－
仅此而已！

力量不过是痛苦－
搁浅－经受磨炼，
直到能担起－重物－
给巨人－香膏－
他们会萎靡，如凡人－
给喜马拉雅－
他们就扛起－他！

通过把喜马拉雅山压缩为一座山脉，赋予它巨人的身份和巨人的专有名称“Himalaya”（重音在最后一个音节），狄金森以一种不那么具有斯多葛派禁欲主义色彩的书写重现了诗歌《我们从不知道自己有多高》(1197, J 252) 中的主题：一个人如何能够超越自身。《我能跋涉悲伤 -》承认了喜悦的可能性，或者可以说是叙述了这一事件——跋涉悲伤的“池塘”通常充斥了我们的生活，而喜悦则是其中出人意料的偶然情况。诗人突然间喝了“新酒”，也就是喜悦。此处出现的“新酒”暗示了“老酒”存在，它由眼泪酿成，最终积聚为整池的悲伤。人们不一定常常需要从“池塘”里“跋涉”；事实上，在“跋涉”一词的另一处使用中［《一只麻雀得到一条嫩枝》(1257, J 1211)］，狄金森将其与词语“最深的”搭配。正如《穿过磨难的笔直关口》(*187) 里的“极地的空气”一般，悲伤是一种阻塞和障碍的介质，无法轻而易举地穿过去。每迈出一步都需付出努力。

常规动作于无意中变成了习惯（甚至差不多每天都要从悲伤中穿行），不过，哪怕发生一次偏差，就足以将意识唤醒，陷入晕眩。在《我品尝从未酿造过的美酒》(207, J 214) 中，狄金森曾描绘过一个快乐的“小酒鬼”，因“空气”和“露珠”而心醉神迷，肆意徜徉在自由自在的天地。不同的是，在目前这首诗里，诗人被“喜悦”摧毁，“喜悦”就如同一场地震，“震碎了”她的脚，（她继续写道）当“我”——我们期待看到的词是“trip”（跌倒），但映入眼帘的是“I tip”（我晃悠悠），这让我们自己跌了跟头——这一幕逗乐了每一颗在人行道上旁观的小卵石。

诗人意识到，在自己过去同悲伤的搏斗中，她坚忍的“力量”不是由体力产生的，而是由痛苦给予的，并且，磨炼使之增强，以至于它可以负荷“重物”（Weights，复数形式也许表明担子两边各有一个重物，就像搬运工需要平衡左右两边沉甸甸的篮子）。当狄金森用“搁浅”来描述她的痛苦时，她可能会想到什么呢？悲伤令她的双脚搁浅于池塘——它水量过少，无法流动，永远无法抵达陆地水流通常的目的地，大海。她曾写道，“狂喜是一颗内陆心灵 / 向海洋奔去－”（143，J 76），但由于她身处池塘，“神圣的陶醉”便隔绝了她，离她而去。她也许在写作这首与“醉了”的喜悦相关的诗歌时，记起了上述两首以痴迷和陶醉为主题的早期诗歌（《我品尝从未酿过的美酒》和《狂喜》）。然而，它们没有一个像《我能跋涉悲伤－》这般，在（诗人）习以为常的悲伤中诉说喜悦。

至此，诗人已认识到喜悦的珍贵，并且对反复跌入悲伤的挫败感愈发熟悉。她以补充性的论点——人从痛苦中汲取力量——声明，喜悦具有一种令人衰弱的消耗性。即使是巨人，当他们“迷失在香膏里”[1]，也会像《慢慢来吧－伊甸园！》(205，J 211) 里那只“虚弱眩晕”的蜜蜂一样，“萎靡不振，像凡人”。但如果是为了负荷那势不可挡的巨大重物，哪怕是像喜马拉雅山那般难以形容的重物，他们也会“应召而起”，仿佛化身为巨人阿特拉斯，把整个世界扛在肩膀上，以一己之力撑住。讲到这里，我们已经把“醉了”的喜悦远远地抛在了身后：狄金森没有再次提到它，也从未流露出一丝期待它回归的希望；在磨炼带来的超越常人所能承受的重担之下，当她再次被压弯了脊背之时，喜悦似乎也销声匿迹，不复出现。（“磨炼”这里指宗教意义上内心深处的自律，而非某种外部权威施加的规训。）

分析《我能跋涉悲伤－》的韵律并非易事。它看上去是由三音步和双音步的诗行组成的，没有固定的顺序，每一诗节最后4个三音步诗行的韵脚为abcb。而位于它们之前的诗行（第1节第5行，第2节第3行）亦没有特定的押韵格式。一旦喜悦摇晃了诗人的步子，就会出现不规律的步伐，那么不规律的音步也许便由此产生了。

[J 252]

---

① 按照狄金森的词典，香膏的英文“balm”有多重含义，既有“香膏”之意，又有“抚慰”“安慰”之意。

314 “希望”是有羽毛的事物－

“希望”是有羽毛的事物－
它栖息于灵魂里－
唱着没有歌词的曲调－
从不－停息－

狂风中－听来－最甜美－
那风暴一定太凶猛－
竟让这只小小鸟儿受挫
它守护着多少热情－

我听到它，在最寒冷的土地－
还有最陌生的海域－
可是－在绝境中－它从未
向我索求过－一点一滴。

狄金森对词语“thing”（事物）的使用值得思考。根据狄金森的语料库，她曾115次使用这个词，主要具有7种不同内涵。我们可以有把握地说，这是她笔下的一个最大的精神范畴，包含被命名的或未被命名的行为、造物、概念、场合等。她似乎每次都以一般疑问句开始：“这是何种事物？”随后对其进行更加精细的分类：（这是）

一个重要的事物或一个次要的事物，一个在场的事物或一个缺席的事物，一个鲜活的事物或一个死去的事物——这个词适用于所有的细分。然而，由于“thing”（在年龄、性别、身份、地点等方面）是中性的，加之它是一个相当冷酷的词语，因此被它囊括的所有名词都变成了可以被察觉但又与我们保持了一定距离的对象。狄金森有一种坚定的智力上的需要——将经验进行分类和定义，这使她倾向于把行为和感觉置于醒目的“thing”一词之下，进而通过各种内在的问题追溯“thing”的线索，以便找出它的特征。

这里，为了描述“希望”的内涵（她给“希望”加上引号表明她意在提起它而非使用它），狄金森的第一步是思考它翱翔的天性：它拥有翅膀。“希望”是“有羽毛的事物”。只有一种“事物”拥有羽毛：小鸟。她为什么不直接说“希望是一只小鸟”？毕竟，在第2诗节，她确实称其为“这只小小鸟儿”（the little Bird）。不过，那是由于在没有给出命名的第1诗节，她已经对它做了概述，所以她能以定冠词来准确地描述它［而不是说“一只小鸟”（a little bird）］。非命名的修辞法制造了一个虚设的谜语：希望是什么物种？从诗歌第一句“有羽毛的事物”延宕到“事物的”位置（于灵魂里），然后是它的表达方式（一段没有词的旋律），直至时间上的伸展（它从不停息）。这种谜语式的定义甚至持续至第2节的开头两行。“这种事物”可以同时在平静和狂风中歌唱（当然，因为它从不停息），但它一贯甜美的声音，在狂风中听来“最甜美”（sweetest）。最高级是狄金森笔下赞美之词的最高形式；而现在我们看到，咆哮的风暴之所以在倒霉的水手听来是甜美的，是因为那种“事物”对他唱的不是别的，而是它最甜美的歌曲。

只是因为那个最不祥的想法——“但是否会有风暴凶猛到令那最甜美的歌唱也变得寂静无声？”——狄金森才引入了“这只小小鸟儿”。“让……受挫”意味着“摧毁”某个人的“沉着或自信”，并且，通过承认希望的坚韧可能无法抵挡某些致命的狂风，诗人也得以处理那个与希望相关的、潜藏于先前充满自信的断言中的问题：它“从不 - 停息 -”被威廉·布莱克命名为“白痴提问者”[①]的人类理智，对此提出了一个疑问：“你是怎么知道的？”（其实这位提问者一点也不“白痴”，因为在面对论争中最可疑的假定时，他总是一如既往地直截了当；而此处的诗句之所以显得站不住脚，是由于生命还未停止，没人能断言说希望是否会永远存续。）诗人只能用希望的过往去进行反驳——它曾在过去保持着那么多的热情，同时，诗人还以自身经历去反复重申它的无所不在，无论是在充满了压抑和失望的极地，还是在拥有着未知的孤独的“最陌生的海域”。

让我们暂且不去考虑一个人是否能够声称“希望”“从不 - 停息 -”，因为除此之外，狄金森还描绘了希望所给予的崇高馈赠，如何让她跳出了那种传统的互惠模式：无论她是否曾因希望的支持给它以回报，它都留在她的屋檐下。即使是“在绝境中”——在她索取最多之时——它也从未要求回报，哪怕是一点点。在这样的结尾里，狄金森让感恩与讽刺相伴：她试图索取的那种力量是否有可能存在于一种只靠空气过活的“事物”中？［哈姆雷特向克劳狄斯说：“我整天吃空气，肚子让甜言蜜语塞满了。”（第3幕第2场）[②]］

“storm”（风暴）和“warm”（热情）这组含义对立的押韵词[③]，突出了蕴藏于希望的歌曲里矛盾的（但含糊不清的）力量。关于希望的旋律（也许源于济慈因夜莺而生发的类似反思），有趣之处在于它是纯粹的抽象，适用于任何事物。济慈笔下的夜莺之歌现在是一阵“狂喜”，一段“安魂曲”，取决于诗人在思考什么或在感受什么。音乐的抽象句法——不依靠概念性的语言抒发情感——令诗人羡慕，因为他只能依靠长久以来一直被使用的、种种陈词滥调

---

① 威廉·布莱克（1757—1827），英国浪漫主义诗人，“白痴提问者”，见他1810年的作品《弥尔顿》。

② 参考《莎士比亚全集》，朱生豪译。

③ 中译本的韵脚没有做到押完全韵，只是押了半韵。

式的词语来建构出一套新的相互关联。诗人的努力可以被看作是一种对人间语言的净化（马拉美的《埃德加·爱伦·坡墓》："赋予人间字眼最纯真的意义"）①，或者相反，是在常见用法的基础上添加一层新的沉淀物（史蒂文斯的《两个例子说明世界取决于你如何理解》："言语不是肮脏的沉默 / 被澄清。是沉默使平静变得更肮脏"）②。诗歌开头的第一个音步以颠倒的方式强调了诗人意图去定义的概念（"Hope"），此后，狄金森在余下所有诗行的每一个音步都回到了纯粹的抑扬格，以展示时光流转中希望之歌那平和稳定的低音部。

［J 254］

---

① 《埃德加·爱伦·坡墓》是由法国象征主义诗人马拉美创作于爱伦·坡逝世25周年之际。

② 见华莱士·史蒂文斯的诗集《岩石》。

319　青铜的－烈焰的－

青铜的－烈焰的－
北方－今夜－
何其充分－它的收放－
何其自如，有条不紊－
何其远离－惊惶－
一种漫不经心，又何其君临
宇宙，或我－
感染我简朴的心灵
以威严壮丽的斑点－
于是我气势渐增－
炫然于我的花梗之上－
轻蔑世人，以及氧气，
为他们的自大张狂－

我的奇观，是动物展览－
可是它们无可比拟的演出
将娱乐一个个世代
那时，我是，早已是
一个小岛，在蒙羞的草间－
唯有甲虫－知晓－

当华莱士·史蒂文斯创作他了不起的组诗《秋天的极光》之际，[①]他脑海里一定装着狄金森这首精彩的北极光诗作（两位最初的编者给它取名为“极光”［Aurora］，毁掉了它的谜语特色）。前代诗人（华兹华斯在《序曲》，柯尔律治在《古舟子咏》，克里斯多夫·皮尔斯·克兰奇在《致北极光》[②]）都曾写过这个题材；狄金森不是首创者，但她写得恰到好处。

面对这个自然现象，狄金森的反应强烈而出奇，这一点清晰可见，她被浸透了，用她自己的话说，她被极光流溢的力量“感染”了。她简朴的心灵带上了来自北极光的“威严壮丽的斑点”，但她认为这是一种不劳而获的“威严壮丽”，不是由她本人的简朴心灵所产生的，而是私自借用过来的。［最初的两位编者对“Taints”（斑点）这个词大为震惊，把它替换为令人舒适的“色调”（tints），并同时把那个带有控诉意味的“感染”（infects）修改为“描画”（paints），于是，整个句子就变成了：“它描画我简朴的心灵／以壮丽的色调。”他们对她的认知是多么不适应，但又是多么诚挚地希望把“她给世界的信”转发出去！］狄金森（此时化身为一株花）暂时接受了这种“感染”，变得“气势大增”起来，竟荒唐地（而且，自大张狂地）想要在她固定不动的花梗上炫耀一番，宣称她（像北极光一样）不需要世人也不需要氧气。虽然她承认，她变形为如天空一般广阔的极光是荒谬可笑的，但她不能否认这样的状态已经发生了，这辉煌的天文现象已经暂时化入她的存在。不过，她用自嘲来平衡此刻那个不自量力的巨大自我，而这种自我膨胀无疑将迅速坍塌，导致更大的嘲笑。

按照通常的理解，第2节是诗歌和极光的强烈对比：诗人以讽刺的口气把诗歌命名为“奇观”（被不恰当地归类为“动物展览”）；

---

① 华莱士·史蒂文斯的诗集《秋天的极光》发表于1950年。

② 《致北极光》的作者克里斯多夫·皮尔斯·克兰奇（1813—1892）是美国作家和艺术家，“超验主义俱乐部”的一员，发表诗歌、小说、绘画等各类作品。

而极光才是真正的天上奇观，人类艺术家欲与极光一较高低，简直没有任何希望：

> 我的“奇观”是“动物展览”（各种各样的动物聚在一起）-
> 但是它们的（极光的）无可比拟的演出
> 将娱乐世世代代
> ［当我，一个无名的不为人知的人，早已消亡之后］。

诗人为最后一行中的那个名词留下了一个替换词：起初写了“雏菊”，然后又在下面写了“甲虫”，但并没有显示她更偏好哪一个。约翰逊版本取“甲虫”，富兰克林版本取“雏菊”，这是诗人的最初选择，而我偏向“甲虫”，后面将做出解释。

这两个诗节的韵式不同。第1节有13行，按照四行一组的方式安排，韵脚意味深长：极光的自我“呈现”（forms）如此遥远，竟没有从听觉上让地球上的人感到“惊惶”（alarm）；那个简朴的“我”（me）跟“威严壮丽”（Majesty）相得益彰；她的“花梗”（stem）面对它们，也就是“世人”（Men）和“氧气”（Oxygen），带着一股自大张狂。第2节只有6行，其中，三个完整的韵脚都暗含言外之意：极光的“演出”（Show）将世代持续，而诗人“早已”（ago）湮没无名，只有甲虫“知晓”（know）。每当狄金森为一种形式而抛开了另一种，她总是暗示二者构成对立：第1节从节奏上看由三个四行构成，体现她对极光的赞叹和认同，而第2节（六行）则蕴含着一种对照——宇宙之悠远绵长与她本人之短暂无名。可是，在这个结构中暗含着一种类比：她的“奇观”和极光的奇观都能“娱乐”观众的眼睛。她并没有让极光给世代留下深刻印象，也没有引入那些夸张的动词，如“惊倒”（stun）、“惊奇”（maze）、“惊呆”（astound）；她没有那样写，极光的目的是“娱乐”。就好像造物主和诗人都是艺术家，上帝决定用他在天上的演出来“娱乐”世世代代；而诗人，以一种小型的方式，以她的环形“动物展览”，娱乐一个较为短暂的时限。

至此，我尚未讨论到极光这个对象对诗人提出的巨大挑战：如何再现宇宙极光那变化万千的光彩。她没有为她凝视的现象赋予任何名字（“奥罗拉”或“北极光”）；她凝望北方，看着那雄伟的光波无穷变幻，波澜涌动，颜色有如古代的铠甲和火焰——“青铜的－烈焰的－/北方－今夜－”。如果在另一位诗人的笔下，接下来可能要生动地描绘其形状和动态（史蒂文斯的组诗就是如此）；但狄金森的思路完全跳到了另外一个层面，把视觉描述抛到一边，以便进入美学评判。她提出了四个评判，以解释这伟大的天象为何在美学上如此令人满意。

第一个评判采用了诗人最典型的夸张的克制陈述法：极光的自我呈现（收放）如此充分，对于什么而言呢？对于它的内在雄心而言（想一想各种有雄心的工作如何最终落空，未能充分实现其目标）。第二个有趣的评判是“自如”：方方面面都协调一致，遵循最初的计划（想一想那些没有事先计划的工作，只是由杂七杂八的成分拼凑在一起）。第三个评判针对极光的距离：何其遥远，不会引起“惊惶”(alarm)，没有“大喊大叫”(韦伯斯特词典对“alarm”的解释)，令它惊吓，没有任何逼近的敌意来影响它。第四个评判描写了极光的威严壮丽：其宏伟有一种“君临”之势，目空一切，不论是它所属的宇宙，还是凝望其表演的人类。

狄金森也向往同样的君临之势，她希望她的作品也具有类似的雄心，与极光的气魄不相上下：面对敌意，不会惊慌失措；面对公众的毁誉，无动于衷。考虑到她在智识上的表现可以跟自然现象等量齐观，所以，她才会把极光作为其美学成就的一种象征物。她可以在一个小小的诗行（“宇宙，或我”）里伸展出如此广阔的距离，从遥不可及的宇宙系统到阿姆斯特的她自己，也可以标榜任何人类的大脑都具有同样的容量，正如她后来在诗中所断言的，“跟上帝的重量一样”［见《大脑－比天空宽》(598)，相关讨论见“前言”］。

诗歌首先对极光的崇高展开沉思，然后对她自己被壮丽“污染”做了一番自我解嘲，那么接下来，狄金森必然需要从天穹下来，转入人世间。华兹华斯在1850年的《序曲》（V，553—557）中写到北极光之宏伟壮丽的无处不在：“同时，这里，无处，那里，各处”——无奈，诗人的肉身却终究落于尘世的“某处”，即坟墓。狄金森把她的葬身之地描写为“一个小岛，在蒙羞的草间”，暗示出这个死去的东西出现在这里，构成了一种孤零零的背叛，背叛了周边无辜的野草之海，因为这一具腐烂分解的尸体让这片海洋蒙受了羞辱。这个分崩离析的肉体的藏身地点只有谁知道呢？我上文提到，狄金森在两个名词“甲虫”和“雏菊”之间犹豫不决。选择“雏菊”是有理由的。首先，她在前面的诗行里已经把自己比作一株花，并以此自嘲，竟然“气势渐增”起来；其次，她在另外的诗里有时候也把自己称作“雏菊”；最后，她首次将此诗抄录到“诗笺”（第13册）之际就写下了“雏菊”。如果她躺在墓地里，置身同伴之间，那么其他的“雏菊”当然会知道坟墓的地点。她曾在《那卑微的双脚蹒跚了多少回－》(*238) 里写过“懒惰的主妇”“在雏菊里－躺！”；在一首青年时期的诗作里，她甚至以嬉戏的姿态想象她自己和一个朋友躺在雏菊里，而“商业继续”，股票市场依旧兴旺：“想起来多甜蜜，股票依旧持续 / 当我们躺着，跟雏菊一起－”(36，J 54)。

尽管有上述理由，可是，在这首诗里，除了结尾之外，在这个孤零零的坟墓场景中，诗人并没有提到可见的雏菊，她只提到了“蒙羞的草间”。相比之下，在这个葬身之地住着一些与阴森的死亡相关的“甲虫”或许更符合逻辑（济慈在《忧郁颂》里写到了最初的自杀诱惑，他提到了与蛀虫为伴）。在后来的一首诗［《在亮光下面，更下面》(1068，J 949)］中，狄金森把葬礼放在深深的地下，“甲虫的地窖下面”：

在亮光下面，更下面
在草地和泥土下面
在甲虫的地窖下面
在三叶草的根下面……

狄金森1896年的编者当然偏好“雏菊”，但约翰逊采用了替换词“甲虫”。在她的清稿本中，狄金森在“雏菊”前面加了一个逗号，富兰克林的版本照录于此。在替换词“甲虫”后面，狄金森加上了小短线，那是她更有特征的标点符号，于是，这个完整的诗行就是“唯有甲虫－知晓－”。虽然逗号和小短线都表示停顿，但常规的语法一般不允许在主词和谓词之间插入逗号。通过使用她的小短线（可以表示停顿，以考虑下一个词是什么），狄金森既避免了语法上的不妥，又以“甲虫”引入了一个阴森的注释。保留“雏菊”和“甲虫”两种选择，诗人或许暗示了她最后的供认：面对天穹的极光，狄金森供认了她无可逃避的“蒙羞”——必朽。

［J 290］

320　有一种斜落的光

有一种斜落的光，
冬日的午后 –
压迫而来，沉重如
教堂音乐鸣奏 –
它给我们，天国之伤 –
伤痕无迹无踪，
但有内在的差异 –
意义就在，其中 –
无人可传授它 – 任何 –
这是封印绝望 –
一种无上的折磨
派给我们，自天而降 –
它来时，四野倾听 –
阴影 – 屏住呼吸 –
它去时，如死亡之面孔
那邈远的距离 –

这首阴郁的诗作常常被收入选集，被一而再地讨论。在1890年首次出版时，它被加上了“冬天”（Winter），一个毫不冒犯的标题。读这首诗恐怕不会不联想到诗人后来的一首诗作《说出全部真相，但要委婉－»（*1263）。光与真相或真理自古就关联在一起，而冬日斜落的光，以其中蕴含的“意义”，在“绝望”之中，提供强有力的（或许也是凄凉的）情感真相。跟今天的我们相比，19世纪的人们更了解“绝望”的神学意义，现代读者几乎意识不到，“绝望”是让人得不到拯救的两大原罪之一（另一个原罪是傲慢或妄想——自以为可以获得拯救，而无须践行美德）。从词源上看，“绝望”就意味着放弃希望（拉丁文，*spes*）；在这首诗里，“绝望”是最终的真理、最后的教义。对此，谁也教导不出任何东西。

可是，一个诗人会如何再现这种绝望状态呢？在狄金森的前辈中，有过比较连贯的再现，比如威廉·库珀在他的《抛弃》中提供了一种对毁灭的完整叙述①。相比之下，狄金森的语言和意象则完全不同，令人不安：一种斜落的光、冬日午后、压迫、教堂里的风琴音乐、天国、伤、伤痕、差异、意义、传授、封印、绝望、帝王的、折磨、天空、四野、阴影、距离、死亡之面孔。直到最后两行，一直没有直白的叙述，初读时，我们尝试给诗人的词语和意象分组，我们看到教堂、天国、（帝王的）封印、天空和绝望，属于宗教；斜落的光、冬日午后、四野和阴影，属于自然景物；有一组尚且无法定位，包括伤、压迫、伤、折磨，或许可以归属于“由另一方造成的伤害”；最后一组属于抽象词语：差异、意义、绝望、距离、死亡。

当然，上述分组对我们来说只是一种人为的练习，它有助于我们分辨出狄金森的诗歌如何让多个线条紧密编织在一起。诗人游移在不同的层面之间，从光移到伤，从伤移到意义，从封印移到绝望，从四野转向死亡，这一切有赖于我们敏捷地跟上她的节奏。这首诗告诉我们，每一种外在现象都有一种内在的对应物：若有斜落的光，则有伤；若有封印，则有绝望；若有阴影，则有死亡。我们对

① 威廉·库珀（1731—1800）是在亚历山大·蒲柏和威廉·华兹华斯之间英国最受欢迎的诗人，以赞美诗和自然诗著称。《抛弃》创作于1796年，完整描述一个男人遭遇海难的经过，在诗歌的结尾，主人公“我”亦陷入深深的绝望之中。

周遭自然的感官体验与对绝望的精神体验是不可能截然分开的，这是本诗的中心点。或许这是一首从自然的感知中产生的诗作（看起来如此），然后被赋予了象征的含义；或许它是从内在的绝望中产生的，然后从周遭的自然中找到了对应物。感官体验由一系列丰富的意象唤醒：光、季节、时辰、管风琴音乐的沉重、伤痕、封印、田野、阴影；而象征意义则由一系列同样丰富的宗教语汇和抽象词召唤出来，它们都由一个主宰词——绝望——聚拢到一起。

诗歌假定存在一个天上的帝国，它能给人类施加帝王的折磨，这样一来，它似乎引入了上帝的安排，按照这种观念，上帝以神意做出的决定都是为了我们，他通过他施加的“折磨”来改变我们内在的观念宇宙。可是对于天国之伤的“神意的”解释立即就遭到“绝望”一词的否定，因为它并没有为天国的拯救意图提供任何凭证。“内在的差异”也没有为我们提供任何教益，比如“上帝爱之亦责罚之”。朝向绝望的变化是无法传授的，它是加之于生活的永恒的封印。

在最后的总结段，光来了，又去了（整整四行），我们了解到，斜光对它的消失是有预见的。傍晚的光刚一出现，周遭的自然景物就开始倾听那夜晚的脚步声（正如波德莱尔在《沉思》中所说，“听，亲爱的，听，温柔的夜的脚步”）。阴影（它们的存在有赖于光的在场）屏住呼吸，知道它们随时可能在下一个呼吸中消逝。当最后的光离去，一切都陷入黑暗之中，一种视觉上的遥不可及——就好像你凝视一个尸体的面孔，不可能得到它的回应，它不过是“死亡之面孔”(the look of Death，或译作“死亡的样子”)，因为此人即刻被转移到一个不可测量的距离之外，与生命隔绝。狄金森在结尾处呈现出一幅景物和阴影的互动画面，为它们的即将消亡赋予一种感染力，正如与此同时，在存在的意义上，“绝望”熄灭了精神上的任何希望。

“Breath”（呼吸）和“Death”（死亡）在英语诗歌中常常构成一

对韵脚，因为我们缺乏足够多的词语能满足这个韵脚［当然，你可以通过使用斜韵，比如“faith”（信仰），来避开这个问题］。在“Breath”和“Death”这一对韵脚方面，狄金森并没有首创之功，她的原创性在于，让第1行和第3行以“listens”（倾听）和“Distance”（距离）二词几乎构成押韵，于是，分散了我们的注意力，不会过于关注那个老套的“Breath”和“Death”。此外，她还饶有兴味地发现了韵脚词中的嵌套结构：“Air”（天空）藏在“Despair”（绝望）中，系动词“are”藏在“scar”（伤痕）中。虽然她的第1诗节以通常的歌谣体（4－3－4－3）开场，可是若按照自然的发音，诗歌的节奏并不是轻松地落入耳际（如我们所熟悉的，若出声朗读，肯定由四个下降的节拍与相应的扬抑格组成）：

有一种斜落的光，
冬日的午后－
压迫而来，沉重如
教堂音乐鸣奏－

There's a *cer*tain *Slant* of *light*,
Winter Afternoons -
That op*presses*, *like* the *Heft*
Of Cathedral Tunes -

当我听到这首诗被出声朗读时，我并没有听到那些重音。若是读得比较“正常”，就会在第1行和第3行的开头以及中间插入抑抑扬的音节：

有一种斜落的光，
…………

压迫而来，沉重

There's a *cer*tain *Slant* of *light*,

....

That op*press*es, like the *Heft*

接下来的两个诗节发出了一种民谣体的节奏，有规律地截短了第1行，创造出一种相当突兀的效果：3-3-4-3。而最后一个诗节则采用了完全规整的抑扬格民谣体：4-3-4-3，正如光短促地“来”了，随即又“去”了，进入黑暗。一般来说，诗歌通常在第1节遵守规范，可是这首诗只是到了最后一个诗节才遵守抑扬格民谣体节奏。无论我们如何朗读第1节，按照上述的方式或其他方式来发音，都无法像通常的首节那样，将我们平稳地带入一种贯穿全诗的节奏型之中。之前的扬抑格尾韵：“gives us”（给我们）、“Any”（任何）、“affliction”（折磨），为最后一个诗节做了铺垫，其韵脚“listens”（倾听）和“Distance”（距离）以阴性韵结尾，呈现出一种垂死的扬抑格的降落。狄金森避免了让精神生活成为它自身的主宰，她让它被彻底地系在一种渐渐消亡的新英格兰的冬日时刻。阅读狄金森，我们一直在感官和精神之间摇曳不定。

[J 258]

325　一个日子来了－夏日完满－

一个日子来了－夏日完满－
全然为我－
我以为此等光景－是为圣人－
那里存在－复活－

太阳－如常－出来－
花儿－依旧－盛开－
就像夏至日不曾经过任何灵魂－
将一切都更新了。

这时刻几乎不受语言－玷污－
词语的象征意义
纯属多余－就好像圣餐礼上－
我们主的－全套衣物－

一个对另一个－是封印的教堂－
结合被允许－这一次－
以免我们显得过于尴尬
在“羔羊的晚餐会。”

这时辰飞速滑去－如其所是－
被贪婪的手－紧紧抓住－
这样－两个甲板上的面孔－回头望－
注定朝着相反的国土－

于是－待时光全部耗尽－
四周寂静无声－
每个人－都捆上对方的十字架－
我们别无其他契约－

这誓言已足够－我们会起来－
坟墓－最终－被废弃－
让位给新的婚姻－
证明合理－通过爱的受难！

此诗现存多个版本。1890年刊发在《斯克里布纳杂志》上的版本，缺了第4节，大概是因为那种亵渎神明的预示：说话人和她的恋人在精神上的融合是天国宴会的预演，这预演被允许，以便他们在天国的“羔羊的晚餐会”上不致太尴尬。（这个诗节在诗集的单行本中被恢复。）富兰克林的阅读版跟之前的 C 版有很大不同，C 版中的第2节更直接：

太阳－如常－出来－
花儿－依旧－盛开－
而夏至日经过我们这两颗灵魂－
一切得以更新。

一个版本是：大自然一切如常，当这一对灵魂正在默默地相互起誓；另一个版本是：大自然一切如常，似乎此刻没有任何灵魂经历什么特别的启悟。经斟酌，狄金森可能觉得后一种说法更符合逻辑。

“看哪，我将一切都更新了。”上帝在他的宝座上说道（《启示录》21：5）。狄金森引入这句启示录的文本，这样，她就把两个事件合并起来：一年中白昼时间最长的一天，也就是夏至日（“一个日子－夏日完满－”）；上帝最后的启示，在这个最后的审判日，万物和此前的一切变化都终结了，复活也于此日发生。你几乎找不到任何合并能有这样的力度。这一天既是结合也是离别：两个恋人默默宣誓彼此忠诚，却最终发现，他们将永不再相见，对双方来说，离别成为一种十字架（每个人都带着对方的十字架，绑在身上，作为受难和牺牲的标志）。说话人处于完满的喜悦状态，这种迷狂一直延续到第4诗节，不曾中断。

两个恋人无须说什么；他们相聚的时刻创造了一个神殿，任何来自外在世界的东西都会破坏它的神圣［profane（玷污）这个词来自拉丁语 *profanus*，意思是“在神殿外面”］。语言是多余的，诗人对此加以点评，并开了一个小小的玩笑：在圣餐礼上，以面包和葡萄酒代表主的肉和血，没有人需要耶稣的实际的肉身-外衣（body-garment），他的“全套衣物”（Wardrobe）。因此，在这个沉默的婚姻里，通常的婚姻誓言是多余的，对于灵魂的契合来说，那是不必要的外衣。“一个对另一个－是封印的教堂”［这里的形容词 seal è d（封印的）应当发音“seal è d”，以便保持韵律］。为了更好地理解这个宗教隐喻，我们可以看一下《我的价值是我的全部怀疑》（791，J 751）这首诗的相应段落，其中，狄金森解释说，因为没有谁比上帝更高，当他需要休息时，他就不得不“屈尊俯就”他的一个造物。以此推断，她或许在为她的恋人“屈尊俯就”她而做出辩护，她的“非神圣的”灵魂（被选中的一个）成为满足其恋人需要的一个寓所。一旦他进入，那寓所（为他的神圣出场提供了空间），就变成一座教堂：

所以我－这个非神圣的寓所
由他选中的容器－
权当我的灵魂－是一座教堂，
来适应他的圣礼－

在《一个日子来了－夏日完满－》中，每个恋人对另一方来说都是最终结合的那座“封印的”教堂，因为这里不会有肉体上的婚姻圣礼。

那么，诗人问道，为什么她和她的恋人许下这样一个复活的、启示的日子，许下这一段时辰，这完全为他们两人的一天呢？她推测道，这是为他们在天国的最终结合做准备。四个异常欣喜的诗节，然后是放逐，继而生发出一种对过度欲求的责备：太“贪婪”，居然渴望永恒的肉体结合。出现了两艘船，朝着相反的方向，两个恋人各在一艘船上，从甲板上回头对望，明白他们注定属于相反的国土。是什么导致这两块国土彼此相向对立，我们很可能会想到她后来的那首《我活着不能跟你一起－》（*706），其中提到“你曾侍奉天国－你知道，或曾勉力为之－而我不能－”。无声地，两个恋人交换了十字架，标志着他们注定受难；默默地，他们没有做出任何言语上的承诺。在交换致命的十字架的举动中即包含着“直到死亡将我们分开”之意，无须明言。

诗歌以复活的信念作结，一旦坟墓被“废弃”（正如合法的国王恢复了王位，那被篡夺的王权就被废弃了）。这对恋人的成对的十字架，他们的“爱的受难”，为新的“婚姻”提供保证！狄金森故意引入了那个有力的神学概念“证明合理”（由信仰或由劳作，一个有争议的基督教问题），她不仅挪用了这个有分量的词语“证明合理”，而且还胆敢采用“受难”一词的复数形式（Calvaries），这个词从来都以单数形式出现，特指耶稣的十字架受难。两个恋人的十字架原样复制了耶稣受难的细节，这个亵渎神明的表述证实了她对传统上帝的公然反叛。在第3节里，她让“word”（词语）和“Lord”（主）构成韵脚，把《约翰福音》的“语言”与情色的“圣礼”合为一体，这带有反讽意味，而且，她让“Grave”（坟墓）这个阴郁的词语与结尾那个高高飞扬的词语“Love”（爱）构成斜韵，她以此表明，哪一个才是最后的赢家。

这首诗的韵式属于常规的民谣体，不过，狄金森两次以增加或减少音步的方式让韵律发生扭曲，以满足内容之需。如果让第4节和第7节保持4－3－4－3 的民谣体，那么诗行安排就需要做出以下调整，让第4节的“commune”（结合）和“Lamb”（羔羊）构成韵脚：

一个对另一个－是封印的教堂－
结合被允许－
这一次－以免我们显得过于尴尬－
在“羔羊的晚餐会。”

这誓言已足够－我们会起来－
坟墓－最终被废弃－
让位给新的婚姻－证明合理－
通过爱的受难！

狄金森在她所有的手稿中都保留了这种“错误的分行”。可是，《斯克里布纳杂志》在1890年刊发的版本中把“Justified”（证明合理）这个词挪到了第3行的结尾（如上），拒绝保持诗人对第3行音步的剪切。我们很容易看出其中的原因，狄金森有意采用“错误的分行”以增加戏剧效果：“this”（这）强调了单一的一次，这个时刻是不可复现的（结合－这一次），而下一行由二音步构成，由“新的婚姻”来主导，突出其凯旋式的宣布，尔后，“Justified”则把最后一行转入五音步，奏出雄浑的尾声。

[J 322]

330　他用皮带圈住我的生命－

他用皮带圈住我的生命－
我听到环扣啪哒扣死－
然后转身，帝王一般，
我的一生就此收起－
从容不迫，如君主对待
他王国的土地契约－
自此以后－一种专属－
那云朵中的一员－

却也不太远，可召之即来－
做些小小的活计
形成那个其余人的圆环－
且偶尔以微笑待之
对于那些屈尊关注我的生命－
且对我好心相约者－
难道不知我为了谁，而必须
对那邀请，加以回绝？

那表示结合的圆环，在狄金森的笔下，不是一枚婚戒，而是一条带着环扣的皮带，决然地扣死了。这皮带在恋人使用之前既已存在：它是“这”(the) 带子，而不是“一条”(a) 带子（也许它是谦卑的“新英格兰”替代品，替代那只皇室的心爱的鹿，由一条项圈占有——见托马斯·怀亚特的《谁欲猎取，我知哪儿有一只雌鹿》[①]）。那附加的旁白（告诉一个朋友说，“我听到环扣啪哒扣死－”）营造出一种逼真的效果，随后又引出了另一条旁白：他的统治权把她的一生收起，她告诉她的朋友说，“如君王对待／他王国的土地契约－”。于是，我们预备着听到她对朋友说出最后的点评（朋友邀请狄金森建立一种比从前更亲密的关系）：“你不知道我必须为谁而回绝吗？”因为“他”已宣告了他跟诗人独有的亲密关系，她无法将这关系给予另一个人（虽然她被允许做一些居家的“小小的活计”，那不会侵犯她对其主人的深深依恋）。他是君主，她是他的王国——这种高高在上的关系让其他一切都显得无足轻重，虽然她继续做一些小小的活计，这让她围着其他人的圆环转。对于“那些屈尊关注我的生命－／且对我好心相约”的人，也就是那些觉得她寒酸可怜的人，她甚至偶尔报之以微笑（既然她的忠诚是隐蔽的）。

诗人的化装舞会取材于民间故事：足不出户的灰姑娘其实是位公主。她如此抬高自己的隐秘自我，让自己套上环扣，为了忠于“帝王般”的另一个人，其唯一的理由是“自此以后－一种专属－／那云朵中的一员－”。这里，或许可以听出华兹华斯的回声，当他黎明时分从舞会上归来，听到一种天命的感召，决心为此“献身”：

我没有发出誓言，但誓言
为我而发出；不知不觉中，我已得到
契约，我当成为，一颗献身的心灵，

① 托马斯·怀亚特（1503—1542），英国诗人，他首次翻译了意大利彼特拉克的诗集，并把十四行诗的形式引入英国文学。《谁欲猎取，我知哪儿有一只雌鹿》是一首十四行诗，描写一只美丽的雌鹿，若有人想追逐她、占有她，只能徒劳一场，因为她的钻石颈圈上刻着这样的字迹：“别碰我，因为我属恺撒所有／且野性难驯，尽管表面温柔。”

否则会犯下大罪。

[《序曲》(1850年)，IV，334－337]

有一种天上的“云朵”也出现在《我得到过，所以我能听见他的名》(292，J 293)，在那首诗里，狄金森让双手摆出“祈求的姿态”，她的“事业－与云朵同在，/ 无论背后是何种力量”。她一向怀疑“另一面”(在凡人的面纱之外)，不过，她确定自己在尘世有一种义务，这义务与“其余人”无关。在这首诗里，我们遇到四个狄金森：卑微的狄金森，在家居的日常圆环里做着“小小的活计”；精神上的“云朵中的一员”，在天上的领域里有一份事业；一位隐匿的公爵夫人，对旁人报以高贵的微笑；一个可怜的老处女，被人同情着，以为她需要一些邀请。无人明白她为何谢绝那些邀请，因为他们看不出她归属于那种帝王般的力量。狄金森在四种“自我”之间快速转换，这有助于完善她之前的叙述：自从她“听到环扣啪哒扣死”，她就生活在一个不同的层面了。

狄金森的机智表现在她让一个实用性的名词“Title Deed”(土地契约)与一个遥远而虚幻的“Cloud”(云朵)构成押韵，正如她让诗人的两种生命层次[私密的家居“toils”(活计)和公共的社交“smils”(微笑)]构成韵脚。虽然此诗包含四个押韵的四行诗，但可以化合为两个八行诗，以呈现诗人的两种生命。在第一种生命里，我们看见她忠实地绑定于那个不可见的占有者；在第二种生命里，我们发现她在社交语境中默默无语地承受着她那深藏不露的秘密。

[J 273]

337　灵魂有些特殊时刻

灵魂有些特殊时刻
能与已被断离之物接近－
此时，模糊－显得奇怪－
而清晰－似乎－容易－

我们曾埋葬的形体，萦绕，
亲切熟悉，在屋里－
未因坟冢而丧失光泽，
那腐烂中的玩伴前来－

恰穿着他穿过的那件外套－
带着长排的纽扣，在泥土之中
自打我们－旧日的清晨，儿时－玩耍－
被一个世界－分隔－

墓穴归还了她的劫掠－
岁月，我们被盗之物－
团团幻影，亮闪闪的纽结
用他们的翅膀，向我们打招呼－

我们－就好像－那死者－
他们自己－迟迟不去等着我们前来团聚－
哀悼者是他们，而不是
我们自己－

这首感情浓烈的哀歌，哀悼“已被断离之物”，顺着它的主题缓缓推进。从我们灵魂中切下来的“事物”是什么呢？接下来狄金森给出了第二个名字：“我们曾埋葬的形体”，于是我们得知这被断离之物是死者，“形体”（Shapes）和“事物”（Things）这两个复数名词让被哀悼的对象成为一个集合体。从一方面来说，这是一种集体的哀悼，随着第2诗节的到来，它从抽象的普遍的（灵魂）转为集体的“我们”［一直贯穿到诗歌的结尾，直到我们在最后一个诗节遇到单数和复数的精彩混合（“Themself”和“ourself”既是单数也是复数）］。可是，这首诗歌在第8行受到入侵，就好像一个雷击，入侵者不是一般的事物或形体，而是特别的萦绕不散的某一个：就在这一节的中间，一个天使一般的银色的“玩伴”，没有因坟墓而“丧失光泽”，从记忆里浮现出来。不过，他虽然闪闪发光，却是一个腐烂中的玩伴，久已埋进他的坟墓里。

至此，狄金森一直在那个难忘的童年玩伴和腐烂的尸体之间快速地来回摇摆，闪烁不定：未丧失光泽的（活着），坟墓（死了），腐烂中的（死了）。他“穿着他穿过的那件外套”前来（活着），可是，一瞬间，霉变再一次入侵；外套“在泥土之中”（死了）。随后，闪回到年轻时“自打我们－旧日的早晨，儿时－玩耍－”，接着再次被击败，闪回到坟墓，自从玩伴死去，诗人和玩伴被一个世界“分隔”。狄金森从容不迫地掌控着节奏，让意识在事实和重获的记忆之间快速闪动，让开篇的死去“之物”成为过去的“孩子”，这是此诗最突出的原创性所在。

随着那些被埋葬的形体，正如玩伴一样，活着回来，在心灵之眼中，他们那虚无缥缈而又势不可挡的真实存在需要得到认可，而狄金森没有让他们失望。她转向一个宏伟的声明，宣告了记忆的复活形式，那些“被盗之物”并没有结束在墓穴里：他们回来了，作为“团团幻影，那亮闪闪的纽结”［(Bright Knots of Apparitions) 很可能无意识地取之于亨利·沃恩《回归》中的“永恒，那亮闪闪的光线”(Bright shoots of everlastingness)］[①]。对亡魂的描绘被加以强调：首先，闪光（“亮闪闪的”）；其次，相互交织的线条（纽结）；最后，一种幻视的特质（幻影）。那些鬼魂像芭蕾舞主角的伴舞者，从那交叉的结点中进进出出，生命中的那些交互活动在记忆中那明亮的场景中重现。现在的生命和那些复活的人相会了，在狄金森的笔下如此逼真，历历在目，那些归来的亡魂甚至用它们的翅膀“向我们打招呼”，就像“天使报喜”中的加百列一样。在这样的时刻，死者似乎在我们之上，欢迎我们去他们的领地，就好像我们是逝者，而他们在来生里等待我们前来相会，因为缺了我们而感到难过，这里，他们成了哀悼者而不是被哀悼者。

狄金森把时间翻转过来，让被怀念的死者比哀悼的灵魂更为鲜活，这样一来，她把那些“事物”重新送回那熟悉的“屋里”，他们死前住过的房间，死亡来了，“像个夜贼”［《帖撒罗尼迦前书》(5：2)］，把他们搬走了，在“抢劫”中，夺去了诗人的“被盗之物”。当他们回来的时候，诗人就不再因“一个世界”而与他们分隔了，她之前的尘世之眼是“模糊”的，现在变得“清晰”了，这让先前视觉上的含糊显得“奇怪”。

狄金森做出了一个充满渴望的宣告：“墓穴归还了她的劫掠－/岁月，我们被盗之物－”，她那种确定的语调究竟有什么根据呢？这语调是从先知那里借来的，只不过她把未来时态（“死者将复活”）变为现在时态的即时性，表露出感激，为了那些与死者接近的“特

① 亨利·沃恩（1621—1695），英国玄学派诗人，《回归》，选自《燧石的火花》。

殊时刻”，这接近是由记忆的剧烈瞬间赋予的。《圣经》中把死神喻作盗贼，她借用了这个隐喻的权威性并加以重写。她把时间贬低为“小偷”，那种经常被当场捉住的小偷小摸，被盗之物重新还给了主人。

在最后一节中狄金森有意让诗行脱节错乱[①]，让我们在第1行的明喻中“死去”，然后进入五音步诗行，在怀念中被保存，在那里，“他们自己－迟迟不去等着我们前来团聚－”。不是跟前面的复数的“Things”（事物）、“Shapes”（形体）和“Knots”（纽结）相配的复数的“Themselves”（他们自己），而是他们之中的一个，也就是单数的“ourself”（我们自己）最心爱的一个。我们哀悼那个单独的存在，直到记忆把坟墓变成了恩赐者，而不是盗贼。倒数第2行是四音步，最后一行是单音步“哀悼”（That mourned -）。

［J 607］

① 中译本尽量保留了每个诗行的大致长度，但语序上无法一一对译，做了适当调整。

340　我感觉一场葬礼，在我的大脑

我感觉一场葬礼，在我的大脑，
哀悼者来去穿梭
不停地踩踏－踩踏－直到好像
感官行将冲破－

当他们一个个悉数落座，
一个哀悼仪式，像一面鼓－
不停地敲击－敲击－直到我觉得
我的心智快要麻木－

然后我听见他们抬起一个箱子
吱吱嘎嘎从我的灵魂碾过
用同样的铅底靴，再一次，
而后空间－开始轰鸣，

仿佛重重天宇是一口钟，
存在，不过是一只耳朵，
我，和寂静，某个奇异的种族
失事落难，在这里，孤零零－

然后，理智中的一条木板，断裂，
我坠落，一路坠落－
每一次下冲，都击中一个世界，
直到结束知觉－然后－

这是狄金森的一首名作，它描述了一场精神崩溃，这场崩溃如此彻底地泯灭了意识状态，因此与死亡别无二致。叙述被囊括在一个句子里，采用并列结构，平行的分句主要由一连串“and”连接在一起。[①]一共出现了12个“and”，其中10个在诗行的开头，另外两个在第4节和第5节的中间。此外，还有一些词语也带有“and”的意味：“treading - treading -”（踩踏－踩踏－）、“beating - beating -”（敲击－敲击－）、“then”（然后；有时加“and”，有时不加）、“again”（再一次）、“began to toll”（开始轰鸣）以及“at every plunge”（每一次下冲）。“理智”经受了一而再的打击，在这些可怕的重复之后，狄金森把自己一分为二：尸体和“哀悼者”。她在比喻的意义上被埋葬了，这是一个冗长的令人无法忍受的“葬礼”，在这个过程中，狄金森始终是一个活跃的分析者，分析着她本人的状态，并为自己一次次受到击打而哀痛。那精神上的痛苦是如此强烈，几乎转化为一种肉体上的痛苦（“好像／感官行将冲破－”进入精神空间）。

在《剧痛过后，一种徒具形式的感觉－》（*372）中，狄金森说“神经，仪式般坐定”，而在这里，她的内在官能，这些持续“踩踏”的哀悼者，最终在葬礼上一个个慢慢“落座”了。此刻，当踩踏停止，心灵可能感到有所解脱之际，一种带有攻击意味的仪式开始了，一而再地敲击着她，直到她担心，心灵快要“麻木”了，而不仅

① 在中译本中，这些连接词“and”（大致相当于中文的“和”“以及”等），因不符合中文语法习惯，不得已几乎都被省略了，因此，原诗的单一句子结构也难以呈现。

仅是失去听觉，“麻木”比失聪更为痛苦（而且，“麻木”意味着发不出声音）。仪式停止了，她仍没有得到安宁：那令人厌恶的踩踏又来了，这一次是由“铅底靴”踏出的沉重步子。那个分析的自我在观察着，可是，与此同时，那个受到威胁的自我已在“箱子”里，棺材被运到了墓地。此刻我们没有特别注意到那个动词“吱吱嘎嘎”（教堂的地板在铅底靴下很容易“嘎吱作响”）；可是，狄金森把这个词安放在这个位置，预示了即将发生的解体。

各项礼节要素——葬礼、哀悼者、仪式、牧师的声音（如鼓声一般）、被几个护棺人抬出去的棺材（仅仅用了一个粗鲁的词语“箱子”）——都已逐一提到，随后，狄金森即刻放下“客观的”分析，开始演绎一种极端可怕的孤独状态，患有精神疾病的人往往会经受这样的孤独。她并没有随着她的棺材进入坟墓，她听着她的丧钟占据了整个空间，重重天宇都变成了一口钟，而她不再是“我”，而是一个“存在”(Being)，成为那个充满钟声的空间的一个接收器，一只耳朵，与这个空间相符。那钟声就是她听到的最后的声音。当寂静替代了听觉，一个新的假设冒了出来，一艘落难的沉船只留下了两个幸存者：她本人和寂静，后者代表一种“奇特的种族”（现已麻木的她，就属于那个“寂静”的种族），在一个永恒的孤独之岛上。

诗歌的叙事并没有终止在这种与孤独为伴的状态，虽然狄金森的早期编者在1896年的诗集中没有发表最后的诗节，可能是考虑到它过于直白露骨了。狄金森在第10行曾采用了“Brian”（大脑），然后又加上了括号，写下了另一个词“Soul”（灵魂）。从身体部位来看，疯狂是大脑的疾病，这几乎是无可置疑的，可是，我们如何再现出这是一种精神上的而非肉体上的疾病呢？在她的自我分析中，作为她自己的葬礼的旁观者，诗人并没有提供任何希望（治疗普通的疯狂，有许多药方，但精神上的死亡，无药可救）。

她没有让她自己“失事落难”在她的岛上，她也没有守着寂静一动不动地在那里活着，事实上，她那超脱的分析状态也“失事落难”了，此前的“吱吱嘎嘎”已预示了这样的结局，灵魂的地板摇摇欲坠，终究难逃最后的毁灭：“然后，理智中的一条木板，断裂，/我坠落，一路坠落－”。从这个诗行来看，狄金森似乎承认了她的葬礼的物质构成：正如生命对应肉身，理智（分析功能）对应大脑。没有理智的支撑，疯狂就取代了健全。狄金森试图为她的痛苦之所找到一个名字，她以“大脑”（第1行）开始，然后又找到“心智”（第8行），然后是“灵魂”（第10行），然后是“存在”（第14行），在此过程中，她逐一列举出肉体居所、精神居所，最后是全体，包纳了其他。无须她做出任何辅助，“理智中的木板”断裂，她逐渐坠落，她本人的意愿（起初）完全没有参与。

狄金森对最后两行做过一次引人注意的修改，于是，在她自己的毁灭过程中，她开始提供辅助了。当她穿过宇宙一路坠落时，每一次（自发的）“下冲”［Plunge，这个替代了之前的无意识的“崩塌”(Crash)］，她都击中了一个世界，并“结束”了［finished，这个词替代了之前的“熬过了”(Got through)］。“（我）结束”似乎是一个意志行为（比如，“我在黄昏时分结束了园艺工作”），而“熬过了”则经常指无意识的参与（比如“我熬过了手术，进入恢复阶段”）。在最后的时刻，狄金森采用了“结束”这个词，因而重申了她对她的自我泯灭过程的中介作用，而不是仅仅把疯狂交给仁慈的无意识。

本诗的节奏韵律有一个十分明显的特征：几乎没有任何伸缩性，它以冷漠的步子“踩踏－踩踏－”，一个四音步，紧随一个三音步，一行行亦步亦趋，唯独第5行是个例外，四音步被截短为三音步，规整的节奏似乎被仪式上的“鼓”打断了一下。如果狄金森没有如此执拗地让此诗敲打着同一个节奏，我们就不会“感觉”到她所“感觉”的葬礼了。

［J 280］

341　它如此骇人－它令人兴奋－

它如此骇人－它令人兴奋－
如此出离恐怖，几近迷人－
灵魂盯住它不放，安稳了－
知道最糟，就不再害怕－

扫视一个鬼怪，令人虚弱－
但与之扭打，则制服了它－
磨难，现在，何等轻松－
悬念让锯齿持续不停－

真相，突兀－而冰冷－
但它靠得住－
若有任何不确定－
我们就祈祷－给他们看－
但我们，既已知道，
现在，停止希望－

面向死亡，就是死去－
那就放开呼吸－
不是你面颊边的枕头

就这样沉睡而去－

别人的，能够摔跤－
你的，已了结－
苦难亦如此，荒凉可怖－来了，
它让害怕得解脱－
给恐惧以自由－
欢快的，阴惨的，节日！

在此诗中的一个非同寻常的时刻，狄金森宣告了她的无神论，她宁要牢靠的（即使冰冷）真相，也不要宗教的幻觉，宁要世俗的（即使毫无美感）绝望，也不要神学的希望。“真相，突兀－而冰冷－/但它靠得住－”，她已确信了真相，但仍快速而轻蔑地对那些需要幻觉的人做出一个姿态：“若有任何不确定－/我们就祈祷－给他们看－”。然后，她再次表明她自己的确信，以群体中的一员的身份：“但我们，既已知道”。这个宣言占据了这首24行诗的第9—14行，前面加了一个序曲，后面加了一个尾声。序曲宣称“灵魂”现已知道了最糟的情况，因此反倒安稳了；一个长长的悬念终止了，这让磨难“轻松”了（跟从前的悬念相比）。莎士比亚写道，“最糟转为嬉笑”（李尔）。霍普金斯断然反驳道：“没有最糟，没有……/更多的痛，向前痛奔涌，更狂暴的扭绞。”[①]可是，狄金森与他们不同，她果断地停在“最糟”，确信根本不会再发生什么，无论“嬉笑”还是“更多的痛”。面对“最糟”的境况，灵魂变得眩晕，因为过度紧张而歇斯底里：这消息，如此骇人，精神错乱中，竟为之兴奋。它超离了恐怖，几乎被它的魔力迷住了（无论隐匿着什么事件，只要沉

① 出自霍普金斯的十四行诗：No worst, there is none… / More Pangs will, …Pitched past pitch of grief。

淀出新的心理状态，狄金森就为之着迷）。我们开始意识到，此诗采用了押韵的对句形式（在狄金森的诗歌中比较少见），这种紧凑的节奏，一直贯穿于前3个诗节，然后掉进一些散乱的韵脚之中。心灵面对最糟的境况发出了神经质的笑声，这种松弛感在诗行的节奏中被模拟出来，起初是两个五音步，然后缩减为两个四音步，之后再缩减为四个三音步（5－5－4－4－3－3－3－3）。第3节的宣言采用了奇怪的被截短的民谣体（3－2－3－2），然后是一个二音步的对句。

狄金森在第1个诗节中宣告了她的警句："知道最糟，就不再害怕－"，这首诗写到这里似乎就已经写完了，还有什么要说的呢？她求助于倒序：长期以来她一直担心直面"最糟"的可能性，当它掠过心头的时候，她只是"扫视"它而不是"与之扭打"。但现在她与鬼怪摔跤［正如《创世记》（32：24—30）中的雅各与上帝摔跤，这是狄金森经常引用的段子］，并以她的努力征服了它：悬念那不停息的折磨人的锯齿（sawing）终于停了。在恐怖、鬼怪、折磨的语境中插入"锯齿"这样的词是狄金森的特色，她把最极端的状态拖入一个新英格兰的隐喻（否则它只是一个家常的隐喻）之中。锯齿在耳朵里的哀鸣，肉体上的锯齿状的伤，整个人都陷入那个冷酷无情的"持续"之中——还有什么能更好地传达延宕已久的悬念（关于最终的命数）所造成的折磨呢？

我们已见过第3节的核心声明（"真相，突兀－而冰冷－"）以及那个倒序的前奏（1—2诗节）。狄金森起初似乎在第4行为她的诗歌设计了一个结尾，现在，她似乎在绝望中又设计了第二个结尾来收束这个声明——"但我们，既已知道，／现在，停止希望－"，可是，仍有话要说。既然"苦难"已来临（第21行），随后会怎样？死亡，如我们所料。狄金森提出了建议：你看，多么容易！你只是"放开"你的呼吸（她以枕头上的脸颊为诗中的对话人摆姿势，这样一来，她甚至想象出一张临终之床）——"面向死亡，就是死去－"。她恢复了她默认的诗节安排（四行诗），但把音步改为3－3－4－2。

她既已把对话人安放在临终之床上，就可以宣告她的安息了，其措辞让人想到葬礼——“别人的，能够摔跤 / 你的，已了结 -”。另一件事也同样了结了——之前的种种苦难：折磨、恐怖、悬念、绝望。“荒凉可怖”的苦难也永远消逝了，从前的“害怕”和“恐惧”都从大脑里消散。正如一个刚刚听到死期的囚徒，对此，诗人再也没有什么可以猜测。她的心灵顿时“解脱”了，以一种阴惨的方式；地狱般的焦虑，那个鬼怪，已经溃逃而去，只是以绝望的方式。

最后一个诗节结构奇特，韵律亦不规整，无法归入任何一种诗体格式。它以两个二音步开头；如果把它们读成一个四音步（其实它们不是），就跟后面的四音步诗行合拍了：正如你的摔跤结束了，绝望的苦难也结束了，它一旦来了，就会“让害怕得解脱”。这个诗节可以读作2-2-4-4，然后怎样？当然是跟“liberty”（解脱）押韵的某个词。为什么不采用一个并列结构，以便（完美地）跟同义词“free”（自由）押韵呢？没错，增加一个二音步就可以跟之前的对句［“done”（了结） / “come”（来了）］相互匹配，而且可以提供一个总结性对句：

它让害怕得解脱 -
给恐惧以自由 -

可是，以“解脱”和“自由”这样两个“积极的”词语来结束她的诗歌，这远不是狄金森的想法。她以狂热的能量来“庆祝”她的解脱，用一个丑怪的第3行向她的对句抛去：“欢乐的，阴惨的，节日！”她企图哄骗“被惊扰的灵魂”“沉睡而去”，可是作为她的核心宣言的一个尾声，这最后的诗行，强行挣脱出来，背离了诗人的企图，背离了那个一切都“了结”了的宣言，背离了她的胜利声明（她制服了鬼怪，击败了担忧和恐惧）。那鬼怪带着“阴惨的”复仇，回来了。这个死后的歇斯底里的“欢快的节日”是虚张声势的，它透露出一种更糟的结局，比不知道最糟还要糟，比绝望更糟，比死更糟。

[J 281]

348　我不愿画－一幅画－

我不愿画－一幅画－
我更愿成为那一个
它那－光明的－不可能性
任我－美美地－栖身－
我惊叹那手指是何感觉
那奇妙－缥缈的－撩拨－
唤起一种折磨，如此甜蜜－
一种绝望－如此奢华－

我不愿说话，像短号一样－
我更愿成为那一个
被轻柔地升到屋顶－
而后飘走，悠悠然－
穿过苍穹的一个个村庄－
我自己，被授权为气球
仅仅通过一个金属嘴唇－
我轻舟的码头－

我也不愿做诗人－
拥有那只耳朵－更好－

迷醉－无力－满足－
这尊贵的特许权，
一种莫大的殊荣
那将是何等的嫁妆，
倘若我能让自己震颤
以旋律的－闪电！

此诗为广泛阅读的1945年版狄金森诗选提供了书名《旋律的闪电》（*Bolts of Melody*）。它以3个八行诗节（四行一韵）沉思了绘画、音乐和诗歌这三门姐妹艺术。狄金森一定熟悉济慈的两首同类诗作《夜莺颂》（写音乐）、《希腊古瓮颂》（写雕塑）。济慈（以及古往今来的诗人，比如约翰·阿什伯利在他的《“诗如画”是她的名字》[①]里）直白地对比了非时间的视觉艺术和注定逃不脱时间的诗歌，按照他的说法，诗歌（暂时）处于劣势：古瓮可以“讲述／一个如花的故事，比我们的韵律更甜美”。不过，狄金森对这个论题做了修订：她断言，做观众比做艺术家更好。她把这个假定施之于绘画、音乐和诗歌，不过，她对各类艺术的机智而精彩的描述让我们情不自禁地相信，此时在对我们说话的正是一位艺术家。

对于绘画和诗歌，她聚焦于创造者；对于音乐，她的焦点不在作曲家而在听音乐（器乐）。她描述了她自己面对艺术的反应：她惊叹画家的创造力，惊叹于那“手指的感觉”；她模仿音乐旋律的飞升，穿行于空中；她表现了观众对诗歌艺术的敬畏，就像朱庇特大神的雷电，具有震惊之力。

狄金森细心地为每一个诗节创造出一种鲜明的气氛。前两个诗节采用了步调一致的开场式：“我不愿……；我更愿成为那一个……”

---

① 约翰·阿什伯利（1927—2017），美国当代最有影响力的诗人之一，一生发表20多部诗歌，几乎获得了美国所有诗歌奖项。他的诗作《“诗如画”是她的名字》（*“And Ut Pictura Poesis” Is Her Name*）见费伯出版社1987年版《游艇岁月》（*Houseboat Days*）。

但随后则各具特色。在第1节，观画人是主动的：我更愿成为那一个，“栖身”于画作，“惊叹”画家的手指是何感觉。在第2节：听者是被动的，被小号的音乐抬升到天花板，一旦飘入空中，就“被授权为气球”（被赋予了某种能力）；乐器是中介——她被运送了出去（她惊奇地说）“仅仅通过一个金属嘴唇”。第3节转向诗歌，表现形式发生了变化，诗人（以提喻法）成为一只“耳朵”（正如济慈在《夜莺颂》中所暗示的一样，见“黑暗中我倾听”那一段），列举出一系列互为矛盾的形容词，以描述那只倾听的耳朵——“迷醉－无力－满足－/ 这尊贵的特许权”（这些形容词被小短线分开，每一个都有所停顿，以供沉思，就像上文的“奇妙”“缥缈”“撩拨”）。她惊叹那画家的手指是什么感觉，她想象着一种自相矛盾的体验：甜蜜而又折磨、奢华而又绝望（她知道那是一切艺术的本性，在高度完美的形式中获得甜美和奢华的满足，即使其主题是折磨和绝望）。不过，她并没有表达自己作画的欲望；在音乐的诗节中，她也没有表达自己创造音乐或演奏乐器的欲望，即使她如梦幻一般在空中飘游（她的气球小船，她的浮舟，系在小号的码头上）。可是，当诗歌转向“我也不愿做诗人”，这一次，她明确地表达出，她想拥有尊贵的特许权，也就是成为诗人的特权，虽然她仍声称做观众胜于做作者。在一种闭合圆环式的创作驱动中，她成为朱庇特大神，用旋律的闪电震颤了她自己。这个奖赏是一笔无可估量的“嫁妆”，这份财产让一切世俗财产都如尘土［参考《这就是，存在给予我的回报－》(375，J 343)］。

此诗以三音步抑扬格（大多数）和四音步抑扬格（第3、5、19、23行）的节奏流畅而连续地展开，让愿望保持在一种愉快的幻觉之中，直到第22—23行突然出人意料地发生了逆转，为最后的感叹号埋下了伏笔：“那将是何等的嫁妆，/ 倘若我能让自己震颤 / 以旋律的－闪电！”在前两个诗节中，对绘画和音乐的反应，没有引发这种逆转的音步，也没有引发这样的感叹号。不难发现，狄金森津津有味地享受着由三类艺术开启的词语盛宴。她选词用字十分小心，有时让它更加独特鲜明［以“屋顶”（the Ceilings）替换了“地平线”（Horizons）］，有时让它更有感召力［她仔细考察了一些更日常的词语：“upborne”（被举起）、“upheld”（被撑起）、“sustained”（被维系），最后找到了一个更典雅更有贵族意味的词语“endued”（被授权）］。

［J 505］

351　她瞧见一只鸟－她窃笑－

她瞧见一只鸟－她窃笑－
她俯身－匍匐而走－
她飞奔，根本不看脚下－
眼睛变大，成了圆球－

她的下巴颤动－抽搐－饥饿－
她的牙齿几乎立不住－
她跃起，但知更鸟已抢先跃起－
啊，猫咪，属于沙土，

希望即将成熟，如此多汁－
几乎沐浴了你的舌头－
极乐已露出一百个脚趾－
随后用每一个逃走－

济慈在《致约翰·汉密尔顿·雷诺兹书信》里写到自然界中“恒久残忍的毁灭”，他看见

鲨鱼凶残扑向猎物－饿鹰俯冲猛袭，
那温雅的知更鸟，如一头猎豹或山猫，

生吞着一条肉虫。

济慈对此忧心忡忡（部分由于他将这种观点投射进人类生活），而狄金森不会：她的猫追捕一只鸟，她饶有兴味地凝神观察。她把猫的行动浓缩为九个生动的动词："瞧见""窃笑""俯身""匍匐""飞奔""变大""颤动""立住""跃起"。这是一种电影技术，动作分割类似于那种"翻页书"，渐进动作逐渐累积成为连续动作。对狄金森而言，欣赏纯粹的本能如何自我呈现，这本身就是一种娱乐，足以让她写一首诗。她看到了猫无意识的"残忍"，不过并没有直白地把这种残忍投射在人类词语中（可能除了"窃笑"）——但是她的确将猫的失望拟人化了："啊，猫咪［！］"

猫咪不属于天空；她是沙土的常住民，而知更鸟是天空的常住民——狄金森认为她的猫追捕的这一物种有一个恰当的名字。这场较量并不公平："她跃起，但知更鸟已抢先跃起 -"。人们的兴趣不在于知更鸟的逃跑，而在于猫的追捕。这与人类狩猎有相似之处，人们看见猎物之后，或许会隐藏起来，然后"俯身"贴近地面，或者"匍匐前行"到一个更有利的位置。但狄金森的简练叙述很快就聚焦于一场纯粹的猫科狩猎，猫（不像我们）可以不留意脚下便飞奔起来，而她的眼睛（不像我们的）可以从平时的椭圆形变成瞪大的"圆球"。狄金森饶有兴致地看着猫的下巴从静止状态变为"颤动"，而后抽搐；狄金森从下巴的抽搐中推导出猫的"饥饿"。下一行则更为奇怪："她的牙齿几乎立不住 -"。牙齿立在她的嘴里，是否由于饥渴，因而开始嘎吱作响？抑或"她的牙齿几乎立不住 -"是种担心？无论如何，这句话被最后一个描述动词打断了，而随着这套特技表演越来越紧张，我们潜意识里一直期待着这个词语的出现，"她跃起"。（狄金森的同情以诙谐的感叹发出"啊，猫咪"，这或许是从彭斯的诗句里借用的，罗伯特·彭斯曾写道，"可是，老鼠啊，你的境地非你独有”[①]。）

真正的拟人化始于将人类情感“希望”引入猫咪身上。她垂涎欲滴，几乎用期盼那成熟的汁液“沐浴了［她的］舌头”，就在那一刻，她看见她希冀的“极乐”（全诗中最有人情也是最抽象的词）飞走了。考虑鸟儿的逃脱时，狄金森首先想到是用“翅膀”还是“脚趾”：不过最后她决定用“脚趾”，她颇具想象力地坚持了猫的视角（猫并不理解什么是翅膀，只会认为鸟比她“跑”得快）。“disclosed”（露出）／“Toes”（脚趾）这一组行内韵使知更鸟的飞跃显得突然而轻快。猫看着那些脚趾战胜了自己，对失去猎物感到沮丧：

……极乐已露出一百个脚趾－
随后用每一个逃走－

我们都熟悉七头怪，它们可以喷出大量子孙，但是在狄金森之前没有人（当然除了猫）曾想象过这样一种生物，它有一百个可以迅速移动的脚趾。

这张猫咪捕食的小图有一个“快乐”的结局，因为鸟儿胜利逃脱了；不过，还有另一种截然不同的结局，在《此事不是一次了结》(485) 里，发生的是“渐进的谋杀”，一只猫把一只不幸的老鼠折磨致死：

猫咪暂缓老鼠的死刑
她松松牙齿
其幅度刚够挑逗希望－
然后再研磨致死－

［J 507］

---

① 这句诗出自苏格兰诗人罗伯特·彭斯（1759—1796）的《致一只老鼠》，诗人在11月犁地时弄翻了老鼠窝，于是以同情的口吻写下这首诗。其中两句写道：“可是，老鼠啊，你的境地非你独有，／证明深谋远虑或为徒劳。”

355　它不是死，因为我站着

它不是死，因为我站着，
所有的死者，都躺着－
它不是夜，因为所有的钟
都为正午，伸出了舌头。

它不是霜冻，因为我的肌肤
感到西罗科热风－爬行－
也不是火－因为我大理石的脚
就足以让高坛，变冷－

然而，它的味道，像每一个，
我见到的形形色色
有序地摆好了，为葬礼，
让我想到了我自己的－

好像我的生命已修剪过，
被放入一个方格，
无法呼吸，没有钥匙，
它像午夜时分，某个－

当一切滴答的事物－都停下－
空间盯视着－四周－
或是第一场严霜－秋日的清晨，
撤销了律动的地面－

但是，更像混沌－无休止－冷冰冰－
没有任何机会，或桅杆－
甚或一丝土地的消息－
来证明－绝望的意义。

狄金森首先暗示她的现状令人困惑而又恐惧：她站在彻头彻尾的黑暗中，既感到闷热，又感到酷寒，她无法移动，被锁在一个普罗克拉斯提斯[①]式的方格里，呼吸已经停止。她的大脑将这些状况全数报告给她：却被她的感官彻底驳回，她不知道应当如何定义它们，只能否定感官告诉她的一切。让人捉摸不透的“它”，即她所处的状态，不可能是死亡，因为死者都躺着，而她却站着；那也不可能是夜晚，因为居心不良的钟向她伸出舌头，呼喊着正午；它也不是霜冻，因为发烧的战栗像灼热的风爬行于她的肌肤；也不是火，因为单是她大理石的双脚就足以让埋葬她的那个高坛变得冰凉（想象中她变成一个死者的卧式雕像，或者说一个横卧的陵墓雕像）。在结束否定定义之后，她又开始为它们辩护：她此刻的自我，其病态的味道就像死亡；她一动不动，正如死尸一样；她的生命已被“修剪”，就像嵌在“方格”里的木板被锯断，好安置她的生命；在那活生生的死亡中，她无法呼吸，因为她没有打开棺材的钥匙。

目前为止她向我们展示的种种——所有错综复杂的想象，对想

---

① 普罗克拉斯提斯（Procrustean），希腊神话中的一个凶残的强盗，他把住店的客人放在一张床上，若是身体比床短，就拉长，若是身体比床长，就截短。

象更为错综复杂的否定，以及自我辩白的比喻——都是拖延战术，与她的真实状况保持着一定的距离，而此刻她终于迎头直面一切。之前的描述被新的描述取代：她所处的，是午夜，而时间已经停止，一个广袤的黑色空间，即她的新栖息地，它（像一个具有威胁性的存在一般）“盯视”着每一个方向。或者它就像具有审判权的“严霜”撤销了地面的合法生存权，杀死了自然搏动的心脏。不过（她扔下所有自然的和人类的隐喻，说道）它最像混沌。“混沌”象征着苦难最终的不可理解性，不过她一直都在回避它，认为她自认可以用（积极、消极或幽默的）隐喻来分析自己的境况。当时间“停下”，倘若只是暂时，那它仍然是时间性的。但她的“混沌”却“无休止”：其中甚至不存在连续性，以至可以认为，它已停下了。她认为自己的双脚可以让高坛保持“冰冷”，这没有错——不过混沌的“冷冰冰”是一种先于人类的东西；它没有高坛，没有坟墓，没有棺材。它没有任何改变的可能；也没有偶然发生的季节性霜冻；它没有生存的“机会”。

狄金森再次回到《我感觉一场葬礼，在我的大脑》（*340）所描述的状态，她和寂静一起遭遇了海难。不过在混沌中，她没有同伴；她独自一人身处杳无人迹的大海中央。她的视线里看不到任何桅杆，这说明周围没有任何别的水手；她也无法证明她的绝望合理，比如想象她收到一个消息，告诉她有大陆却无法抵达。混沌没有永恒，甚至也没有伊甸园；既然一开始就没什么好希望的，那么现在也没什么好绝望的。狄金森被难以忍受的痛苦带到一种全然冷漠的混沌之中，不过她勇敢地面对混沌。

从韵律上来说，这首诗只有一处反常，即第13行，它应当有四拍实际上却只有三拍。这似乎是有意为之：正是在这一行里，她的生命看起来“修剪过”，于是诗句也最大限度地缩短了。否定的定义和肯定的定义逐一登场，这精心的设计是为了逃避可怕的真相，即混乱是完全无法定义的。哪怕是妄想——嘲笑的钟声、爬行的西罗科热风、修剪过的生命、紧锁的棺材——也比没有缘由的混沌更为可取，因为在这种混沌中，广袤的冷漠甚至禁止了绝望。

[J 510]

359 一只鸟儿，落向小径－

一只鸟儿，落向小径－
不知道我在瞧他－
他把一条蚯蚓咬成两段
把那家伙，活生生吞下，

然后，从一片就近的草叶
他喝下一颗露珠－
然后侧身跳到墙边
给一只甲虫让路－

他用敏捷的眼球扫视，
急匆匆四下转动－
像是两颗受惊的珠子，我想，
他晃动着他的天鹅绒小脑瓜。－

如同置身险境，小心翼翼，
我投给他一点面包皮，
而他展开了他的羽毛，
轻柔地朝家里划去－

柔于双桨分开海水，
银光中无一丝缝隙，
或蝴蝶跃出正午的堤岸，
游动，无一丝水声溅起。

这首古怪的小小叙事诗表现出狄金森诗的几个典型特点：她冷酷的目光，她毫不吝惜的真实性，她惊人的明喻和隐喻，她对自己和他人的心理学观察，她表现自己过错的能力，以及她对自然之美的精微细腻的品味。这首叙事诗以“大自然血红的牙齿和脚爪”[①]开始——而这里，我们还得添上“喙”。狄金森像一个观察底层生活的新闻记者一样，谈论着她眼中所见的那个冷酷顽固的罪犯，这罪犯以为没人注意他，谋杀并吞噬了一个不走运的弱小的生物，一条“蚯蚓”：他像个野蛮人一样，“把那家伙，活生生吞下”。在接下来的喜剧化场景中，她表现得好像被这个罪犯吓到了，她感到自己必须讨好他，否则他也会一口把自己咬成两半。此外，她看到了这凶狠的谋杀犯的另一面：他从草地上优雅地啜饮一滴露水，又为一只甲壳虫让路（他并没有杀掉甲壳虫，而是周到地退到一边）。诗人说，叙述者的接近吓坏了这只鸟，他那双显然不同于人类的“敏捷的”眼球“像是两颗受惊的珠子”，表现出警觉，不过有谁见过受惊的珠子呢？语言的两个领域——人类的和非人类的——在“受惊的珠子”里碰到了一起（尽管这两者其实都不在小鸟的脑袋瓜里，那个被喻为“天鹅绒”的脑袋瓜）。

在诗的中间部分，叙述者和鸟儿相遇了，对此，狄金森显然写了两个版本。在一个版本里，是鸟儿小心翼翼；在另一个版本里，小心翼翼的却是她。以下是第一个版本，这显然是诗人寄给希金森的那个版本，希金森在诗人死后发表了它。在这个版本中，“小脑

---

① 出自丁尼生的组诗《悼念》，第56首。

瓜”后面没有标点符号，但在“小心翼翼”后面有一个句号：

他晃动着他的天鹅绒小脑瓜

如同置身险境，小心翼翼。
我投给他一点面包皮

然而，在诗人自己保存的一个抄本里，在“小心翼翼”后面是逗号，而不是句号：

他晃动着他的天鹅绒小脑瓜

如同置身险境，小心翼翼，
我投给他一点面包皮

而在诗笺收录的版本里，在“小脑瓜”后面有句号和小短线，“小心翼翼”后面有逗号：

他晃动着他的天鹅绒小脑瓜。－

如同置身险境，小心翼翼，
我投给他一点面包皮

三个版本如下：

“他晃动着他的天鹅绒小脑瓜如同置身险境，小心翼翼。我投给他一点面包皮”

“他晃动着他的天鹅绒小脑瓜如同置身险境，小心翼翼，我投给他一点面包皮”

“他晃动着他的天鹅绒小脑瓜。如同置身险境，小心翼翼，我投给他一点面包皮”

富兰克林的印刷本选择了第三种，其中，“置身险境”的一方，是诗人；显然这个版本与狄金森的喜剧一面最为吻合。到目前为止，这首诗以可笑的夸张来表现这场相遇，倘若人类竟然感觉自己受到一只鸟的威胁，其喜剧效果自然就大大增加了。毕竟，她亲眼见到他吞吃了一条蚯蚓。不过也许她会像甲壳虫一样从旁边走过，毫发无损。谁知道呢?

无论如何，面包皮打断了这场相遇，鸟儿飞走了。这首诗接下来的部分让人意想不到。看到地上的这只鸟之后——首先是一个谋杀犯和食人者；之后他优雅地喝水，周到地腾出位置；之后他受惊——诗人终于在鸟儿本土生长的环境，也就是在空气中看到他。在地面上跟蚯蚓和甲壳虫（还有人类）一起时，这只鸟可疑且多疑。可是，你瞧，在空中！鸟儿起飞前柔和的滑翔几乎让诗人说不出话来。他此时此刻的样子，她应当如何描述呢？她首先用了两个比喻：他“展开”羽毛，他那可以折叠的翅膀自己打开；他向空中“划去”，比船桨划开大海还要轻柔，大海竟可以如此平静、如此“银光”一般，以至于船桨划过之后海水复归平静，看不到任何“缝隙”。但每一种媒介中都有隐藏的阻力：空气阻挡羽毛展开，后者需要努力；大海也阻挡船桨划动，而船桨得靠桨手的力量才能移动。

当诗人欣赏着鸟儿优雅自如地起飞时，她不得不使用第三个比喻：如果不是羽毛在半空中展开，如果不是船桨在无缝的银色海洋上划动，那么鸟儿飞翔的动作会让她想起什么呢？她在无声的运动的备选库中搜寻，找到了蝴蝶：它们在空气中游动得如此轻柔，当它们跃入自己所属的环境时，竟然没有发出溅落声，一点儿声音也没有。蝴蝶是从何种无形的堤岸跃入无形的空气的呢？是阳光的堤岸，正午的堤岸。

若是读者进入剧情，展开羽毛，在银光的海洋里划船，跟蝴蝶一起在阳光里游泳，他 / 她还会不会执拗地提出，“可是，他把这家伙，活生生吞下”，并继续固执地认为：鸟儿是野蛮的，观察者感到（模仿）恐惧呢？当然不会。这首诗描写美学上的狂喜抹去了对野蛮的记忆。我们从中可以得出什么？“啊，没有什么，/ 那只是你由此而生的推想！”［《若是某朵北极的小花》(177)］大自然的两个侧面——残酷的一面和美丽的一面——在这里相互关联，最终，美丽的一面胜出；读者通常认为，这正是狄金森的基本看法。

然而，想象力的最佳出击或许发生在“敏捷的……受惊的珠子”，即鸟儿的眼睛里，而从语言的任何通常意义来看，它们并不美。然而，在诗人生动的观察中，这些“受惊的珠子”，在其急促的、讽刺的痛苦中，有一种罕见的精致的“美”。狄金森在诗的结尾处施加了她的全部魔力：以一系列圆润的“oh”（哦）音和头韵抑制了野蛮与恐惧：“rolled...rowed...Home...Oars...Ocean”（卷起……划去……家里……双桨……海水），接下来是轻柔的“silver...seam”（银光……缝隙）和轻快的“Butterflies, off Banks of Noon”（蝴蝶，跃出正午的堤岸）。这里体现了狄金森式的想象，把不同的因素融为一体：海里的鱼儿，游动时水花飞溅，但通过“plashless”（无水声溅起）这个词，就变形为一群无声飞舞的蝴蝶。

[J 328]

360 灵魂有被捆扎的时刻－

灵魂有被捆扎的时刻－
可怕至极，无法动弹－
她感到被一种鬼魂般的惊悚击中
它停步，盯着她看－

用长长的手指，向她敬礼－
抚摸她渐渐冻僵的头发－
那哥布林妖怪，从那一度令恋人
流连的－唇上－啜饮－
不配，一个如此卑下的想法
搭上一个－如此美好的主题－

灵魂有逃逸的时刻－
冲开每一道门窗－
她像炸弹飞舞，飘游在外，
在时间上方荡着秋千，

欣喜若狂－如蜜蜂－
长期远离玫瑰，囚禁于地牢－
一旦触及自由－便一无所知－

只知正午，天堂－

灵魂有再次被捕的时刻－
当，重罪犯被押送着前行，
镣铐－戴上有翼的双足，
钉子－钉进歌声，

恐怖，再次欢迎她到来，
这些，不会由口舌声张－

此诗由灵魂叙述对不忠的怀疑。它由三部分构成。第一部分中她的恋人伤害了她，灵魂想隐藏伤口，用绷带包扎起来。可是，可怕的不祥之兆依然跟她作祟，狄金森以精湛的哥特式的色情手法，以心生怀疑的哥布林妖怪替代了那个恋人。突然，在第二部分，怀疑升级了，灵魂被一种强烈的狂喜占据，一种被释放的感情喷薄而出，意乱情迷。第三部分，她再次被怀疑囚禁，再次被带回地牢，被戴上镣铐，她的歌声也被囚禁了。在那些恐怖的时刻，当怀疑的哥布林再次爱抚她（经过那令人得意的公开的新生之爱的狂喜之后），灵魂被迫再一次经受嫉妒的侮辱，她说道，啊，无人把那些时刻讲述出来（对比一下，她曾高声宣告过她获得解放享有新生之爱的好消息）。这是一首苦涩的自我评判的诗作，诗中的说话人陷入窘境，因为她公开展示了她突然爆发出的喜悦——冲开每一道门窗，像炸弹一样当众起舞，自由自在地飘游，这快乐的时辰，让所有人都瞧在眼里。可是，她还受到了另一种羞辱，不得不忍受哥布林可怖的怀疑的引诱，她说："不配，一个如此卑下的想法 / 搭上一个－如此美好的主题－"，这个诗节的最后几个音步被那些小短线拉长了，她为玷污了一个"如此美好的主题"而感到遗憾。

在诗歌的开篇，我们不清楚灵魂为何不得不为某些"时刻"扎上绷带。那些时刻造成的伤害让她麻痹：当一个令她紧张的角色向她逼近，她由于惊恐而无法动弹。接下来的一个小小叙事，让诗歌进入想象的一个高潮点，一个不明身份的造物向她求爱，一种诱人而又可怕的求爱。此诗，灵魂的形象变得清晰可见，有真实的头发和嘴唇，正如之前那个寓言式的惊骇也具有令人厌恶的可见的形象，因为它变成了一个神秘的哥布林妖怪。随着惊骇越来越接近灵魂，叙事动词越来越具有攻击性：停步、盯视、敬礼（以他那非自然的长长的“手指”——这是它变形的第一个标志，变成一个有形体的活物了）、抚摸她的头发（经他接触之后变得僵硬了，好像头发是肉体一般），然后从那两片嘴唇啜饮甘露（那是曾让那位恋人“流连”的嘴唇，而且似乎是她，让恋人如此流连的）。

此刻的狄金森已“完成”了她本应已完成的第2个四行诗节，可是，任由这个戏剧性场面停在这里，让哥布林怪异的嘴唇落在灵魂的嘴唇上，似乎带有背叛意味，于是，她增加了额外的两行，为款待“一个如此卑下的想法”而表示道歉，可是，这几个试图逃脱责任的诗行却与哥布林的韵式嵌在一起，“fair”（美好）与此节中的“hair”（头发）和“o'er”（在上面）相互呼应。虽然我们或许不会意识到这一点，但我们尚未看到这个怀疑的、不可靠的哥布林的想法将如何收场。

第11行开启了一个新鲜的话题“灵魂有逃逸的时刻－”，它跟第1行“灵魂有被捆扎的时刻－”构成平行关系，似乎引用了它，同时也消解了它。灵魂似乎获得新生，好像“被捆扎”的时刻已经抹去，哥布林已溃败。我们起初不会询问“逃逸”到哪里去，因为我们觉得“逃逸”是一个隐喻的说法，我们知道之前那地方有一道道门，现在灵魂逃出来，进入了一个恣意而为的自由状态：冲开、飞舞、飘游。

那个“炸弹一般”的微笑是狄金森最离奇的自我描述之一。在1862年寄给希金森的一封书信（L 271）里，狄金森使用了“爆炸”

这个动词来描写她的反应，当她对自己施加某种不自然的约束："我的生命没有君主，无法统治自己，当我试着组织 - 我的小能量爆炸 - 留下我光秃秃焦黑一团 - "。她频繁地以"火山"（在几首诗作里）和"上膛枪"（*764）这一类象征形象来暗示她本人，这表明她十分了解她自己身上潜藏的爆炸性"力量"（force，或译作"能量""暴力"），并且知道它并不"小"。"炸弹"这个词只有一种含义，永远带有侵略性。谁知道这"炸弹"一旦跳起舞来，会击中哪个目标呢？不管怎样，没有什么"炸弹"是安全无害的。

狄金森从危险的炸弹撤到一个更安全的隐喻，起初我们以为是象征性的。她说，她像一只蜜蜂，长期被关在"地牢"里，如今为喜悦发狂，逃出来，找到了他的玫瑰花，与"正午，天堂"在一起。这欢天喜地的情景似乎是愉快的终曲，可是，看到蜜蜂从他的花朵里啜饮甘露，我们不可能忘记哥布林啜饮说话人嘴唇的那一幕。

在狄金森的叙事中，如此令人不安的结局并不多见："炸弹"、有翼的双足戴上了镣铐，发现自己再次被带往哥布林的地牢囚禁。这恐怖的高潮——"钉子 - 钉进歌声"——是一种打击，因为我们之前未曾听闻这里有歌声，诗人通常不会说炸弹和蜜蜂唱歌。诗歌"应当"在这里结束，囚室禁闭，我们意识到灵魂之前是从地牢"逃逸"的，被她冲开的那些门现在重新锁上了。我们之前视为隐喻的情景"我冲开一道道门窗，逃了出来"竟是真的，如字面所言，那些镣铐和钉子也是真的，它们对歌声的"双足"紧追不舍。狄金森曾考虑过另外两个名词"irons"（烙铁）和"rivets"（铆钉），它们虽是"shackles"（镣铐）和"staples"（钉子）的同义词（大同小异），但狄金森最后选择这两个名词来表达束缚，因为它们在外观和声音上具有希尼所谓的"绑定的秘密"[①]，每一个都以字母"s"

① "绑定的秘密"见希尼1974年在"皇家文学会"的一次演讲，题目为"感受进语言之中"。

开头，以“les”结尾。

这首诗的最后是一个双行的尾声，由一个空行与前面的诗节（那个被缉拿的重罪犯）隔开。尾声的目的是冷静地做出点评，其声音来自某个“外在”的立场，站在那些可怜的绷带和无拘无束的炸弹之外。尾声看起来像是一种回顾：这种再次被捕的时刻，它说，太不体面了，说不出口，因此绝“不会由口舌声张”。人们可能会吹嘘发狂的喜悦，但绝不会泄露后来被套上枷锁的耻辱。可是，最后两行（正如之前那个“额外”的第9—10行）由韵脚跟之前的句子绑定在一起：“Tongue”（口舌）与“along”（前行）和“song”（歌声）押韵，因此，这首诗的结尾是一个六行诗节，而不是一个两行的尾声。尾声通过韵脚而“属于”那个戴着枷锁的灵魂。尽管那个灵魂或许到最后可能对自己的苦难采取一种反讽的态度，但我们明白（即使到了最后），枷锁和钉子将继续施加伤害，而那个被折磨的灵魂将再一次寻求绷带，那种喜悦和怀疑的波动将持续下去，似乎永不停息。

［J 512］

365 我知道他存在

我知道他存在。
于某处－静默－
他让他尊贵的生命
躲开我们的俗眼。

这是一种瞬间的游戏－
这是一次欢乐的伏击－
只为让至福赢得
属于她自己的惊叹！

但是－若证实这游戏
太较真，带着穿透力－
倘若这欢喜－呆滞－
在死亡－僵直的－盯视中－

这取乐岂不是
显得太昂贵！
这玩笑岂不是－
爬得过了头！

这首阴郁的小诗以颇具说教意味的第一个诗行向我们展现了它真正的节奏——三音步:“我知道他存在。”这与诗歌《这个世界不是终结》(*373)的开头相同,都具有说教意味,第1行都以句号结束。诗歌刚一开始就陷入僵死的停顿,这对一个四行诗节而言,显得非同寻常,对整首诗而言更是如此。

狄金森突出了诗歌的三音步,以便让扬扬格的力度几乎贯穿到每一个音节,直至句尾那些惊人的提示,而且采用了头韵:

倘若这欢喜-呆滞-
在死亡-僵直的-盯视中-

这取乐岂不是
显得太昂贵!

Should the *glee* - *glaze* -
In *Death's* - *stiff* - *stare*

Would not the *fun*
Look too expensive!

这韵律是奇特的:每个诗节的第2行都含有一个阴性词尾——“silence”(静默)、“Ambush”(伏击)、“earnest”(较真)、“expensive”(昂贵)。这些诗行的最后一个音节让我们起初以为,在每节的第4行里也许还存在着一个同样柔和的尾音。然而事实并非如此:(多半为)扬扬格的第4诗行以奇特且强硬的力量撞击着它们的阳性词尾:“他让他尊贵的生命/*躲开我们的俗眼*。”(He has hid his rare life / From *our gross eyes*.)

韵脚也是奇特的:诗歌呈现为四行体,我们自然会以为狄金森式赞美诗每个诗节的偶数行均是押韵的，但这种预期却落空了。如果去除句子中间的大写字母，根据韵脚重写的话，它看起来如下所示：

我知道他存在。于某处－静默－他让他尊贵的生命躲开我们的俗眼（eyes）。

这是一种瞬间的游戏－这是一次欢乐的伏击－只为让至福赢得属于她自己的惊叹（surprise）！

但是－若证实这游戏太较真，带着穿透力－倘若这欢喜－呆滞－在死亡－僵直的－盯视中（stare）－

这取乐岂不是显得太昂贵！这玩笑岂不是－爬得过了头（far）！

从押韵来看，狄金森写下的句子（多半）具有12个节拍。既然它们本来是——至少依照韵脚来划分的话——非常长的句子，那她一定非常乐于使它们看起来更像是小短句。对于这首以讽刺上帝为主题的诗歌而言，她为什么非要这般隐藏起韵脚呢？在一个普通读者眼中，《我知道他存在》似乎是一首不押韵的诗歌。当我们的眼睛扫过第1个诗节时，看不到一丝押韵的迹象；如果不是在第8个诗行读到“surprise”（诧异）后想起了第4个诗行的“eyes”（眼睛），那么在连续读了7个丝毫不带任何押韵的诗句后，我们也根本不会注意到押韵的出现。

我想，狄金森的“玩笑”与上帝在捉迷藏游戏里不怀好意地将自己隐藏起来有关。她的韵脚也在遮遮掩掩，但与上帝不同的是，它们可以被发现。她的确开了一个玩笑，可上帝也会开玩笑吗？在第2诗节，在她隐隐约约的猜测里，上帝只是等着在我们进入天堂时“伏击”我们。在此，她试图进行自我安慰，但这种努力很快就失效了。怪诞的图景——死者头颅的盯视——令“欢乐的伏击”不复存在。上帝的残忍在于，他假装自己将现身，但实际上却并未出现，而这使他最终显现出撒旦的特质：诗歌结尾的玩笑是一条蛇，它在邪恶的喜悦中爬行。从开头含义模糊的断言——“我知道他存在”（紧接着便是一个含义同样模糊的句号）开始，狄金森就一直在追踪这位邪恶的上帝，而到了诗歌的结尾，他早已与撒旦的形象合为一体。

［J 338］

372 剧痛过后，一种徒具形式的感觉－

剧痛过后，一种徒具形式的感觉－
神经，仪式般坐定，如坟墓一座座－
僵硬的心问道“是他吗，承受了一切，”
“就在昨天，还是若干世纪之前？”

脚步，机械的，转来转去－
一条木头路
地面的，或空气的，或任何什么－
不顾一切生长着，
一种石英的满足，像块石头－

这是铅的时刻－
被记住，若幸存，
像快要冻僵之人，回忆雪－
先是－冰冷－然后麻木－然后撒手－

几乎没有一位狄金森的评论者舍得放弃评论这首名作的那种满足感。它以其“脚步，机械的”与《从空白到空白－》(484，J 761)那“机械的脚步”具有明显的相似性，为了阐明它的知名度更高的姊妹篇，不妨把它附在下面；倘若有人以乐观的调子评论《剧痛过后，一种徒具形式的感觉－》的结尾，那么，它的姊妹篇（最后求助于人为的盲目）刚好可以为之投上一抹怀疑的阴影。

从空白到空白－
一条无线索的路
我拖着机械的脚步－
或停－或毁－或进－
都一样毫不在乎－

假如我抵达终点
它终止在敞开的
不确定之外－
我闭上双眼－依然摸索
目盲－反而更轻松－

《剧痛过后，一种徒具形式的感觉－》由三部分构成，三部分比例安排不均。第一部分最长（一直向下铺展，直到“这是铅的时刻”），描述那种麻木的“徒具形式的感觉”，一个人经历了一种生命创伤，导致神经走向僵死状态，至少对于那受伤之人来说，这就好比是预示了死亡的来临。它描述的是一种持久的心理停滞状态，那是由剧痛的残留延续，也就是创伤，造成的结果。创伤后的生命反应具有多种多样的表现形态——气愤、暴力、身体退缩卧床不起、精神震惊后的麻痹，狄金森选择了最后一种。（这首诗明显无性别属性，因此是普遍适用的；可是，为了言简意赅，我暂且把这位受难之人称作“她”。）第一部分在收尾处把那段时间总结为“铅的时刻”。这里可以提出各种纷繁的隐而未发的问题：这个时辰一定会置人于死地吗？会不会有幸存的机会？如果幸存下来，如何回忆？这些问题都被凝缩在三个词语之中，也就是第二部分的首行：

“Remembered, if outlived”（被记住，若幸存）。狄金森常常把若干个想法压缩到尽可能小的空间，这正是一个最佳的例子。第三部分通过一个精致的比喻，描述了受难之人若幸存，她未来将如何回忆这个“时刻”。

这三部分展现出三种不同的韵律（也许这是读者所期望的）。诗歌开头井井有条，四个诗行由两个五音步对句组成。结尾也是井井有条，也是两个对句，一个三音步，一个五音步。整首诗就像一个完整的圆环，至少韵律上如此。那种“徒具形式的感觉”似乎创造了它自己的诗体形式。可是，整个令人满意的首尾连贯之感在第5—9行发生坍塌，从页面上的安排来看，这五行看起来参差不齐，几乎毫无韵脚。当然，读者可以把这五个不规则的句子排列为常规的四行诗形式，像诗歌中的其他两部分一样，只不过需要明目张胆的强行安排：

> 脚步，机械的，转来转去-
> 一条木头路，地面的-
> 或空气的或任何什么，不顾一切生长着，
> 一种石英的满足，像块石头。

观察狄金森的诗节，我们可以说，有某种不祥的令人不安的东西出现了，动摇着那种“徒具形式的感觉”，让诗人求助于她的“逆向分行”，这是约翰·肖普陶在他的《倾听狄金森》一文中所命名的一种分行法[①]。恰恰相反，按照狄金森的安排，第5—9行中没有任何东西是“仪式般坐定”的。这受难之人不再坐着不动，而是站起

---

① 约翰·肖普陶，加州大学伯克利分校诗歌教师，代表作《时代沙滩》（*Times Beach*, University of Notre Dame Press, 2015）。“逆向分行”（converse lineation）出自他的论文《倾听狄金森》（*Representations*. May 2004, Vol. 86（1）, University of California Press, pp.20—52）。

来，以某种无法解释的方式，做着运动；她的脚机械地沿着一条轨道转来转去，对周围的环境毫不在乎，甚至不知道走在什么样的路上：木地板、一片路面、纯粹的空气，或者任何别的什么。"转来转去"暗示某种循环往返的活计，比如房子里、院子里。可是谁知道呢？这受难之人心不在焉。她孤零零一人：没有什么旁观者或对话者。如果她是个非生物体，那么最好把她比作一块石头，或者不如说石英（跟普通石头不一样，水晶有复杂的内在的晶格结构）。她对肉体和心灵的麻木状态变得如此地习惯，竟让自己相信这种状态就是"满足"。

狄金森使用错乱分行的目的何在？起初，她可以用一种貌似常规的四音步说出："脚步，机械的，转来转去－"（The Feet，mechanical，go round -），然后，在观察的理智中，有个东西中断了。似乎理智中的另一部分试图迫使她说出，她的脚步走在什么样的路面上。她假装顺从这个命令，说"一条木头路"。可是，"路"（way）通常不是"木头的"，而且，"way"（意思是"路径"）通常用于室外空间。于是，她说得更有条理一些："地面的"，然后又以无动于衷的语气说"哦，随你喜欢什么都无所谓，空气，或者任何别的什么"。理智中的评论部分，以单独的一行，做出了评论："不顾一切生长着"，很像是波洛涅斯听说哈姆雷特发疯后发表的评论。[①]那脚步的样子和满不在乎的一瞥，让人禁不住试图穿透脸上的动作表情；可是，它像石头一样无法穿透，而且，在一种阴暗的机智之下，那种暗藏的动作被非人化了，假如一个石头或一个更有条理的东西（比如石英水晶石）是有感觉的，假如它感到满足，大概就是这个样子。这是对此刻情感的错误阅读；受难之人被痛苦压倒了，看不到解救的希望，但对这个世界保持一种斯多葛式的姿态。内在绝望和

---

① 见《哈姆雷特》第2幕第2场：波洛涅斯说："一个人受到这种剧烈的刺激！什么不顾一切的事情都会干得出来。"

外在顺从之间的表里不一导致了诗节中部的参差不齐。磕磕绊绊的不自然的音步，暗示了心理的蹒跚不稳状态，此时的脚步在机械地转来转去。

我们回到第一部分。那坟墓一般的神经雕塑变成了准备就绪的墓地，来安放那颗失效的心，它已陷入麻木，只等葬礼仪式了。那颗心其实已经进入那种死后的僵直状态，但它仍记得“昨天”的剧痛，感到那剧痛只有耶稣受难可与之相比：“受难的是他还是我？那是我，就在昨天，还是耶稣，在若干世纪之前？”这颗濒死的混乱的心对现已错乱的思维说话，造成了那种奇怪的“徒具形式的感觉”，它不请自来，控制着重创之人在肉体和心理上的精简。

那么，这种被动的近乎死寂的非自然的“铅的时刻”（若是幸存下来得以事后回想）在记忆中会是什么样子呢？狄金森带着意想不到的微笑说道：它在记忆中会有几个阶段。我们已经看到了那个看似静态的不变的“时刻”：脚步转来转去，无动于衷的面孔保持僵硬，神经像仪式一般坐在那里，受难之人对外面的世界变得漠不关心。不过，若是幸存下来（当然，丝毫无法确保此人真能挺过这个绝望的插曲得以幸存），整个的静态情景将以“先是”和“然后”的顺序被回想起来（我重新安排了诗行结构，以便显示狄金森所强调的顺序）：

像快要冻僵之人，回忆雪 -
先是 - 冰冷 -
　　然后麻木 -
　　然后撒手 -

这是一个漫长的过程。正如史蒂文斯的《雪人》（它可能受惠于狄金森的诗作）所说：“必须有一颗冬天的心灵…… / 冷了很长时间”，才能成为一个雪人。当心灵在随后的某个时刻漫游到过去，回想那段冻僵的经历，它会依序复现那几个创伤过程：首先是冰冷（心和神经的温度从高转低，越来越低），然后，渐渐麻木，一种持续的恍惚（一种被震惊后陷入昏迷的状态，导致丧失了知觉）；再然后顺从渐渐冻僵的事实，放开了生存意志——“撒手”。在放松了意志进入丧失知觉状态和后来有可能恢复知觉（也可能根本不会恢复）之间，存在一个彻底的记忆空白。“被记住”（Remembered）意味着“保留在记忆中”。“回忆”（Recollect）意味着“把过去的断片汇集在一起”（这里指一系列阶段）。狄金森一向留意词源学的差异。

狄金森描绘了一个完整的创伤图景，让它入侵到身体的各种器官：神经、眼睛（“不顾一切”）、心、脚步和面孔。然后，她为何还要再追加一个重述：一个旅行者被困于暴风雪中，渐渐失去知觉，随后得救或未能得救？这样一种重演，正如我们所看到的，把前面几行的静止状态变成了时间上的几个阶段，就好像在追忆中，你无法一下子把摧毁性的伤痛造成的全部后果同时召唤出来，只能一步一步地回想。但是这个重演也给了我们一个悬于不确定性的结尾，它始于时间，但如何终止呢？终止于死亡的静寂？终止于时间的序列？狄金森不会预言灵魂幸存的可能性。如果她活下来了，她会回忆。慢慢回忆，逐渐地回忆，直到她把那个在无意识之前的“铅的时刻”都逐一拾起来。

狄金森为什么没有在结尾处以两个五音步对句配合开始的对句呢？因为结尾的不确定状态（僵硬死去或幸存下来）跟开始的稳定状态（被麻木的徒具形式的感觉彻底占据）不一样。狄金森仅以一个五音步对句结束了这首诗，以便提醒我们，假设只是假设，比喻不过是比喻，而这首诗（在假设和比喻之前）是一幅残酷的图画，描绘痛苦中或痛苦后的无能为力。

[J 341]

373　这个世界不是终结

这个世界不是终结。
外面还有一个物种－
看不见，如音乐－
但确切，如声音－
它召唤，它困扰－
哲学，并不清楚－
一个谜语，到最后－
睿智，不得不去－
猜测它，难住了学者－
获取它，多少人承受
世世代代的羞辱
还有十字架，出场－
信仰滑倒－笑－复原－
脸红，如果看见什么－
摘一条小树杈作证－
向风向标，问路－
讲道坛上，多少姿态－
强劲的“哈利路亚”奔涌－
麻醉剂也无法终止牙齿
对灵魂的啃噬－

在1896年首次印刷出版之际，《这个世界不是终结》被平稳地加上了标题“不朽”，那个版本是不完整的，只有1—12行，以“十字架”那一行结束。最后8行（曾于1945年单独出版）直到1955年约翰逊版才得以补上。最后8行抵消了前12行，它们朝着怀疑论滑去，越走越远：对于这个“谜语”，哲学不知道答案，这是一个关口，甚至“睿智”也必得通过，否则无法解开此生之外是否有来生的谜语。在《安卧在他们的汉白玉舍里》一诗，对小镇的墓地居民的沉思，曾让狄金森发出这样的反讽：“啊，什么样的睿智灭亡在这里！”（*124）对于尘世的智慧，她表示不太信任。

这首20行的诗作以尽可能强势的调子开篇，结尾是一个句号。没有流露出丝毫疑虑。在修订之前，第2行宣称，存在一个来生：“在此之外还有后续”。在修订后的版本，狄金森换掉了“后续”这个词，排除了时间性，她断言，存在一个不同的物种，跟我们不一样。诗人变成了那位博物学家林奈，一位进化论者，并准备描述这个迄今尚未进入分类系统的“物种”。她写完了前8行，没有遇到什么麻烦，然后第9行又留下了一个再次斟酌的记录。她起初写下了“要证明它－难住了学者－”，但决定替换为“猜测它”，大概是考虑到为不可见的事物寻求证据未免太愚笨。接下来，她继续浏览眼前的版本，在第18行再次停下，起初她说教堂里的“哈利路亚”声是确信无疑的，现在她只描述其声音里的力度：它们“强劲”。最后一行的修改最为显著，她勾掉了“老鼠”，之前的版本如下，

麻醉剂无法终止老鼠－
对灵魂的啃噬－

她似乎觉得这样的结尾过于乖巧了，就像儿童读物中的插图：一只小老鼠在啃一块干酪边儿。于是，那个动物寓言式的老鼠消失了，代之以一个牙齿隐喻，不是一下子就杀死猎物，而是小口小口地啃

噬，就这样，通过慢慢的折磨过程，灵魂中的信念被一点点地侵蚀殆尽。这个过程甚至就在诗人制作“诗笺”定稿之际，在这个修改中被确认下来。任何一个自然界的造物都能被“终止”，差不多所有的陷阱都能让一只老鼠停下来，但是这部致命的永不停息的机器（这无法终止的不停啃噬的牙齿）却是最后的赢家。

误以为能够用麻醉剂来终止怀疑的牙齿，其实不能，那么，麻醉剂究竟指什么呢？它是各种医治焦虑的宗教万能药方——假设的上帝、来生的承诺、天国派来的守护信仰灵魂的天使、圣餐礼。只是因为可以麻木信徒的心灵，所以才能消除他们的怀疑。那个暗藏杀机的怀疑逻辑，其本身并未受到影响。一旦无法终止的机器，也就是那停不下来的牙齿，在内部运转，那么，就没有什么麻醉剂能发挥长久的效力；安眠药抵不过牙齿的意志。

我们也可能像早期编者一样怀疑最后两节是否属于前3节。旁观者（哲学家、智者、学者）的困惑是前3个诗节的主题；信仰是接下来的一个半诗节的主题；牙齿是最后两行的主题。在1—12行之后，我们知道旁观者可能怀疑在这个世界之外存在另一个“物种”（或“后续”），然而，那些有信仰的人（比如彼得和安德烈），遭受迫害的门徒，一直为了获取它而甘愿忍受磨难，对他们来说，这是它存在的唯一证明。既然这个扑朔迷离的“物种”在尘世之外是否存在，事实上找不到外在证据，诗人就寄希望于我们可以从内部找到某种证据，向基督徒的内在灵魂中，跟他们的信仰讨教。但事后证明，信仰是一个不能令人满意的甚至是愚蠢的见证者。信仰滑倒，背叛了怀疑；询问为什么滑倒，她用假意的笑声敷衍过去。但如果有人询问“滑倒”的真相，她“脸红，如果看见什么-”，因为不确定性不会支持检验。如果要求她提供“证据”，她拿不出任何强健的枝条，只能“摘”一条小树杈，此外什么也没有。如果让她指明方向，她就朝风向标一指，那不过是此刻的风恰巧吹过的方向。

个体的信仰虚弱无力，这个令人气馁的情景让诗人转向教会的集体信仰，可是，她看到的是讲道坛上空虚的姿态和会众嘈杂的赞美声。这里也找不到什么令人信服的证据。于是，那无情的牙齿出现了。就算信仰可以挪动山峰，这牙齿也会将它们啃得一点不剩。

这首诗很好地展示了狄金森逐步追问的过程。她首先提出宗教的最大公理：超自然。她默诵了几个信条和象征性的辩护：有一个来生，在堕落的等待救赎的人性之外存在着复活的“物种”，虽然看不见，但其超自然的存在可以从其效果来推断出来，比如我们通过“确切的声音”来推断音乐有个预先存在的乐谱。这些判断和主张都是从“这个世界不是终结”顺势而来的，那是基督教的前提假定。但是，要确认这些判断却把她推得那么远。所有的信条都被穷尽了，虽然她禁不住被其吸引，但却发现这是一个令她一筹莫展的谜团。

发现这些信条都无能为力，狄金森转而求助于古往今来的智慧。“哲学”能帮她确认有没有来生吗？它能确认那里充满被救赎的新“物种”吗？它耸耸肩。“睿智”能帮忙吗？它宣称这是一个谜语。学者能帮忙吗？对他们来说，这也是一个难题，他们同样猜不透。如果抽象思维不能提供答案，她可否求助于“历史”呢？在人类的历史中她找到了部分答案，耶稣是一个榜样，古往今来一批英雄追随耶稣的榜样，为了宗教信念，他们甘愿承受肉体上的磨难，甚至承受“世世代代的羞辱”。可是，谁能说他们是正确的？证据仍然躲躲闪闪。

信条、智慧和榜样都未能令她信服，狄金森转而求助于她本人亲近的基督徒，希望从他们个人的信念和体验中获得启示。可我们随即看到，她震惊地发现，他们的表现是不堪一击的，他们心满意足地加入教会不是出于皈依而是出于习俗。或许集体信仰比个人信仰更有力量吧？然而，教会令人失望：从讲道坛上，她不过听到一些动人却空洞的辞藻，以及众人相互鼓劲的喧嚷，虽然强劲，但并不“确实”。信条、智慧、榜样、个人的信仰告白、集体的社交表演，狄金森把种种追问都尝试过了。她不折不扣地把它们逐一展示出来，直截了当地暴露它们的无效。如果这一切追问都徒劳无果，那么失败（持续的、一贯的、不可避免的）就是终极真理。真理就这样不知不觉地（在狄金森的耳朵听来）滑入那可怕的牙齿之中。

从未有哪一首诗作以如此确凿的声明开场，却最终落入永恒的怀疑之中。狄金森的诗让我们不禁想起乔治·赫伯特，他的诗歌描绘灵魂心理学采用了更有把握的笔调，但我们强烈地感到，狄金森为乔治·赫伯特的诗歌提供了一个更加现代的结尾，比如这一首就是如此。乔治·赫伯特的一些诗歌的结尾并不快乐，常常是怀疑打败了信仰，但它们从未表现出狄金森那种确信——真理永远是不稳定的。

［J 501］

383　我爱看它舔食一里又一里－

我爱看它舔食一里又一里－
看它舔掉一个个山谷－
停在水槽边灌饱自己－
然后－又迈开惊人的步履

在群山间盘旋－
目空一切地盯视
路边－简陋的小屋－
然后削平一个采石场

以适合它的腰身
从中间爬行
一路抱怨不停
以粗鲁－呜呜的诗节－
然后追着自己下山－

一阵传教士般的嘶吼－
最后－准时如星辰
温顺而又全能地－停靠在
自己的马厩门口－

这首诗评论众多，因为艾米莉·狄金森的父亲，是一位律师，也是把铁路（成功）通到阿默斯特的资助者之一；而这条铁路的终点站就位于狄金森家的不远处。这将阿默斯特（和新英格兰）的社会史与诗人的诗篇联系了起来。这“铁马”带来的发展，造就了狄金森同时代的火车诗歌，尤以惠特曼的《致冬日的火车头》最为著名。

与此同时，这首诗以饱满的想象力描述了火车的旅程，深受孩子喜爱。不过，读者的反馈千差万别：有人觉得它忸怩做作，有人觉得它无足轻重，还有人对火车“盯视”铁路工人住的简陋小屋感到不满，觉得它未免有些势利。读者不可能不注意到这首诗开篇表现出的刻意的孩子气：“我爱看它舔食一里又一里－/看它舔掉一个个山谷－”这首诗最佳的批评者米歇尔，试图解决一个奇怪的难题：“这列火车被比作了哪种动物？”它似乎会舔食、舔掉、灌饱、迈步、盯视、削平采石场、爬行、抱怨、创造诗节、追着自己、嘶吼以及停靠。在诗的结尾，它发出嘶吼声，确切无疑是一匹“铁马”；不过在诗的开头，它却像是狄金森笔下的某种猫科动物（猫、老虎或者豹子），反正是某种会舔食，还会灌饱自己的动物。不过在诗的中间，由于它的步履，它的盯视，它对山岩的削平，还有它的“诗节”，它不可思议地变成了人类。只有它追着自己“下山”时，它才真正变身为一匹马——不过它刚成为一匹嘶吼的马，就停了下来（见米歇尔评论），像是圣诞星一样指示着马厩。它立刻，狄金森（总结）道，变得“温顺”而“全能”。当然，后一个形容词只有用于形容上帝才算恰当：全能，正如全知一样，是上帝的特质。

这首诗的创作一定得益于这两个总结性的形容词。“我一定要让它显得温顺，”诗人想，“但是我也一定要让它显得全能。”（结尾的这两个形容词一定给读者留下了深刻印象，因其巩固了诗中一直在加强的观点。）温顺的情况下，火车会“盯视”；全能的情况下，它可以将采石场“削平”到合适的形状（缩短的第9行和第10行表现了山岩之间通道的狭窄）。“peer”（盯视）和“pare”（削平）这对押头韵词（全诗中唯一有趣的押韵）表明，温顺和全知[1]这两种“心境”可以在火车身上结合得多么紧密。就如“lap”（舔食）和“lick”（舔掉）这对押头韵词所表明的那样，反过来，能“舔食”数英里的，胃口有多大；而只“舔掉”山谷的，胃口又多么精致。火车“惊人的”（prodigious）全能与其挑剔的反义词“目空一切的”（supercilious，与“惊人的”一词一样以“-ious”结尾）并存。火车的“温顺”还表现在哪些地方呢？表现在它一边抱怨旅程，一边又遵循线路：它不得不在采石场的两侧“爬行”（并且“一路抱怨不停”），还不得不停在它被命令停下来的地方，停在马厩门口。火车的“全能”还表现在哪些时刻呢？表现在它可以削平采石场，追着自己下山，还像半尼其一样嘶鸣。（“半尼其”［Boanerges］是耶稣赐给雅各和约翰这两个门徒的名字，在阿拉米语[2]中意为“雷的儿子”；不过根据诗人使用的1844年版《韦伯斯特词典》，这个词还可以用于单数形式，正如此处一样，指大声布道的传教士。）火车抱怨的时候，它既“温顺”又“全能”：温顺表现在它遵循着并不舒适的线路，全能表现在它创造了“粗鲁－呜呜”的诗节，以便把它的观点公诸于世。狄金森，在她早年的社会交往中（在她还允许社会交往的时候），是“温顺”的“淑女”；但在她自己的房间里，她忙着创作诗节，常常是带有讽刺意味的文学的全能。火车是狄金森的自我戏仿，一个糟糕的诗人。直到今天，它仍旧在阿默斯特嘶吼，持续不断地拉响有节奏和规律的汽笛声，这对于习惯了小镇宁静的诗人来说，的确是粗鲁的“诗节”。

［J 585］

---

① 原文为omniscience，此处疑为作者笔误，应为“全能”（omnipotent）。

② 阿拉米语是旧约后期书写使用的语言，并被认为是耶稣基督时代犹太人的日常用语。

401　你敢看“白热”时的灵魂么？

你敢看“白热”时的灵魂么？
那就在门里边蹲着－
红－是火的常见色调－
可是，当鲜活的矿石

征服了火焰的条件－
便颤动着离开锻炉
不带任何颜色，只带光
来自未受膏油的烈焰－

最渺小的村庄，也吹嘘它的铁匠－
铁砧发出匀称的回声
象征精良的锻造
无声的猛拉－在里面－

提炼着焦灼的矿
以铁锤，以烈焰
直到被选定的光
将锻炉弃绝－

在诗歌中展现灵魂经历火焰，并超脱出来，进入炽烈的“白热”状态，是一项艰巨的任务。在狄金森的叙述中，当加热的矿石经过铁匠手中铁锤的锻造，化身为光，火的最初创造物即火焰，就被超越了。

这首诗里有四个主要的创造行为。第一个便是召集一位观察者，他立刻被邀请——如果他有胆量的话——去观看火变为光的奇景。他被警告要远离火的周边。他不应太靠近，只能留在一进门的地方（这扇门通往什么样的建筑物并未揭示），然后“蹲着”，且只能顺从地蹲在门里边。

第二个创造是对矿石的短小叙述，我们并没有见到初始的、无生命的、黑暗条件下的矿石（从矿井中挖出来的样子），只是在普通的、加热的条件下观察到它，此时它会变红（火焰自己的色调，其“常见”色彩）。“鲜活的”矿石，在诗歌的开头就已经是红色的，被想象成在与熔炉里的火焰搏斗，火焰想让它保持红色的状态，与此同时，铁匠的铁锤将迫使它成为一件有用的物品——一个马蹄铁，一把镰刀。这是火焰的唯一目的：一旦矿石变得“鲜活”，那说明它的渣滓已被净化，它就可以被锻造。然而，提纯后的矿石有它自己的目的；一旦它违抗了火焰令它保持红色和有用的命令，它就会“颤动”着——这首诗里最具揭示性的词——离开锻炉，而且，跟锻炉这扇门里的火焰相比，观察者如此渺小，他不得不“蹲着”。当矿石战胜了火焰，它便超越了常见的红色，进入一种新的状态——光的状态。此时对于矿石的叙述，即狄金森的第二个创造，似乎也要结束了。

在创造了观察者并展开对矿石的叙述之后，狄金森的第三个创造，是区分出灵魂的“受膏油”和“未受膏油”两种状态。第一种由某种权威指定，通常是《圣经》中的上帝（为国王或其他被选中的人涂膏油）；第二种（这颗灵魂所宣称的）则蔑视神权的指令。狄金森只在另外两首诗里用过这个不寻常（并且反宗教）的词“未受膏油”（她拼写的时候会连写两个 n，写成 unanointed）。这个词第一次出现在《太阳－刚刚触摸了清晨》（246）里，此诗描写孤寂：被蒙骗的女性清晨，因男性太阳前来造访，于是相信他会留下来，她会做他的王后；日落时分，意识到他的爱只是暂时的，她“虚弱地摸索着－她（消失的）皇冠－/ 她未受膏油的额头－/ 从此以后－她的全部所有”。发现自己没能得到期待中的“皇冠”的那种青涩的沮丧，在《你敢看“白热”时的灵魂么》一诗中已经完全消失，此时，诗人可以自命为自主的“未受膏油的烈焰”。狄金森第三次使用这个词是在《你敢看“白热”时的灵魂么》之后，它出现在一首欢快的喜剧诗《食米鸟走啦》（1620）的异文中。她把食米鸟放到了沉闷的“长老会鸟儿”中间，后者“以令人折磨的方式开始安息日”。欢乐的食米鸟径自打断了它们，以对抗它们阴郁的加尔文音乐：“从一根未受膏油的嫩枝上（见于异文）”“［他］喊道：让我们祈祷吧”。在食米鸟喧闹的挑衅中，对官方的“受膏油”的恋恋不舍之情被彻底抛弃了。

一旦灵魂颤动着，在“未受膏油的烈焰”的光辉中离开锻炉，那么《你敢看“白热”时的灵魂么》的叙述似乎也应该结束了。不过狄金森立即在她的第四项创造工程里，以寓言的手法开始了对诗中情节的重奏（就好像诗歌首行的“灵魂”一词尚未让叙述带上寓言意味）。这个象征性寓言的“现实生活”基础的粗略草图很快就画出来了：“最渺小的村庄，也吹嘘它的铁匠。”动词“吹嘘”（boast）是被刻意放进来的，代替先前的异文“有”（has）［见 A 版］，确立了铁匠对于社会的重要性。狄金森的叙述：铁匠将顽固的金属精心锻造为成型的物体（自然与人类的对比），受到了诗人的《圣经》知识的影响，其中上帝被视为一种精神上的“炼金之火”：“因为他如炼金之人的火……他必洁净利未人。”［《玛拉基书》（3：2—3）］。以令人折磨的铁锤之下“铁砧发出匀称的回声”为象征，那“精良的锻造 / 无声的猛拉－”将净化灵魂的杂质。狄金森每次使用“猛拉”(tugs)一词，都带有孩子气的意味。这个词在目前的语境里显得有些奇怪，不太协调，她以此暗示：良心那“安静、微弱的声音”［《列王纪上》(19：12)］早早便开始了严厉的净化任务，将孩子[①]从自满状态“猛拉”到了一种精神性的命运感之中。

为了给她的第二个寓言式叙事画上句号，狄金森引入了三个让人意想不到的新洞见。第一个是矿石（带着最初的渣滓混合物）对于被提纯已经等得“焦灼”(impatient)了。“patient”一词来自拉丁语“*patior*”，意思是“忍受”；通过“焦灼”这个词，狄金森指出，矿石不仅被动地接受了煅炉的暴力工序，而且还渴望着工序的完成。第二个洞见是“选定的光”（也就是之前的“未受膏油的烈焰”）已经完成了它自己的受膏，它自己任命自己到了一个崇高的地位——被净化、被“拯救”的地位。诗歌并未给狄金森的第三个洞见做任何铺垫：当灵魂自愿完成了穿行火焰的旅程，并把自己交给铁锤（铁砧上痛苦的过程，之前只是委婉地提到了），它要“将锻炉弃绝”。“repudiate”一词（来自拉丁语，意为“断绝”“拒绝”）打消了任何对于煅炉的感激念头，尽管煅炉曾帮助灵魂实现了净化。根据保罗的说法，得救者已经“脱去旧人和旧人的行为；穿上了新人，知识上得到更新”［《歌罗西书》(3：9—10)］。对于锤子的打造，拒绝旧的自我（以及它的行为）是完成灵魂修炼过程的最后一步。在那一刻，它已成为一个“新人”，可以“将锻炉弃绝”。

狄金森将这个故事讲了两遍，每一次都将“Forge”（煅炉）和“Blaze”（烈焰）用作尾韵，将煅炉中的受难和它炽热的产出尽可能紧密地联系在一起。在第二次阐发故事时，对旁观者发出的邀请已被遗忘：自我完善的灵魂不需要观众，因为净化时间已结束，并且（再次如保罗所言）“知识上得到更新”。狄金森重新塑造基督教关

① 此处孩子或指先知“以利亚”。当时以色列人背弃耶和华所立的约，毁坏祭坛，并屠杀先知，只剩下以利亚一人。以利亚因此恐惧，开始逃亡。耶和华在途中显身，以“安静、微弱的声音”吸引以利亚的注意，并交代以利亚任命选定的人做以色列的王和先知。

于上帝净化灵魂的叙事，将其带入了一个完全个人的和世俗的领域。然而，矛盾的是，当她试图为内心的发展寻找足够具有启发性的象征，她所找到的唯一资源仍是《圣经》。而若要描述这种艰难的转变，唯一适合的语言是拉丁语："vivid"（鲜活）、"vanquished"（征服）、"conditions"（条件）、"anoint"（受膏油）、"forge"（煅炉）、"refine"（提炼）、"impatient"（焦灼）、"designated"（选定）、"light"（光）和"repudiate"（弃绝）的词源都是拉丁语。至于"Blaze"（烈焰），狄金森可能想到了它在英语诗歌中最引人注目的用法，见于弥尔顿的《利西达斯》：

> 然而我们希望找见的公正的报偿，
> 原以为它会爆发成突然的烈焰，
> 而盲眼的命运女神手持骇人的剪刀，
> 撕裂这轻薄织就的人生。

"烈焰"一词的魅力在于，即便是用作名词，它用作动词的力量也能很好地展现出来。

[J 365]

407　人不需要一间屋子－来闹鬼－

人不需要一间屋子－来闹鬼－
也不需要一栋房－
头脑有条条走廊－胜过
实存的地方－

午夜时分在外面，遇到鬼魂
反倒更安全
胜过在里面，遇见－
更冷酷的一群－

穿过一座修道院，奔跑
被乱石追击，反倒更安全－
胜过手无寸铁，跟自己相遇－
在一个荒僻的地点－

我们自己躲在自己身后－
这或许最可怕－
刺客藏在我们的寓所
惊吓反而最轻微－

身体－借来左轮手枪－
把房门闩牢－
却忽略了一个更高级的鬼魅－
抑或更多－

这首诗主要描写萦绕在人们心中的真正的幽灵，这种幽灵与绘声绘色的民间传说里鬼屋中的幽灵全然不同，从而玩了一个让读者不安的游戏。诗分为5节，每一节都倾向于对“实存的地方”和心灵内部的地方进行比较。我们希望，一旦建立了这样的比较，就能条分缕析地对二者加以描述。

请让我用A表示实存的地方的“外在世界”，用B表示心中的“内在世界”，然后在这5个诗节中追踪狄金森的模式（用两列词语表示）。左边的是第1—2行中的意象，右边的是第3—4行中的意象。我们可以看到，狄金森往往先提到“外在世界”，也就是说，A列先于B列：

	外在	内在
1：A，B	屋子／房	头脑／走廊
2：A，B	外面的鬼魂	［里面的一群］
3：A，B	乱石／修道院	一个人的自我
4：B，A	［寓所的刺客］	［躲藏起来的我们自己］
5：A，B	身体／左轮手枪／房门	更高级的鬼魅（抑或更多）

我们察觉到，在第4节中，这种模式发生了逆转：我们不是先遇到实存的地方，然后遇到心灵，而是在遇见“外在世界”之前就遇见了心中的幽灵：“我们自己躲在自己身后－”这个巧妙的措辞“纠正”了先前哥特式的描写，即描写自我在一个荒僻的地点（一个废弃的修道院）被乱石追击。此处给人的强烈印象是一种形象的悲怆：这

个地点“荒僻”，人也“手无寸铁”。诗人用说教的口气插入事实，以驳斥那种悲怆：“我们自己躲在自己身后－/这或许最可怕－”。“可怕”与“荒僻”相比，是个“冷酷”的词：自我隐藏以躲开自我是一个“形而上”的概念，而不是一个哥特式概念。在A和B的关键性“逆转”中，有一种交错式的链条，把第3节和第4节连接起来：地方，自我，自我，地方。交错的存在总是预示着某种有意的铺垫，此处则将内在的自我作为这首诗转折的支点。在第4节中，狄金森用“most”（最大级别）和“least”（最小级别）押韵，以表明自我便是自己最大的恐惧，这比起“最小级别”吓人的情况，也就是一个做作的哥特式“刺客”躲在自己家的前门后面，要吓人得多。前面，狄金森也用到了另外两个与“most”相配的押韵词语：当地的“Ghost”（鬼魂）与“Host”（一群，众多武士），这“Host”属于诗歌的最后一行里受危及的“更高级的鬼魅”。

这首诗以非人格化的“人”（one）开始，不过首节［其中哥特式的“屋子”（Chamber）后紧接着非哥特式的纠正性的“房”（House）］的含义却倾向于私人化，因为诗人在绝对的解剖学意义上的“头脑”那迷宫般的“走廊”里，开始了对于内心恐惧的思考。不久之后，这种私人化的依据仍继续存在于“自己在自己身后”一句中，其中自我被分成两个，一个隐藏起来，等待着把另一个吓退。最后的划分中，狄金森似乎要重复老套的灵肉分离的二元论，即“身体”对入侵者采取防范措施，却忽视“一个更高级的鬼魅”——它的灵魂。但是狄金森认为，假定只有一个具有威胁性的鬼魅埋伏在那里，可能并不对，这里或许暗示，从抹大拿的马利亚身上赶出来七个鬼［《马可福音》(16：9)］，又或是加大拉的猪群，有“超过两千个”鬼，驱使它们跳海自杀［《马可福音》(5：8—13)］，狄金森警告，可能有“更多”——一群鬼魅——等着折磨倒霉的闹鬼的头脑。毕竟，当耶稣问“污鬼”的名字时，“污鬼”回答道：“我名叫‘群’，因为我们多的缘故。”［《马可福音》(5：8—9)］

虽然这首诗基本上以4－2－4－2的节奏写成，但狄金森容许有两个明显的例外，出现在所有诗歌最敏感的地方：开头和结尾。诗歌以一个陈述性的主题句开始，五音步，“人不需要一间屋子－来闹鬼－”，接下来是一个三音步，把“屋子”纠正为“房”；并且它以一个意想不到的单音步结束（为埋伏的“更多”鬼魅留下空白的连贯的诗行空间）。徘徊在头脑的条条走廊里的鬼魅，是无法用左轮手枪或门闩阻止的：在它们可怕的入侵下，个人是无助的，何况还有“更多的”鬼魅随时可能破门而入。

[J 670]

409　灵魂选择自己的交友圈－

灵魂选择自己的交友圈－
然后－关上房门－
对于她神圣的大多数－
不必再提供人选－

不为所动－她看见车驾－停靠－
在她低矮的门前－
不为所动－哪怕皇帝跪倒
在她的脚垫－

我知道她－从一个广阔的国度－
选择一位－
从此－合上她关注的瓣膜－
如石头－

在这一年的早些时候，狄金森写下了《自所有创生的灵魂－》(*279)，我们可能会觉得，她实际上当时就已经写好了《灵魂选择自己的交友圈－》这首诗，来探讨绝对的选择。为何她需要将“所有创生的灵魂”改为“一个广阔的国度”？为何要把动词“选中”改为“选择”？为何将心上人称为灵魂的“交友圈”而不是“这个原子－

我所独喜”？诗人第二次讲述终极的选择时，想要实现什么？

我们记得，《自所有创生的灵魂－》发生在审判日，那时可以看见并排列所有创生的灵魂，所有“队列中的泥坯”。诗中对无时间性的永恒时刻的描写精彩绝伦，狄金森此后不曾超越过，可是，在《灵魂选择自己的交友圈－》中，她以更为谦卑的措辞重新诠释了这一主题。她不再站在永恒的“选中”者中间，审视着得救者的行列；这一次，她存在于日常时间。那个广阔的末世的无时间性缩减为短短的一生；而除了心上人以外，那多样的“创生的灵魂”这一次只是一个个体，也就是皇帝，(世俗) 社会中等级最高的一个。那首末日诗采用的是赞美诗节奏：4－3－4－3，而《灵魂选择自己的交友圈－》一诗，除了首行以外，采用的是4－2－4－2节奏，每两行结束都有一个长长的停顿，顿时吸引了我们的注意，就像房门关上，或者眼睛闭上。[首行则与《人不需要一间屋子－来闹鬼－》(*407) 的首行一样，是一个陈述性的五音步，确定了主题。] 探讨的范围限于人类“交友圈”，而不是所有创生的灵魂；并且这个灵魂是从一个有限定的 (即使是宽泛的、世俗的) 群体中选择，也就是从“一个广阔的国度”(而不是夸张的“所有灵魂”)。狄金森断言，鉴于这个灵魂已从永恒降落到尘世，她不只拥有一种末世的命运，还有一种现世的命运。在她做出永恒的选择之前，她也需要在时间中做出选择。

《灵魂选择自己的交友圈－》提出了两个主要问题：第3节存在的必要性何在？(粗看之下) 第3节似乎只是在重复第1节？还有，第2节的作用是什么？第1节中似乎没有叙述者，却有一位听众，这位听众被下达了一个命令：不要再给这个灵魂提供更多的候选人。这个命令下达之前，第1节有种普世格言的性质：“灵魂选择自己的交友圈，然后关上房门。”是的，我们认同；我们甚至认同，一旦她已经聚齐了自己的交友圈，她就可以要求剩下的世界不要再向她提供更多的同伴，供她审察挑选了。在她紧闭的房门后，她挑选的社群组成了“神圣的大多数”。不过我们现在仍不知晓，她挑选的这个

“交友圈”由多少个灵魂组成。

我们往下看最后一节，一开始它似乎在“老调重弹”，但与第1节相比，最后一节有许多不同。令人惊讶的是，我们现在遇到了一位正在说话的“我”，“我”声称自己熟悉这个正在做选择的灵魂，并且告诉我们，这个被选择的“交友圈”本来可以由好几个灵魂组成，而这里可能仅仅由两个组成，除了“她”之外，只有一个。在这种情况下，“神圣的大多数”必然意味着“两个人的多数”（与众所周知的“一个人的多数”[①]不同，这个想法可能会让狄金森感到兴奋）。第1节中，灵魂“关上房门”，这是一个发生在房子里的平常的举动。但在最后一节中，出现了这首诗里最令人不安的意象：灵魂合上“她关注的瓣膜 – / 如石头 – ”。将“Valves”[②]读作“Lids”（眼睑）的替代，闭上眼睛这（物质的）房门就意味着闭上精神的房门，这样理解似乎很轻松，但仍不能解决“Valves”这个难题。关上“Valves”究竟意味着什么呢？

狄金森此前曾用过“valve”这个词，跟这里的用法不相干，见于《除了诗人歌咏的秋天》（123），那里的“valve”带有植物学的意义，指“植物的果壳”（见1844年版《韦伯斯特词典》）。在《韦伯斯特词典》中，“valves”还有几个不同的定义，其中之一强调，（在心脏和水泵中）“valves”是用来保持流体单向流动，防止其回流的。第三个定义是，“在解剖学上，血管腔内有一层膜状的隔断，隔断开启是为了让血液单向流动，关闭是为了防止血液回流”。韦伯斯特使用的动词“关闭”（shut），跟狄金森是一致的；并且由于“valve”一词来源于拉丁语中的“*valvae*”，后者意为“折叠门”，所以狄金森又回到了第1节中的“房门”。（不过，房门不是单向性

---

① 美国作家、哲学家梭罗（1817—1862）在《论公民之不服从的义务》（1849年）里探讨了代表大多数人的政府与公民个体之间的矛盾，认为少数个体的正义应当受到尊重，而不应屈从政府的强权，提出“任何一个人，只要比他的邻居更正义，就已经构成了一个人的多数”。

② 这里译作“瓣膜”，此外还可译作“阀门”等。

的。）有人认为牡蛎等双壳贝与狄金森笔下的“Valves”有关，而“bivalve”（两瓣的 / 双壳的）一词在《韦伯斯特词典》中显然也带有植物学和解剖学上的双重含义。不过，“心脏瓣膜”的意思显然更为合情合理。情爱的“关注”需要打开心灵的通道；当关注对象已进入灵魂的领地之后，心灵就可以关闭入口，再也不用打开了。将瓣膜闭合的心脏与坚不可摧的“石头”做比较，源自《圣经》中的肉心与石心的对比。最相关的引证似乎见于《撒迦利亚书》（7:12），其中谈到自愿关注还是不关注：“是的，他们使心硬如金刚石，免得听见律法。”狄金森的灵魂也使她的心硬如石头，一旦爱情得到满足，便将其他追求者拒之门外。

首尾两个诗节是诠释“灵魂选择自己的交友圈”这一主题的两个版本，前者是概括，后者是细述，那么连接起这两个不同版本的第2节起着什么作用呢？它通过展示灵魂对于诱惑的无动于衷，使我们对于坚硬的心有所准备：“不为所动”，她看见（高贵的、古典的抑或《圣经》中的）追求者的“车驾”停在她卑微的“门”（Gate）前。门是房子外部屏障的一部分，以保护房子周边；“门”标志着围墙，围墙内的“房门”（Door）通向内部的“Valves”（阀门或瓣膜），而“Vales”（瓣膜）是心灵的入口。门一点也没有为坐着“车驾”的贵族打开。然而，有一个人似乎提供了足够的诱惑，至少他被允许通过了门：他就是皇帝，跪在灵魂房门外的脚垫上（异文是一个“灯芯草脚垫”）。即便这位追求者已准备让她成为王后，但灵魂仍然“不为所动”，她还是没有打开房门。[从语法上，这一节的第3行里的“她看见”（she notes）这一短语就是“明白”（understood）：“不为所动－她看见车驾…… / 不为所动－（她看见，无论是不是）皇帝跪倒 / 在她的脚垫－”] 如果没有这两次“不为所动”的存在，我们可能会更加惊讶：她那关注情爱的瓣膜最终不可逆转地闭合了，一旦灵魂选中的那一个已被允许穿过大门，走过脚垫，经过房门，再通过瓣膜，进入心灵本身。

前两节中，狄金森使每个偶数行都有四个音节，构成两个抑扬格音步：

Then - shuts| the Door -
（然后－关上房门－）
Present| no more -
（不必再提供人选－）
At her | low Gate -
（在她低矮的门前－）
Upon | her Mat -
（在她的脚垫－）

但是在最后一节中，做出决绝的选择以后，偶数行中的节奏就变为扬扬格——两个重音，构成两个重读音节，前后接续：

Choose One -
（选择一位）
Like Stone -
（如石头）

就像两扇瓣膜，也就是两扇单向门终于两次决绝地关闭。结尾“One”（一位）和“Stone”（石头）押韵，而“Stone”中包含着它的同伴“One”，描绘了一颗拥抱心上人的心灵。

奇怪的是，既然这首诗以最为强硬的措辞肯定了对永久的尘世之爱的选择，而诗人的早期编者却将它命名为“排除在外”。是否因为“选择”这个词对当时的女性而言过于专横呢？

[J 303]

420 有两种成熟－

有两种成熟－
一种－瞧得见－其力量球状缠绕
直到丝绒亮滑的产品
掉落，香喷喷，在地上－

一种不太起眼－长大成熟－
一个过程，在芒刺里面－
留待寒霜的利齿，独自揭开－
在遥远十月的空气－

狄金森有许多两节诗，让两种事物互相对比，这首诗也是如此，它对比了两种“成熟”。我们从莎士比亚笔下的埃德加那儿听到，“成熟即一切”（说给他的父亲葛罗斯特伯爵，见《李尔王》第5场第2幕）。不过，人要怎样才能“成熟”呢？有不止一种方式吗？

在第1节中，狄金森以果实（苹果和桃子）的成熟展开比喻。这个美丽的“成熟”过程（狄金森生活在一个农业小镇里，对此她相当熟悉）让三种感官同时陶醉。从膨胀的苹果中，视觉可以推断出“球状”力量的存在，这股力量缠绕果肉，使果实变得圆润完美（就像把纱线绕成球一样）；触觉感受到桃子表面天鹅绒般的质地；嗅觉呼吸到苹果园里一股季节性的“香喷喷”。狄金森这首诗（不止一首）得益于济慈的经典诗作《秋颂》，不过她拒绝像济慈那样用榨汁机压榨苹果[1]，她任由苹果完成自然的生命历程，成熟后就掉落在地上。狄金森用一个非常实用的词“产品”来指称这种水果，部分由于它给水果带来了一种农业气息；见于她后来的诗《我的农场产品丰盛》(1036)。在第1节中，狄金森充分展现了这种自然成熟的细腻和丰富，它可以通过视觉、触觉和嗅觉被感受到。

然而，我们感觉到，她对第二种隐藏的成熟更为认可：其力量不是“球状的”，而是“长大成熟”。我们此刻完全理解了她之前对“产品”一词的运用，因为她在这里引入了其无形的对应词“Process”(过程)，这才是狄金森的主要兴趣所在，可能由此才产生了前面的与之押头韵的词“Product”(产品)。回顾此诗，我们意识到，狄金森在第1节中所推断的“力量”是“过程”的一部分，这个无形的过程迫使苹果形成一个可见的球形，因此第1节不仅关注产出，也关注过程。

感官只关心自然过程中具有感官吸引力的产品，但心灵的主要兴趣在于探究背后隐藏的东西；所以狄金森现在探究的是过程，这个过程没有产生任何可以迅速吸引感官兴趣的东西。倘若感官对栗树的果实有所关注，它们只会发现刺果，一种黄褐色的产品，无味且多刺。但到了十月，刺果裂开，就会露出藏在外壳里的充满光泽的完美果仁（可供食用）。出于对自然和上帝的原始野性的尊重，像往常一样简明扼要，狄金森很自然地说道：是“寒霜的利齿”造成了刺果的伤口；当刺果的外壳脱落后，成熟果仁的美丽和实用便被揭开。这个启示发生于“十月的空气”，与夏天的空气（果园里的果实此时已成熟）相距“遥远”，而栗子成熟的过程“更为家常”，因为它让人想起发生在家里的过程，这些过程相比外在的可见事件而

---

① 济慈《秋颂》第2节最后两行诗写道：“或者就在榨果架下坐几点钟，你耐心地瞧着徐徐滴下的酒浆。”(查良铮译)

言，不那么显眼，不那么引人注目，也更为平凡。

狄金森在后来的一首诗里，便以她对“坚果”或者说“果仁”的赞赏作为开头，这种赞赏可能发生在一个同类的灵魂上（见1081，J 1073）：

实验，对于我，
就是我遇见的每一个
里面是否有果仁？

苹果和桃子献出其果肉所有的美好，无须我们的任何搜寻：它们并没有可食用的“果仁”。然而，狄金森在《实验，对于我》中一语双关地指出，“遇见”一个人可以生长出内在的“果肉”，其营养“是必需品／对于松鼠和我”。灵魂内在的成熟较之外壳的成熟更值得赞赏，因为后者一旦实现自己的功能，便消失不见。

《有两种成熟 -》可能隐晦地与性别有关。通常女性结出成熟“果实”的方式是生育；不过尽管这种“成熟”在分娩前“瞧不见”，但身体的圆润却能让我们推论出，是“球状的力量”在其中起作用，直到最后丝绒般亮滑的产品从生产者那儿滑落。这种生理性的成熟不属于狄金森；她自己的“过程”产出诗歌，这是她“更为家常”的单身生活的产品。（而诗歌也没有桃子的丝绒般亮滑质地；它们不规则、多刺，正如刺果和它们的作者一样。）尽管如此，她的诗歌见证了一种非同寻常的精神生活的发展。尽管诗人的存在显而易见，但其中一个过程却秘密地进行着。灵魂只有在利齿冰冷的期望下才会长大成熟，而历经十月的磨炼之后，它才会意识到冬日的死亡即将来临，只有苦难的“利齿”伤害肉体，灵魂才会被“揭开”，并且只会在末日启示揭晓之时才会完全显现。

[J 332]

423 头一日的夜晚来了－

头一日的夜晚来了－
为了感激，一件事情
何等可怕－现已熬过－
我让我的灵魂唱歌－

她说她的琴弦断了－
琴弓－爆了，化为原子－
于是，修复她－让我有了工作
直到又一个黎明－

然后－好硕大的一天
就好像昨日成双，
在我脸上铺展它的恐怖－
直到遮蔽了我的双眼－

我的大脑－开始笑起来－
我嘟嘟囔囔－像个傻子－
尽管那是多年以前－那一天－
我的大脑咯咯傻笑－不停。

怪异的事发生了－在里面－
我曾经是那个人－
这一个－感觉不一样－
会不会是疯狂－这一个?

关于苦难重演，狄金森最有名的诗歌是《我的生命在终结前已终结了两次》(*1773)：来自“不朽”的又一次死亡打击，每一次都如此剧烈，难以置信，这样的凌辱让诗人写出了一句简明凝练的格言：“离别是我们对天国的全部所知，/也是对地狱的全部所求。”不过，写于它之前的姊妹篇《头一日的夜晚来了－》却没有表现出那种斯多葛式的态度；相反，在我看来，此处狄金森对活跃的精神痛苦的描述是极为惨烈的，它不是以辛辣的格言作结，而是以问题作结：“会不会是疯狂－这一个？”

在这里，是什么威胁到人的理智？是对自我连续性的彻底颠覆：现在的自我已不再是过去的自我了。或者更确切地说，诗人现在的自我和过去的自我“感觉不一样”。一个平庸的作家或许会把“怪异的事发生了－在里面－”中的那个“事”称之为“心碎”，或是“恐惧的痉挛”，即某种生理性或神经性的情感对应物。但是狄金森一开始却对这个“事”讳莫如深，不愿具体描摹，直到（我们意识到）她承认自己有种可怕的可能性：疯狂，尽管直到现在她仍拒绝接受。发疯的人（至少按照19世纪的惯例来说）有着激烈扭曲的感知，并且不能有条理地使用语言；一旦狄金森发疯，那么她的作家生涯就会终止。1935年，这首诗第一次出版时，被删去了最后两节，直到1947年才恢复如初。她的编辑比安奇希望向公众传达歇斯底里和传言中有所暗示的疯狂的倾向，并未在狄金森的情感生活里占据一席之地。尽管如此，这首诗的天才之处正在于它原本被删去的倒数第2节，在这一节中，歇斯底里取代了语言。

在这首诗的开头，一位坚强的幸存者，她曾遭受过某种无法消除的创伤，勇敢地敦促自己的灵魂重新唱起她以前唱过的歌。灵魂回答说，她受损的乐器——有琴弓和琴弦——已然损坏。她的琴弦断了，这已经够糟的了，她的琴弓还在一场突然的毁灭性爆炸中“爆”成了碎片，甚至比碎片还要糟糕，变成了“原子”。乐器不修好，就无法歌唱；于是，整个晚上，这位意志坚定的幸存者都在修补灵魂被折断的琴弦，并制作了一把新的琴弓。黎明时分，她复原的灵魂就能够再次歌唱了，她这样想着。

狄金森借用《创世纪》(1：5) 来描述她头一日和头一夜的悲痛：“神称光为‘昼’，称暗为‘夜’。有晚上，有早晨，这是头一日。”狄金森用这个令人敬畏的比喻，是为了拓宽她自己的“头一日”及头一夜的内涵，这一天发生了一起毁灭性爆炸，而当天夜里她修补了乐器。第二个大灾难，“好硕大的一天 / 就好像昨日成双”，重现了世界末日的最终毁灭。第一次毁灭的幸存者完蛋了，新的混乱重现弄瞎了她的双眼，她知道自己再也不能聚集起力量，来修复她灵魂的琴弦和琴弓，它们曾被摧毁又被修复，而今已灰飞烟灭。

就在这个时候，由于歌唱的灵魂消失不见，诗人再也找不到理由活下去，因此她陷入了语无伦次的笑、嘟嘟囔囔和“咯咯傻笑”中。错乱的大脑（此处是一个生理实体，而非精神实体）再也不能组织语言，更不用说唱歌了。面对歇斯底里的不恰当反应，即面对着自己的悲剧咯咯傻笑，表明诗人的大脑拒绝表达难以承受的第二次损失。这一节里最为绝望的词是“不停”和“咯咯傻笑”：诗人的大脑开始笑，从“多年以前－那一天－”，并且它：“咯咯傻笑－不停。”一个不详的句号（取代她惯常所用的小短线时总是有重要意义）结束了这个长达4节的句子，这个句子描述了一个灵魂的崩溃，而灵魂最后的话语在失去理性的拟声的“咯咯傻笑”中结束，这笑声有些难听、可怕。

在句号之后，这首诗有一个尾声，试图对持续多年的精神病痛进行诊断。我们可以想象，为了让固执地不肯相融的自我的两半合为一体，诗人长时间内做出了多少努力。在《我感到我的思维里有一种劈裂－》(*867) 中，狄金森就描述了这样的努力；她说，“我尝试拼接它－缝接缝－/但无法将它们吻合起来－”，想要恢复我曾是的“那个人”是不可能的：我在颤抖、嘟嘟囔囔和咯咯傻笑中已度过了许多岁月。若要把这个可怕的歇斯底里的类人生物视为一个人真实的自我，想一想就觉得太过吓人和丢脸。不同寻常的是，这首诗以过去时开始，在尾声中却以现在时结束。这个故事并不完整，它的未来并不确定。

这首诗里唯一真正的押韵出现在充满希望的第1节中，其中那件可怕的“thing”（事情）的幸存者让她的灵魂去“sing”（唱歌）。这一押韵表现了希望的协调。其余的都是不完全韵：“blown…Morn”（爆了……黎明）；“pairs…eyes”（成双……双眼）；“fool…still”（傻子……不停）；还有“was…this”（曾是……这一个）。歌声和琴弓的和谐二重唱永远也不会重新开始了。

狄金森在这里运用了她经常运用的赞美诗变体。在这个变体中，第1行是一个三音步（而不是预期的四音步）：3－3－4－3。第一个三音步是简略的，有一个隐含的停止，但第二个直接引向后续：

头一日的夜晚来了－［停］
为了感激，一件事情
何等可怕－现已熬过－
我叫我的灵魂唱歌－

The first Day's Night had come - [*stop*]
And grateful that a thing
So terrible - had been endured -

I told my Soul to sing -

到了第3行，我们可以放松下来了，于是我们就松了一口气，读到一个完整的四拍，而在结尾，这一行以熟悉的节奏平稳地滑入接下来的三音步。每一节开头的两行精辟的短句通常都有出其不意的结尾词：“断了”（snap）、“爆了”（blown）、“硕大”（huge）、“成双”（pairs）、“笑起来”（laugh）、“傻子”（fool）。不过在最后一节中，采用令人担心的现在时，却只能在前两行里召集较弱的结尾词：在“曾经是”和“这一个”中，我们听到抵抗消减为一种不安的质问。

［J 410］

425 它像一个大漩涡，带着刻度

它像一个大漩涡，带着刻度，
渐渐逼近，一天又一天，
它滚烫的轮一点点收紧
直到痛苦的极点

冷冷地玩弄那最后的一寸
你张皇错乱的衣服边－
而后你掉进去，迷失，
当某个东西破了－
让你从梦里逃脱－

仿佛一个哥布林妖精带着计量器－
不停地测量钟点－
直到你感到你的每一秒
沉重，无助，在他的脚爪间－

每一根筋－躁动－毫无用处，
感觉渐趋沉落麻木－
当上帝－被想起－而恶魔
放开，然后，制服－

仿佛你的判决成立－已宣布－
你浑身僵硬，被带出
地牢那奢华的怀疑
交给绞刑架，和死神－

当薄翳缝合了你的双眼
一个怪物喘气宣布“死刑暂缓”！
那么－哪一种痛苦登峰造极，
活着，还是死去？

狄金森连续运用了三个明喻，每一个明喻都用了两个诗节，来叙述这种体验：第一个，“它像一个大漩涡”；第二个，“仿佛一个哥布林妖精带着计量器－”；第三个，“仿佛你的判决成立－已宣布－”。如果诗人发现第一个明喻不够用，她就必须增加第二个明喻，如果仍然不足以充分表达她的体验，她就引入第三个明喻。如果第三个明喻仍不能穷形尽相，她不得不以一种不完满和无力的姿态结束她的诗作。既然狄金森不是一个喜欢浪费言辞的诗人，经常写完两个诗节就收笔，这首诗洋洋洒洒6个诗节，跟她的无数小诗相比，可谓一首铺张华丽之作了，这让我们不能不思考后面的两个明喻如何弥补第一个明喻的缺憾，它们如何补充传达第一个修辞所未能传达的特质。

每一个明喻都是夸张的，而且狄金森使用了第二人称“你”，这为恐怖情景赋予一种切近之感。你陷入一个漩涡的中心，大漩涡一点点收紧，很快就会将你吞没。你被一个科学怪兽（可能是恶魔）握在脚爪之中，动弹不得、孤立无助，很可能马上就被送入地狱。你被带向绞刑架，即将处以极刑。这三个明喻只有一个相似之处：经历了一番极端恐怖的情景，到最后一刻你居然得以解脱。三个小故事都好像模仿了噩梦，结局缺如，突然终止（在第2诗节里狄金森的旁白确实提到了让你摆脱梦境的东西，或许这刚好暗示出你一直都在噩梦之中）。在三个噩梦之后，在你命悬一线之际突然获得意外解救之后，狄金森抛出了一个问题，这个问题势所必然，整首诗歌都源自它：在千钧一发的时刻，突然死刑暂缓，“那么－哪一种痛苦登峰造极，／活着，还是死去？”

我们首先要看看每一个明喻都试图阐明什么，推测一下为什么阐明得不够充分，然后才能进入下一个问题。大漩涡让我们想到那种见于经典的地狱叙事中的大漩涡，那个“滚烫的轮”类似李尔王提到过的伊克西翁的“火轮”。这也是一种缓慢的折磨：以虐待狂的方式，大漩涡的轮子每天收紧一个刻度，玩弄你的恐怖。它左右你的情绪，让你神经错乱，掉进漩涡的中心，你沉陷进去，从外面什么也看不见，除了你的衣服边。由大漩涡，一种自然现象，造成了这种肉体上和精神上的折磨，这是否足以描绘刚刚发生的隐秘的痛苦呢？

由不可抗拒的大自然的规律造成的灾难并非蓄意而为，水手掉进大漩涡不过是运气不好罢了，不值得抱怨，对那种蓄意而为的折磨发出抱怨，理由更为充分。狄金森的第二个明喻把上帝和魔鬼带进来，上帝登场之后，“怪兽”变成了“恶魔”。这是一个心不在焉的上帝，他完全忘了他的造物正被一个非人的魔鬼（长着野兽的爪子，这对于一个哥布林妖精来说，有点不同寻常）施以冷酷的虐待狂式的折磨。这个哥布林妖精喜欢用计量器测量时间，一秒秒地测算他的受虐对象的恐怖程度，这个牺牲品已经被吓得全身瘫软了。这个明喻给折磨增加了恶意因素，上帝纵容了这个恶意的举动，他有更重要的事情要思考。在第一个明喻里，你被放开，从梦里出来，在第二个明喻里，恶魔“放开”了你，把你让给一个力量更大的征服者。读到这里，我们或许会问，还有什么比这个哥布林妖精更糟的呢？

人性可能更糟，狄金森说：大自然和恶魔都是比人类更强大的力量，它们把无助的我们玩弄于股掌，假如这样的恶意行径是你的同类施加于你的，那会如何？你在地牢里彷徨无阻，这时，法官宣判你死刑，你知道你即将被送上刑场，你顿时全身僵硬，就好像你在大漩涡里“迷失”，又好像你在哥布林妖精的爪子里，你感官里的太阳“沉落”，你的身体变得“麻木”，狄金森几乎总是在感官体验中加入精神的痛苦。在地牢里至少你还有悬念，还可以沉溺于“奢华的怀疑”中，可是现在？在大漩涡的物质力量和哥布林妖精的精神上的虐待之外，还必须加上人类的恶意，或者也可能是错误，法官是不是给一个无辜的人（你自己）定了死罪？在绞刑架的绳索让你垂落之前，你的视线蒙上了一层“薄翳”。就在此刻，就在你马上被吊在绞索上之际，死刑被撤销。你几乎弄不明白发生了什么，一个“怪物”气喘吁吁跑进现场，告诉刽子手“死刑暂缓！”——那个绝望的词语。

从大漩涡、恶魔和法官那里死里逃生，意味着回到你目前的生存状态，如今你已大彻大悟，未来还有更多的大漩涡、恶魔和绞刑架，你随时随地都可能再次陷入它们施加的痛苦、折磨、不公正的魔掌，那么，你是否真的愿意重返这样的生活呢？你是否宁愿结束这一切徒劳的抵抗，跟大漩涡、恶魔、绞刑架和它们施加的种种折磨统统做一个了断，干脆一死了之，至少死之“痛苦”是短暂而有限的？

这首诗给狄金森提供了一个机会，来描绘三种恐怖的死亡景象，并动用了一系列相关词汇：大漩涡、滚烫的、痛苦的极点、哥布林妖精、脚爪、恶魔、地牢、绞刑架、痛苦。这首诗最有戏剧性的表现是那一系列残忍的情节设计。最有想象力的发明是“哥布林妖精带着计量器”。在乔纳森·爱德华著名的布道词里有一个“愤怒的上帝”形象，他拎着一个罪人，把他悬在地狱的大坑上面，就像拎着一只令人厌恶的蜘蛛一样。狄金森的“哥布林妖精带着计量器”跟这个上帝的形象有几分相似。狄金森想出了这个伪装为哥布林妖精的恶魔形象，大概与中世纪画家有些关系，他们常常把恶魔想象为千奇百怪的样子，其中确实有哥布林妖精的形象，但是它们并没有带着计量器。这位现代的精确的诗人，则以来自永恒的视角，计量着时间的旅程。

［J 414］

430　魔力笼罩着一张脸

魔力笼罩着一张脸
看得并不真切－
女士不敢掀开面纱
唯恐魔力被驱散－

仅从网眼周边窥视－
想要－又随之否决－
以免会面－将形象
满足的欲望－废除－

在狄金森的创作中，情色欲望的表达常常令人费解。一方面不乏激情洋溢的爱情诗作和哀婉的“主人书信”；另一方面却处处设防，保持若即若离的状态。叶芝说过：“或许新娘的床竟是失望之所，／因为个个都诱发幻象／却总是发现真相一个。”（《所罗门和女巫》）狄金森明白这个道理。她在“魔力笼罩着一张脸”里表明，女士担心她的恋人被那张脸吸引，只因那张脸在时髦的“纱网”后面看不真切，一旦面纱掀开，他对那个真实的形象就失去了兴趣。这个基本道理具有普遍意义，可以适用于任何真实自我的真相大白，无法满足对方渴望的风情或达不到求爱的期望。虽然狄金森无法驳斥诗中的女士此种自我防御的逻辑，但她本人可能并不想谋求诗中所描述的关系。

诗歌以一个警句开篇，然后进一步具体化，不是从那个（扑朔迷离的）男人的视角，而是从那个女士的视角，女士希望维护她在对方心目中的美丽形象。如果“魔力”可以被驱散，那么与“dispelled”（被驱散）这个动词相连的另外一些事物也会发生同样的情况，比如怀疑、疑虑、担心、有毒的气味。“Dispel”这个动词来自拉丁语“*dis*”和“*pellere*”（向不同的方向驱动某物），狄金森可能从这个词语的过去分词的拼写（spell）中品出了某种特别的意味，因为，“spell”这个词经常与女性的魔力相关，比如女人让观者着迷，人们常说，她给观者“施了一个魔咒”（cast a spell）。这位女士明白“魔力”亦真亦幻，虽然她希望把自己完全敞开，但又未免害怕；她“不敢”。

狄金森经常暗示“另一边”——天堂、意大利、复活——这些她看不见，因为有什么东西（死亡、阿尔卑斯山、缺乏信仰）挡在中间。这里，只是一层薄薄的蕾丝网，挡住了恋人的视线，看不到“另一边”；对狄金森来说，“网眼”，比如我们从另一首诗《我不在乎－一堵堵墙－》(554, J 398) 里可以发现，就是防护罩。她试图跟恋人接近，却遭遇

一个分界线，薄纱一般
罩着女士的脸－
但每一个网眼－一座城堡－
一条条龙－在皱褶里－

在《魔力笼罩着一张脸》里，女士起初尝试从防护罩周边“窥视”，然后“想要”，随后“否决”，这三个动词表明她在坦白直露和卖弄风骚之间摇摆不定。是什么让她摇摆不定呢？她无法推断恋人是否喜欢她坦白直露，她一览无余的面容会不会让对方不高兴。担心面

对面的"会面"可能摧毁恋人的欲望（那是面纱后面的形象唤起的欲望），于是，这位女士维系着通常的礼仪规范。

值得注意的是，狄金森这里没有使用"destroy"（摧毁），而是代之以"annul"（废除），"废除"的常用搭配是合约、婚姻。若婚姻（甚至多年的婚姻）经由教会法庭判定其是"无效的"，一旦它发生，婚姻就可以正式废除（废除的原因有多种，不过，狄金森这里很可能想到了因不圆满而"受阻"）。一位女士和恋人有结合的希望，但可能最终落空或无效，只因揭开面纱的脸丧失了魔力。（霍桑写过一篇故事《胎记》，为这一类"受阻"提供了一种寓言式表达，故事中的丈夫试图除掉妻子脸上的胎记，导致妻子死亡。）

狄金森努力保持偶数行押韵：beheld（看）与 dispelled（被驱散）构成一对；denies（否决）与 satisfies（满足）构成一对。她采用了跳跃式音步3－3－4－3节奏，而不是舒缓的节奏。结尾的警句——

以免会面－将形象
满足的欲望－废除－

呈现出令人愉悦的图形组合：Interview（会面）与 Image（形象）叠加；annul 与 satisfies 叠加。狄金森采用一般现在时表达恋人当下的愉悦（形象激发的满足感），采用虚拟语气表达担心出现"废除"的结果，这说明诗人对此中真相有一种苦涩的意识。对于这样的情境，狄金森没有暗示出有任何改善的可能。洛德法官（狄金森父亲的一个老朋友）曾向狄金森求爱，并提出了肌肤相亲的渴求，狄金森在信中写道："难道你不知道当我有所保留时你是最幸福的吗——难道你不知道'不'是我们寄身其中的语言里最狂野的字眼吗？"（562，L II，617）

［J 421］

439 我忍饥挨饿，多少年 -

我忍饥挨饿，多少年 -
我的正午来了 - 去用餐 -
我向餐桌凑近颤抖着 -
摸到了稀奇的酒 -

这餐桌上的东西我见过 -
当时，饿了，归家
从窗子里望见，那丰盛
我不敢奢望 - 是给我的 -

我不认识那丰硕的面包 -
它多么不同于那面包屑
鸟儿和我，常常分享
在大自然的 - 餐厅里 -

这丰盛让我受伤 - 它多么新奇 -
我感到不适 - 且怪异 -
就像浆果 - 山里的灌木 -
被移栽 - 到公路边 -

我不饿了－于是我发现
饥饿－是一条路
属于窗外之人－
一进来－就被消除－

这首充满感情的诗作以倒序的手法将欲望和欲望的损耗赤裸裸地展露出来。整个故事在过去时态和过去完成时态的交替中加以叙述：说话人经历了诗中讲述的体验，获得了教益。它不是那么激烈，如《它像一个大漩涡，带着刻度》（*425），在结尾处向读者抛出了一个尖锐的问题；或如《头一日的夜晚来了－》（*423），在结尾处把一个同样尖锐的问题抛给了自己。“我忍饥挨饿，多少年－”在说话人从前的状态和后来的状态之间来回摇摆：她之前极端饥饿；后来她终于得以靠近餐桌，上面摆放着“稀奇的酒”（她一直靠水维系）和“丰硕的面包”（她一直靠面包屑维系）。下面，我对这首诗做了重新安排，以展现诗歌在从前（过去完成时）和后来（过去时）之间的持续摇摆：

过去时	**过去完成时**
	我忍饥挨饿，多少年－ 我的正午来了－去用餐－
我向餐桌凑近，颤抖着 摸到了稀奇的酒－	
	这餐桌上的东西我见过－ 当时，饿了，归家 从窗子里望见，那丰盛 我不敢奢望－是给我的－

我不认识那丰硕的面包－

　　　　　　　　　　　　　　它多么不同于那面包屑

　　　　　　　　　　　　　　鸟儿和我，常常分享

　　　　　　　　　　　　　　在大自然的－餐厅里－

这丰盛让我受伤－它多么新奇－

我感到不适－且怪异－

就像浆果－山里的灌木－

被移栽－到公路边－

我不饿了－于是我发现

　　　　　　　　　　　　　　饥饿－是一条路

　　　　　　　　　　　　　　属于窗外之人－

一进来－就被消除－

叙述在遥远的过去和近来的过去之间摆动，在自我审查的结尾处，说话人揭开了那凄凉的发现："我不饿了。"当她欲求的对象终于放在她面前，她已经没有欲求了。她获得了对饥饿的新定义：它是对他人的富足的一种羡慕之情，而不是真正欲求他们似乎拥有的"财富"本身。[虽然主要动词在过去完成时和近期的过去时之间摆动，但狄金森插入了三个现在分词："trembling"（颤抖着）、"turning"（返回）、"entering"（进来），这让"过去"似乎带有了现在的假设。]

这首诗讽喻了一切误入歧途的欲望：为名声、为婚姻、为各种梦寐以求。当说话人终于靠近了她的欲求对象，这对象变了——仍是宴席，摆着丰硕的面包和稀奇的酒，可是，这宴席令人"受伤"。是她变了。或许她眼见她的同代人占有名声、丈夫或各类"财富"，她最终意识到她不会因他们而改变自己的命运。那么，她究竟想要哪一种呢？一个是饥饿、热切的渴求者，只与小鸟为伴，在她的山里独居，却激情满满；一个是后来在公路边从幻想中醒悟的审视者，她清空了欲望，躲开了她一直渴望拥有的面包和酒（一种世俗的圣餐礼）。

说话人不断从丰硕的食物面前转身，回想她那拮据的遥远的过去，她对动词时态的安排让我们觉得她赤贫的成年自我是她目前的唯一自我；她已不再是从前的小女孩。她告诉我们在丰盛的餐桌前她觉得“不适－且怪异”，这个说法让我们想起了那个类似的但更加戏剧性用法，出现在《头一日的夜晚来了－》（*423）的结尾，在那里她检测她在大灾难之后的自我分裂：

> 怪异的事发生了－在里面－
> 我曾经是那个人－
> 而这一个－感觉不一样－
> 会不会是疯狂－这一个?

虽然我们依靠自我（它自身靠记忆）的连续统一来建构我们的自我形象，可是当我们在饥饿的过去的感受（那感受持续了太久以至成为自我的动机和塑造者）和我们目前灰心地否决了它们之间，发现了破裂之时，我们会感到好奇，那个渴求者究竟是哪一个人呢？这个新的自我否决的自我，我们难以命名，因为我们太习惯于那个充满渴求的（且畏缩不前的）自我了。诗歌开篇那个戏剧性的回顾具有满足感“我忍饥挨饿，多少年－/我的正午来了－去用餐－”，这满足感以凄凉的“我不饿了”告终，这表明了天真和智识之间的严酷断裂。这首诗基本上保持规整的4－3－4－3节奏，只有一个句子是不完整的，那就是倒数第二句，它被截短了，只有三个节拍：“Of persons Outside Windows”（属于窗外之人）。这个鲜明的句子，正如那个之前的自我，永远“有所缺失”。

[J 579]

444　一只小蚊虫也会饿死－

一只小蚊虫也会饿死－
活得像我这般渺小－
可我是个活生生的孩子－
对食物的需求

加之于我－像一只爪子－
让我无法摆脱，正如
我无法哄走一只水蛭－
或让一条龙－挪开－

我也不像一只－蚊虫－
享有飞翔的权利
可以为自己寻得一顿晚餐－
他何等强大－非我能比！

我也没有他那样的－技艺
朝着玻璃窗浪游
了断我的小小存在－
而不用再一次－开始－

在《它像一个大漩涡，带着刻度》(*425) 里，狄金森纳闷、痛苦过后，是活还是死，究竟哪一个更容易，她不由分说地问道："哪一种痛苦登峰造极，/活着，还是死去？"回首欲望受挫，她戏剧性地说道："我忍饥挨饿，多少年－"(*439)。不过，讨论灵魂的饥饿这个问题，她也可以选择较安静的方式、较反讽的方式，采用小型的版本，比如这首诗。她的夸张在一首诗的开篇多半是娱乐性的，这里的措辞也颇为顽皮，甚至有点欢快："一只小蚊虫也会饿死－/活得像我这般渺小－"可是，这股欢快的气氛很快就减退了，我们看到这个"活生生的孩子"被一只爪子钳住了，无法移动，就像无法移动一只水蛭或一条龙。

这只爪子是一种撕心裂肺的痛，声明"对食物的需求"。要求食物是她这个活生生的孩子理所当然的权利，她公开说道。那么，是谁让她挨饿呢？她被剥夺的必需的食物是什么呢？当时以及现在，确实有精神错乱的父母不给孩子食物，狄金森竟然使用了这样一个惊人的隐喻。它向她的父母、学校和同代人发出了控诉。当然，作为一个孩子，她当时并不知道如何从这饥饿中解救自己；她甚至没有采取行动，去寻找她所需的营养。一部分原因在于她的所需始终没有名字，没有说明，它紧紧地钳住了她，甚至比先前更紧，让她整日苦恼，找不到逃脱之路。

她想为这种受困的状态找到一个明喻，她首先想到了一只爪子（没有说明是什么野兽的爪子，但足以让一个孩子动弹不得）。然后，她想到了水蛭（当时的医生用水蛭给病人吸血，通过减少血液来减轻发热或炎症）。内在饥饿的水蛭吸走了她生命里的血，可她却无法摆脱（那是不可能的），所以她试图"哄"它离开猎物，就像哄骗一条害狂犬病的疯狗一样。描写诗人在孩子时代的精神饥饿，爪子或水蛭这两个明喻似乎都挺糟糕，于是，她转向神话，发现她像安德洛墨达一样，被龙所困。她试图"摆脱"(remove) 或"挪开"(move) 她的压制（一个词的韵脚嵌在另一个的韵脚之中），一直努力争取自由。

在描述受害经历的过程中，她几乎忘记了最初的象征物，那只蚊虫。她把巨大的夸张法克制下去，转向反讽，又回到那只蚊虫。她无法扭转她的饥饿状态，她去哪里另寻一套父母、学校或她尊敬的教会呢？这个困境让她机智地断言，一只蚊虫至少还可以独立冒险，去外面寻找食物［她在第1节和第3节同时使用了内在和外在的韵脚，让她成为蚊虫的合作者："I"（我）……"I"（我）……"fly"（飞翔）……"I"（我）］。她告诉我们，能脱身出去寻找自己的晚餐，是一种权利（是否有谁曾把精神上的营养称作"晚餐"，或曾有谁能想象出一只蚊虫吃晚餐？）。对蚊虫的嘲讽式赞美（"他何等强大——非我能比！"）很快就移交给一个不同的"权利"，一种不同的"技艺"：一种无意为之的自杀。诗人返回到一种令人瞠目结舌的顽皮语调，她暗示道，蚊虫跟她不一样，他可以"了断"他的"小小的存在－/在窗玻璃上"。我重新组织了句子，以检验狄金森对"gad"（了断）这个词语的使用。这是一个不及物动词，只有琐碎的涵义，比如用于"gadabout"（游荡者）这样的名词；可是，狄金森把它变成了一个反身动词，使蚊虫让他自己的小小存在浪游出去，就好像他的行为是有意的。这只小小的蚊虫想要浪游出去，回到大气里，却没有留意到窗玻璃挡住了他的存在，结果他一头撞上去，当场毙命。不过，狄金森并没有（像我这样）用第三人称讲述一个蚊虫的故事："了断他的小小存在。"她用第一人称，讲述了一个自己的故事："了断我的小小存在－/而不用再一次－开始－"

对于小蚊虫，窗玻璃就是故事的结局：他死了。可诗人注定还得活着。她没有无意中误打误撞自杀身亡的技艺。她还得"再一次－开始－"，继续她挨饿的生活。她羡慕一只小蚊虫的权利和技艺，轻贱自己的存在，把它贬低到甚至不如一只不值一提的小蚊虫。诗作的结尾又把诗人带到了最初的窘境：她是一个永远的囚徒，被一只恶魔的爪子钳住，被饥饿所困，没有营养，就好像被水蛭吸住了，唯求一死。“一只小蚊虫也会饿死－”是狄金森对无力之感的最佳表演，由无可挑剔的苦涩的反讽和夸张的渺小有效地传达出来。小蚊虫可能是她从莎士比亚那里借用的。在《罗密欧与朱丽叶》里，茂丘西奥说道麦布女王的车夫是“一只穿着灰外套的小蚊虫”[①]；不过，狄金森用来描写饥饿的小蚊虫更有可能来自《辛白林》：离别了丈夫的伊摩琴说，她会一直目送他的离去，“直到他从小蚊虫的微细一点点消融到空气里。”（见第1幕第3场第27—28行）。[②]

［J 612］

---

① 朱生豪译本把麦布女王译作“春梦婆”：“替她驾车的是一只小小的灰色的蚊虫！它的大小还不及从一个贪懒丫头的指尖上挑出来的懒虫的一半。”（见第1幕第4场）

② 参考朱生豪译本：“我要继续用我的眼光追随他！让他从蚊蚋般的微细直至完全消失在空气中为止！”

446 这是一位诗人－

这是一位诗人－
是他
蒸馏出神奇的认识
从普通日常的含义－
还有取之不尽的香露

从那些熟悉的物种
它们在门口径自枯萎－
我们惊讶不是我们自己
此前－将它捕捉－

画面，由他揭开－
诗人－正是他－
授予我们－与之相比－
无休止的贫穷－

对于份额－何等无意识－
盗取－构不成伤害－
他自己－对于他－一种财富－
置身－时间之外－

这首定义诗从一个过去时态的警句开始："这是一位诗人 -"，然后停下，似乎在宣告这个悼词之前，这位诗人必须跟自己确定一下，把某人（无论活人还是死人）称作"诗人"，她的意思是什么。这首诗的其余部分都处在永恒真理的现在时态之中。诗人"蒸馏"(Distills)。在接下来的7行里，他只做了"蒸馏"这一件事。他从事的第二件事（两个词构成头韵）是"揭示"(Disclose)。第三件事是成为自己——"一种财富 - / 置身 - 时间之外 - "(a Fortune[①] - / Exterior- to Time -)。他不指望后世的名声，而是依靠他自己对价值的意识。真正的诗人都会做这三件事。[狄金森这里采用了大写的普遍化的"他"(He) 来指代诗人。我也沿用她的做法，使用这个尊称。她假定了一种柏拉图意义上的诗人观念，一种无性别的特质。她使用"他"这个代词，并非意在将女诗人排除在外，她敬重女诗人的作品，比如伊丽莎白·巴雷特·勃朗宁、乔治·艾略特、艾米莉·勃朗特的作品。]

诗人并不孤立，他有"我们"相伴，虽然他没注意到我们，但我们被他感染。我们的第一反应是惊奇，他的语言造出了神奇的认识，而且，他从熟悉的物种里提取出如此"取之不尽"的香露（香水），而我们对那些物种却不曾留意。他以远远超出我们想象的方式揭开了画面。可是，如果我们的第一反应是感激，那么就会产生下面的第二反应：面对他的富足，我们感觉自己缩小了——他没有"授予我们"同等的财富，而是"无休止的贫穷"。以此观之，这首诗不仅关涉诗人，也关涉我们对其作品的强烈反应——欣赏和痛楚。这里，正如在《我不愿画 - 一幅画 -》(*348) 的开头，狄金森不是艺术家而是观众。

---

① Fortune 是个多义词：这里既有"财富"之意，与上文的"份额"(Portion) 和"贫穷"(Poverty) 相互照应，也有"命运""命数"之意，一种与生俱来的天赋、使命。这两层意思在狄金森的其他诗作中都能找到呼应。中译本不得不在二者之间做出取舍，这里暂且选择"财富"。

诗人与众不同，不在于他语言铺张华丽或他的表达富于音乐感，而首先在于他拥有无可匹敌的认知力量。他取来“普通日常的含义”（熟悉的词语），靠他富于想象力的安排，从中蒸馏出，不是（其他人为诗歌下定义的时候可能会提出的）虚构或幻想，而是“神奇的认识”——这是识别天才的成就的一种新英格兰方式。狄金森指出，能引起观众的惊奇，最重要的因素是认识：“天哪！我认识这地方，我知道它！”（正如毕肖普在《诗》[①]中发出了这样的惊呼，她在观看一幅不引人注意的画作时，认出了它描画的地点。）当我们遇到一首外表简单实则具有启示性的诗作时，我们会说：“它创造了何等的认识！”（It makes such sense！）[②]

其次，狄金森指出，诗人对事物有一种关注力，然后才揭开他的画面，他关注万事万物的程度感染了我们，让我们也关注万物（唤起我们的遗憾，此前我们任由那些珍贵的“熟悉的物种”像乞丐一样在我们的门口死去，从未发觉那无比美妙的香露我们本来也能“捕捉”得到，倘若我们不是那么盲目无知或忙忙碌碌，竟不曾留意到它们的存在）。最后，狄金森指出，诗人对我们（或任何别人）无动于衷，这种无动于衷不是源于自视甚高，而是源于他的财富（他本人对此无意识）。对于天赐的恩典，对于他继承的财富、那一大笔份额，他是如此浑然不觉，竟至于窃取他的价值也不会对他构成伤害（有人剽窃他的作品也不会影响到我们对真诗人的认可）。他游动在一个（用狄金森那个出色的词语）“置身－时间之外－”的世界，活在一个“发光的生机勃勃的空气里”（华莱士·史蒂文斯，《作为阳刚诗人的青春形象》）[③]。正如他没有意识到我们，他也没有意识到时间（及其对立面——永恒）。

---

① 《诗》，见毕肖普的诗集《地理学三》，发表于1976年。

② 这句话通常译作“太有道理啦！”，但字面意思为“它创造了何等的认识！”

③ 华莱士·史蒂文斯的《作为阳刚诗人的青春形象》一文，见他的散文集《必要的天使》，发表于1951年。

有人觉得这个说法是“唯我的”。他们希望狄金森强调诗人的交流欲，跟读者形成共同体。她当然会，在《这是我写给世界的信》(*519) 里，她就这样做了。在那里，作为一个诗人，她以真身透露了她的意愿。可是在这里，她言说的是她作为一个读者的体验，她阅读的经常是已故诗人（如莎士比亚），他们生活在遥远的时代，对于他们本人的生活，她所知甚少。可是，莎士比亚从最“普通日常的含义”中创造出的“神奇的认识”(李尔王的“Never, never, never, never, never”①或苔丝狄蒙娜的“Nobody, I myself”②)，我们能认识到，且被打动。若不是惠特曼“捕捉”到庭院里盛开的熟悉的紫丁香，在随后的几十年里，我们是否能感知到它的“香露”？当我们看到自家院子里的紫丁香那枯萎的叶瓣无谓地浪费着它的芬芳，我们羡慕和嫉妒，甚至常常是遗憾和自责，这样说道。

阅读莎士比亚的个中情形让读者感到，相比之下，我们不是注定“贫穷”，而是反讽地“［被］授予”了“贫穷”，如果没有遇到莎士比亚，我们永远不会承认这一点。我们自己和历史上的诗人的距离（在时间上他距离我们遥远，而现在，用狄金森的话说，“置身-时间之外-”，他悠游于自己的韵律，根本没有想到我们）让我们看重他的“财富”更甚于他本人。狄金森往往处于激情饱满、独立自足的状态，她的艺术不需要表演给观众看（她眼见她的同代人纷纷做着这样的事情）。这并不代表“唯我论”。对狄金森来说，这是一份誓言，激励自己更紧密地追随已故诗人（第1行哀悼的诗人）：更加用心、从万事万物中提炼精华、对万千景象充满好奇、要特别留心家门口的日常事务、关注“普通日常的含义”中蕴含的认知和表达的无限可能性。诗人提炼的香露“取之不尽”，但心灵可以

① 见《李尔王》第5幕第3场：“永不、永不、永不、永不、永不。”
② 见《奥赛罗》第5幕第2场：“谁也没有干，是我自己。”

认出诗人创造的“认识”(通过韵律)。

此诗的第2行（“It is That”）跟第1行分离，造成第1行的音步不完整，缺了两个节拍。狄金森为什么非要如此呢？原因在于她在同时处理两种诗歌类型：首行是一行墓志铭，随后的16行是一首颂歌，它们都表达了对死者的纪念。有学者提出，狄金森此诗哀悼1861年过世的伊丽莎白·巴雷特·勃朗宁，可我对此表示怀疑，因为在一首直接而明确的挽歌体颂诗中，没必要使用“他”这个代词。狄金森另有一首与巴雷特·勃朗宁有关的诗作《她的－最后诗篇－》(600，J 312)，明白无误地“悼念”一位女诗人。虽然这首《这是一位诗人－》可能缘起于巴雷特·勃朗宁的离世（我们无从得知），但此诗与那位诗人的作品并没有直接关系，它关系到所有诗人，其作者是诗人众多读者中的一位。

［J 448］

448　我为美而死 – 还未等

我为美而死 – 还未等
稍稍适应坟墓
另一个，为真而死，躺入
一个比邻的小屋 –

他轻声问道，“因何至此？”
“为了美”，我回答 –
“而我 – 为了真 – 它们是一体的 –
我们是兄弟”，他说道 –

于是，像同族，在夜里相见 –
我们隔着墙壁交谈 –
直到青苔爬上了我们的嘴唇 –
也遮盖了 – 我们的名姓 –

这个小小的寓言源自一个警句，“美即是真，真即是美”，见于济慈的《希腊古瓮颂》，它试图调和真、善、美，据说，这是“柏拉图的三分法”，一直流传至今，曾吸引不少诗人为之花费笔墨。对于这三者，或许没有任何一个诗人能给予等量的关注。济慈在临终前对“善”表达了更多的兴趣，可是他在短暂的一生里一直心心念念于美与真的关系（对于前者，主要指美的创造及其作品；对于后者，既包括哲学之真，又包括再现之真）。狄金森解决了一个古老的论争：美学之真和理性之真，她让理性来否认它的存在："'我们是兄弟'，他说道－"，如果他们确实是兄弟，那么，为什么在进入坟墓之前他们却不曾会面呢？狄金森让"为美而死"的那一位（也就是诗中的"主导说话人"）对二者关系做出修正：他们是"同族"，只是到了现在，二人才偶然来到同一个地方。如人称代词所示，"真"是男性，大概狄金森的本意是想让"美"是一位女性。每人一个半球，合成一个整体。

"真"和"美"为什么而死？"真"首先提出了这个问题："因何至此？"（failed，在这里的意思是"衰亡、死去"。）"为了美"，她答道。他说，"而我－为了真－"，然后顺势表明了他们的亲密关系（就好像他若不对"美"讲明"真"是她的兄弟，她就不会知道）。"美"显然从未想过她与"真"的关系，她完满自足。可是，"真"想过他与"美"的关系——他已查明他的完满自足还需要什么。这个有趣的不对称让他们此前一直分离；但"真"的一番话让"美"相信，她的一个近亲，一个"同族"，就躺在她旁边的墓穴。狄金森适可而止，并未尝试让二人发生彻底的融合。一堵墙壁把"美"与"真"分开，它没有消失。

当我们使用"他为上帝和祖国而死"这样的表达，我们是在言说一场战役；当我们说"她为信仰而死"，我们面对的是殉道士。显然，"美"与"真"是为他们信奉的价值观而死，社会不允许他们继续存活。然而，这两位坚贞之士并未流露出任何抗议之声，亦未向敌对的价值观发出任何控诉之词。他们被处决，他们只是为"美"和"真"而"死去"或"衰亡"。这个"我为美而死"的警句以一个表示较弱的无动作的动词替换了一个表示较强的动作的动词（比如"我为美而战"或"我为美而呼告"）。在坟墓里，敌对力量已无关紧要了，为某个事业或目标而"衰亡"，就等于将动作的中介置入自身，而不是敌人之手（“我为美而殉身”）。

无论怎样，令人震惊的是，“真”与“美”的第一次相互认可似乎减弱了坟墓的影响力，诗中提到，“美”对坟墓尚未适应（似乎那是一个新气候）。一个是“Adjusted”（适应），一个是“adjoining”（比邻），狄金森以二词在字形和声音（头韵）上的完美匹配确认了这两种理想的关系。“Tomb”（坟墓）与“Room”（小屋）亦相合相配。他们确实是同族亲戚。他们就这样亲热地交谈着，直到他们——这里镜头一闪——化为自己的墓碑，这是狄金森最令人称奇的隐喻之一。

墓碑上的青苔，不是那么突然地，而是渐渐地、仁慈地长高了，遮盖了这两位同族兄弟的名姓，这里，镜头再次一闪，切入未来，当青苔遮住了他们的名姓，他们的嘴唇亦陷入沉默，正是它们曾一度在坟墓中发出交谈之声。在普通的墓地里，墓碑上的名字是在时间的磨蚀和风吹雨打中湮没无闻的，然而在这里，按照狄金森温和的结尾所示，是亲切和善的大自然之绿最终消解了一切荣誉或名声。正如之前的“Tomb”（坟墓）与“Room”（小屋）押韵，这一次，“Rooms”（小屋）与“names”（名姓）押韵：哪怕是高高在上的柏拉图的理念也将在青苔的遮蔽下渐渐消逝。

这首《我为美而死 - 还未等》因寓言和文字简单而成为狄金森的一首名作，可是，在简单之下有一种真正的探寻：“真”与“美”是什么关系？事实依然故我：二者绝不会住进同一个小屋，就算他们的嘴唇能言说亲密的情谊。

[J 449]

450　外在－从内在

外在－从内在
获得其量级－
是公爵，还是侏儒，取决于
中心的气度－

精良的－恒定的车轴
掌控着车轮－
尽管辐条－旋转－更显眼
扬起灰尘－一阵儿。

内在－描画外在－
那没有手的画笔－
将画作公布－精确－
如其内在的烙印－

在精细的－脉管的画布上－
一个面颊－或一个额头－
湖水中－星星的全部秘密－
岂是眼睛所能探究。

由于对自己将要说出的两个事实都深信不疑，所以狄金森用格言式的句子平行地把它们书写了下来："外在－从内在／获得其量级－"和"内在－描画外在－"。这些句子把诗歌整齐地划分为两部分，但这两部分差异很大，虽然开场白相似。

在第一部分，人的车轮的真正掌控者是内在：它是"精良的－恒定的车轴"，或者可以说，没有车轴的车轮根本无法转动。车轮的一些其他零件会把自己伪装成更加重要的样子，例如"辐条－旋转－更显眼"，但狄金森对它们的炫耀不屑一顾，因为那只会扬起"一（阵）灰尘"，甩进旁观者的眼睛里。[狄金森乐于让"Wheel"（车轮）和"while"（一阵儿）押韵：不同词性之间的押韵——此处为一个名词和一个副词——给这个诗节带来了意想不到的光彩。当然，同类词性之间的押韵更加常见。]辐条并不像车轴那样"精良"；它们不停地旋转，可车轴是"恒定的"。这个隐喻是一种约翰·班扬式的寓言，它指向了一个信仰坚定者和一个意志薄弱者之间的对比，因为车轮就如同人类在（精神的）前进道路上的发动引擎。我们知道，前进的量级在本质上取决于灵魂的车轴对美德的坚持是否能够保持"精良"和"恒定"，换言之，也就是它"中心的气度"。这一点非常催人奋进，也充满了基督教的色彩，但在这个诗节里，狄金森最初却采取了一种轻率的口气：你是公爵还是侏儒，取决于你的"气度"。精神生活难道只是一个宫廷玩笑？随着狄金森愈加深入地探究内在和外在之间的关系，她的语气也一改开始的轻浮草率，呈现出严肃的特征。

诗歌更换了齿轮，随之提出了如下问题：当意志坚定的灵魂经历了烈火的考验后，它的面容上会留下何种痕迹？有一位内在的画师，他拥有一只能够自我激活的画笔。这支笔以条条轮廓和色彩准确地创造出一幅外在的"画作"，以再现内在的"烙印"。"Brand"（烙印）的词根是"burn"（燃烧），根据狄金森经常使用的《韦伯斯特词典》，它在这里的含义为"因受到高温金属的烧灼而留下的印记”。某种“天国之伤”给我们留下了内在的伤痕，引发了“内在的差异”《有一种斜落的光》（*320，J 258）。皮肤是外在的画布，“内在”就在这画布上作画，这里，狄金森重复了之前用于修饰车轴的形容词“fine”（精良），让我们知道自己处在什么位置。皮肤是一块“精细的－脉管的画布”，烙印在“一个面颊－或一个额头”上复现了，直到此时，人们才看出，在憔悴的面颊或皱起的额头上，灵魂为它的痛苦付出了什么代价。狄金森说过，“我衡量我遇到的每一种悲伤／眯起探究的眼睛，细瞧－”[1]，她的眼睛能够锐利地分析事物，追根究底，而且她肯定已非常细致地阅读过她身边朋友的表情。比如说，似乎只有狄金森感受到死去的主妇曾过着一种让她时常处于踌躇境地的生活。[2]她，精神生活的研究者，能够读懂面颊和额头所传递的各种信息，并且可以把蹒跚的步幅校正到一个精准的刻度。

眼睛岂能探究到他人内在痛苦的具体程度？人们会守护他们隐秘且历经苦难的精神生活。但是，当直视他人的眼睛时，根据人们眼中凝视之“湖”所映照出的“烙印”（现已成为一颗充满了荣耀的明亮之星），狄金森能准确地分辨出内在的画师在他的画作上揭示了怎样的空间维度：“星星的全部秘密－”。对狄金森而言，星星是天空中代表正义的“星形路标”（Asterisks，可参见1673，J 1638）；她想起了《但以理书》（12：3）：“那使多人归义的，必［发光］如星，直到永远。”谁会料到，一首把公爵和侏儒杂耍式地进行并举的诗歌会在怜悯和赞美的交融中结尾？狄金森将内在的眼泪视为“星星的全部秘密－”，借此，她也向我们展示了，该如何解读那些呈现在由他人的脸庞所构成的“精细的－脉管的画布”上的印记。

［J 451］

---

① 见《我衡量我遇到的每一种悲伤》（*550），对于“With narrow, probing, eyes－”这一句，狄金森起初采用了“Analytic eyes”（善于分析的眼睛）。

② 见《那卑微的双脚蹒跚了多少回－》（*238）。

466　我栖居于可能性 –

我栖居于可能性 –
一座比散文更美的房子 –
更多的窗户数不胜数 –
房门 – 更高级 –

房间皆如雪松 –
肉眼望不穿 –
一座永恒的屋顶
苍穹的扇面 –[①]

访客 – 完美无比 –
来这里 – 安居 –
伸展我狭小的双手
把乐园汇聚 –

散文“通常的”对立面是诗歌。狄金森思考这个老套的对立，将诗歌重新命名为“可能性”。这是一个机智的姿态，它要求诗人进一步描述她“栖居”的地方。人们通常认为，散文比诗歌更广阔，能容纳更多的观点，拥有更大的面积，甚至能涵盖更多进入主题的

① 美国新英格兰地区的民居大多为复折式屋顶，有两扇大斜面，侧面呈马脚状。

“切入点”。而小说或许比诗歌更结实，更经得起滥用的折腾。但狄金森并不这么认为，对此，她给出了自己的观点。

首先，诗歌比散文更美，大概不会有人反驳这一点。狄金森为诗歌呼吁，为它争取更多的优势。她本人最终会展示将近1800扇这样的窗子，有哪个小说家能超过这个数目呢？[①]作为居所，诗歌的“房门”何以比散文更高级呢？对此我也不完全确定，但是房门既能进，也能出；在狄金森看来，诗歌的“可能性”也许能给她的读者们提供更多的精神通道，任由他们从生活的忧虑中进进出出。[②]普通的散文的房子是由松木制造的，她的房子则由永恒的黎巴嫩雪松[③]做成。普通的房子往往被他人审视，但可能性——那些闪着微光的、千变万化的想象——是内在的，从外面看不到。散文，甚至小说，以其线性的讲解，是一种封闭的形式；然而，整个半球形的天空，与云雾缭绕的“坡面”和“屋顶”，向可能性敞开。

至此，狄金森通过一个个建筑特征的列举，比较了散文和可能性；正如我们所期望的那样，她用比较级来组织对高级的叙述。可能性的房子更“美”（fairer）；它的窗户“更多”（more numerous）；它的房门“更高级”（Superior）。这种准《圣经》的夸张法，在接下来的一节里，暗示了永恒的雪松和屋顶，与更低下的、人间的散文之间的对比。（那些从狄金森自己提到的“更美”的房子、“更高级”的建筑要素中，看出她表现了自己阶级特权的人，都在以超出字面的方式来阅读她的想象，并且忘记了她近1800扇诗歌的窗户。）

---

① 狄金森一生创作了近1800首诗歌，文德勒此处借狄金森本诗中的表达，将她的诗歌比作“窗户”。

② 多姆纳尔·米切尔指出（在私下的交流中），这些房门之所以更“高级”，是因为它们更难打开。他也提出，狄金森的双手——一只手压着纸，另一只手在写字——伸展（从图形上看）在她那狭窄的诗歌上面。——原注

③ 雪松，是黎巴嫩的国树。

比较的模式在诗歌最后一节被抛开了。在可能性中安心住下的狄金森不再操心他人的房子、“肉眼”以及敌意，正是在这些操心和疑虑之下，狄金森希望她的房子“望不穿”。她已经抵达了她自己的家，不再需要起初那种带有挑衅意味的自负了。那么狄金森会在自己的房子里招待谁呢？她的访客不是那些来自散文国度的人，而是那些与她“更美的”房子志趣相投的人，他们有着最纯洁、“完美无比”的自我。可能性的房子里充满极大的幸福，好像这里居民的“狭小的双手”被举起来了——但这不是在向更高级的生灵祈祷。环视她周围富饶的创造空间，看到每一个物种都通向“可能性”，狄金森意识到，她已再造出丰饶的伊甸园，只要张开她的双臂，就能将它采摘、聚拢。这首诗歌之所以与众不同，正是因为它突然抛开了比较，转身而去，带着狂喜进入存在本身的最高等级。

乍看之下，狄金森似乎是在推荐一种完全理想化的诗学，丢开拘禁的散文世界。她曾说道：《他们把我关在散文里》（445，J 613），正如小时候她被大人关在小隔间里，让她“安静”。在“可能性”中，你可以伸展“狭小的”自我，进入广阔富足之境。狄金森以散文的房子作为鲜明的对比，让我们信服地看到，我们如何远离了这种“可能性”的实践。散文这所房子毫无吸引力，它的房门不起作用，窗户供应不足（因此光线有限，没有远景），它的厅堂粗制滥造，很容易被他人窥视入侵，并且屋顶挡住了望向天堂的视线。这就是“现实”，我们还能有什么更好的指望？而狄金森之所以想要将我们引入可能性的天堂，即是想通过比较，让我们意识到我们所在的“散文”庇护所的局限。通过给无限抽象的“可能性”加上一个常用的动词“栖居”，狄金森为她的壮观的住所创造了一系列具体鲜明的特征。它的种种壮丽，诗人逐一加以描摹，于是，“可能性”对我们而言（在想象的层面上）就变得真实可感了——它是如此真实，竟让我们对自己所居住的沉闷的房子感到难为情了，我们开始在内心里为自己建造一座新的房子，有结实的房门、足够多的窗户以及高高的“屋顶”。这座房子可能会迎来新的访客，比我们曾见过的访客更美。

[J 657]

479　只因我无法为“死亡”停步－

只因我无法为“死亡”停步－
他好心地为我停留－
那马车只载着我们两位－
还有“不朽”。

我们慢慢行驶－他知道不急
而我已打发了我的活计
也抛开了我的闲暇，
只因他彬彬有礼－

我们路过学校，孩子们在那里角逐
正是课间休息－在操场上－
我们路过田野，谷粒在凝视－
我们路过下落的夕阳－

或不如说－他路过我们－
露水引来颤抖和寒意－
因为我的长袍，不过是薄纱－
我的披肩－不过是绢丝－

我们停在一座房子前，它好像
地面的一个隆起－
屋顶几乎看不见－
屋檐－在土地下面－

从那时起－过了多少个世纪－
却感觉比一个白昼还短
我第一次猜到，那些马头
朝向“永生”－

狄金森此诗中最令人震惊的发明是以“永生”（Eternity）代替“不朽”（Immortality）。两个词语分别放在各自诗节的同一个位置，一个以戏剧性的方式开启了诗篇，一个以戏剧性的方式结束了诗篇。此诗的要点是描述了那样一个时刻：个人之“不朽”的观念受到惊吓，一瞬间从说话人的意识中消散而去，虽然它起初曾舒坦地跟她一起安坐在死神的马车上。

此诗1890年首次发表时，编者给它加上了一个暧昧、古雅而有宗教意味的标题：“马车”（The Chariot）。他们希望提醒读者，这是从天国派来的马车，把“以利亚”（没有死）“转移”到永生之境。[①] 这是一种误导，对于狄金森诗歌来说，最大的误导莫过于此，因为她的诗歌处理真正的死亡，并不提供什么拯救。两位编者还省略了第4节，这是唯一没有按照民谣体（4－3－4－3）安排的1节，第一行：or rather - He passed Us -（或不如说－他路过我们－），只有三个节拍。不过，它也可以重新分行，以符合节律：

---

① 以利亚，按照《圣经·旧约·列王记》，以色列“列王时代”（公元前9世纪）最有名的先知，据说，他没有经历死亡就直接被神接走。据《圣经·新约》，有人以为耶稣是以利亚先知，但耶稣说，他不是先知，施洗者约翰是先知。

Or rather - He passed us - the Dews
Grew quivering and Chill -
For only Gossamer, my Gown -
My Tippet - only Tulle -

“故意放错地方”是典型的狄金森手法。编者之所以切掉这个诗节，不可能仅仅因为它缺了一个音步，这个缺陷可以轻而易举地加以修复。此诗中有一种东西，还有一些别的因素，让他们感到不安。他们做了几个修改，最大的修改是第5节，狄金森见到的是一个不祥的下陷的坟墓，其屋檐已在“土地下面”，看不见了。编者修改为：“其屋檐只是一个土堆”(Its cornice but a mound)，这样一来，屋檐仍是可见的、令人安慰的，于是，原诗暗示肉身之“房子”渐渐塌陷的意思就被删掉了。就这样，这首阴森的诗作，已有所修复，似乎已完全没有危害了，所以频频在课本中露面。

第4节里面的什么东西让编者望而却步呢？是恐惧之感进入此诗的第一个瞬间。在前3个诗节，狄金森一直假装（以一副天真的口气）她没什么异议，她愿意在“死亡”的马车里旅行：“死亡”“好心地为我停留”，他的乘客情愿丢开她的日常活动（活计或闲暇），以回报他的“彬彬有礼”。按照此诗的情节设计，这位天真的说话人对“死亡”这个概念兴趣盎然，并不曾把这个概念应用于自己的生命，直到那个时刻。从第2个诗节开始，起初分开的代词“我”和“他”毫不费力地合二为一了，成了“我们”，而且，根据推测，这个“我们”还包含马车上的第三位乘客，“不朽”。直到进入第4个诗节，说话人受到惊吓，从之前那个舒坦的“我们”回到惊恐的“我”。

在第4节之前，与死亡和不朽同车旅行一路平稳。诗人按照时间顺序描述了旅行过程，采用了一系列平行句：“我们路过学校”“我们路过田野”，这个天真的语调继续着，“我们路过下落的夕阳”，路过夕阳就意味着进入黑暗，从这里开始，说话人开始变得不太舒服了，她通过颠倒主语和宾语的位置，让夕阳始终在她前面，而不是在她身后。她试图为她的安全感提供一层防护：“或不如说－他路过我们－”她的不安渐渐加深，她意识到这位“好心的”马车主人当初没有告诫她旅途遥远，没有提醒她为夜晚的时光穿上保暖的衣服。她的身体开始发抖，却好像突然间（这个急促的短语中间没有出现任何小短线），“露水引来颤抖和寒意－”惊慌沮丧之际，她的身体在夏日的薄纱和绢丝中发抖，疑心她的那位访客根本未曾把她的冷暖放在心上。

两位编者希望暗示，她的护送人是按照上帝的旨意派来的，随身带着“不朽”，作为这趟旅行的奖赏。倘若这位护送人漠不关心甚至带着恶意，竟至于让她生出恐惧之感，而这感觉又被下陷的屋檐加以证实，这显然不符合他们对此诗的理解。假如有胆量的话，他们或许会改掉狄金森那个冷酷的结尾词“永生”。“不朽”是荣耀的，而“永生”（正如安德鲁·马伏尔①所知），则令人胆寒。

这一趟马车之旅复制了人生的各个阶段：学校里的孩子们、即将成熟的庄稼、正在下落的夕阳。按照狄金森的措辞，孩子们“角逐”(strove)，以年轻人自然而火热的精力［被编者替换为“玩耍”(played)］。孩子和太阳，没什么特别引人注意之处，但每个读者读到“Gazing Grain”（谷粒在凝视）都不能不突然停住，谷粒象征成熟的田地，没错，可是，为什么谷粒在“凝视”呢？在凝视什么呢？在被收割之前，它没有多少时间可以凝视；在凝视中，它将它所见到的世界一点点同化到它自身之中。“凝视”就是长时间专注地看，谷粒知道它即将被镰刀割落。像谷粒一样，狄金森用一生的时间“凝视”，意欲在被死亡捕获之前将种种空间和细节记录保存下来。

---

① 安德鲁·马伏尔（1621—1678），17世纪英国玄学派诗人，以《致他娇羞的女友》一诗著称，其中写道：“浩渺的永生的沙漠。”

“露水”入场了，标志活着的生命已经完结。说话人身体发抖，这一次，马车不再“路过”（之前有三次“路过”），它不祥地“停下”了。那位护送者始终没有说话，现在还是不说话。并不是“他”邀请“不朽”来到马车上的，是诗人上车的时候把它随身带上来的，她的整个文化给她灌输了这个观念。死亡展示给她的只是坟墓，留给她自己去推测。她起初把坟墓理解为一个合理的“房子”，然后却疑惑地面为什么“隆起”，下面有什么东西不自然地向上推着，这样的想法可不太安宁。诗人朝那“房子”看去，只见到屋顶，因为屋檐在屋顶下面，她觉察到，它已经陷了下去，看不见了。这个令人厌恶的地上的“隆起”和下陷的坟墓结合在一起，营造出一种恐惧感，此时，说话人意识到她再也无法乘车返回家园，活在那个童稚无知的世界，与“不朽”为伴了，于是，这种恐惧感陡然增强。旅程将继续，但只能朝着前方，他的护送者让马头指向不可想象的“永生”。“不朽”消失不见了，狄金森独自与死亡为伴。她被迫询问：她的肉身将于何时交付那下陷的“房子”，仅仅在地上留下一个“隆起”，而那时她本人将在哪里?

在第4节，肉身之腐败已成定局，被安放在隆起的地面和下陷的屋顶下面，之前感到的夕阳中的寒意和恐惧已被确证。可是，诗歌并没有在这里停下。在最后一个诗节，狄金森又回到了家里，追溯那个“停下”的瞬间，就好像整个过程都是一个梦境：

从那时起－过了多少个世纪－
［那一段时间］却感觉比一个白昼还短
我第一次猜到，那些马头
朝向“永生”－

这个持续性的结论（每一句都是跨行）是不可遏止的，正如通往死亡的旅程无可规避。那段旅程只因见到坟墓而“停下”，这个随之而来的尾声只能停在“永生”的空白处。“最后的亲吻献给空白”，济慈在临终前不久的一封信里这样写道；而狄金森遭遇“永生”时，她呼喊道“无限 - 你有没有面孔 / 让我瞧一瞧你? ”（见《我的时期为祈祷而来》，525，J 564）。在《只因我无法为死亡停步》这首诗里，狄金森仍是一个活着的说话人，但已丧失了她终生的伙伴“immortality”［在第1个诗节里，她意味深长地以“me”（我）与之押韵］，这里，她必须独自遭遇“可怕的真空”（horror vacuo）。她仍试图给一个闭塞性的结尾保留一种“猜到”的意味，可是，可见的坟墓和不可见的陌生的“永生”都没有反对她的怀疑。她似乎没有别的衣物，只是一身夏日装束（善于发挥想象的人觉得这是新娘的装扮，但这个离奇的想象没有任何依据）。她描写她的衣物时使用了一种明显封闭性的语义交错排列法:

薄纱: 长袍: : 披肩: 绢丝

保暖的“长袍”和“披肩”若是用于冬季，可能是由羊毛或毛皮做成的，但它们被轻盈的不保暖的两个名词“薄纱”和“绢丝”围在中间，这表明对肉体的脆弱防护终究是脆弱的，不会有什么改善。最后，狄金森有意让两个“Ground”（地面）构成押韵，她看到，肉体终究无处可托，唯有埋在地下，坟墓排除了其他可能性。她的编者不喜欢破坏常规的押韵（也不喜欢破坏基督教的希望）；在他们的版本中，屋檐没有陷落于视线之下，当然没有。他们的印刷本是“其屋檐只是一个土堆”。那里的坟墓并没有塌陷。

虽然此诗描述了一次通向坟墓的旅程，见证了最终的结局，但我不认为（如有些人提出的那样）这辆马车是灵车，狄金森躺在里面，已经死去，而她的另一部分（她的灵魂? ）一路旁观旅行的进展。这种解读在诗歌的结尾损毁了她持续的日常生活。正如一切“角逐”的孩子一样，对于“死亡”的概念，她曾一度轻轻松松，不曾清晰地看到个人的结局。随着长大成熟，死亡越来越与个人密切相关，她冷静地“凝视”生命，领悟其短暂易逝，此时，她仍有“不朽”，同车而行，一路抚慰，哪怕在落日中“颤抖”，也未曾伤及痛处。可是，当“路过”变成了“停下”，“不朽”突然一声不吭，无影无踪了。死亡，她自己的死亡，不折不扣，她被这个认识牢牢抓住，她不断问自己，一旦她被埋葬，等待她的究竟是什么，“不朽”？她不再像从前那样自信地说出“不朽”了。传统的信条不攻自破了，代之以无意义的字眼：“永生”。时限终将临近。这一类不可思议的表述究竟是什么意思呢？

一旦被这样的认知掌握，狄金森就再也无法（在此诗里）恢复对个人之不朽的信念了。我们不是在这里参加一场葬礼，表达悲悼，相反，从任何尘世的意义上来看，说话人此刻活着，好好的。可是，心思脱节紊乱了。它的“猜到”已经勾销了一切个人的死后求生的希望。

［J 712］

515　有一种痛 - 如此彻底 -

有一种痛 - 如此彻底 -
甚至吞没了一切实质 -
然后用恍惚遮盖深渊 -
于是，记忆可以迈开步子
环绕 - 从它上面 - 跨过 -
好似一个人在昏迷中 -
安全地走着 - 仅睁开一只眼睛 -
他就跌落 - 骨头一根接一根 -

狄金森总是试图定义那些无法定义的事物，这次，她下定决心定义痛苦的极限。她曾以稍早的一首诗（508，J 1712）小试过牛刀，以描写一个危险的坑开始：

一个坑 - 但天堂罩在上面 -
天堂在旁边，天堂在外面；
仍是一个坑 -
天堂罩在上面。

搅动，就会滑落 -
凝视，就会掉下 -

但当她重写深坑之诗，即《有一种痛–如此彻底–》时，以信仰为基础的“天堂”消失了。她仍在谈论情感上的痛，不过这首诗的两段戏剧性情节，包含了身体所受的影响。

在第一个情节中，某种东西“吞没了一切实质（substance）”。当我们想象一种能够吞没一切实质的力量时，我们通常会想起具有毁灭性的神话或自然事件：洪水、地震——某种完全不受人类控制的形态，留下了难以辨认的景观。狄金森原先写的是“它吞没了一切存在（Being）”，不过我们通常会把“存在”一词限定在活的事物上；她想要包纳一切（并且还要押头韵，只要有可能的话——所以，痛苦“吞没了一切实质”）。这便是第一个情节：一个巨大的裂缝在地面展开，而这一地带上的一切都被它的深处吞没。（在其对应诗《一个坑》里，狄金森明确表示，她所想的只是一个深不可测的坑：“深度是我的全部想法–”）

第二个情节这样开始：“彻底”的痛苦已强加于受害者身上，破坏了内在生活的景观，并且在它身后留下了一种仁慈的“恍惚”，抹去了过去的痛苦回忆。当然，地上的裂缝仍然存在。正如狄金森所知道并且强调的，没什么可以扭转这场悲剧；在*861的开篇，她直截了当地道出事实：“他们说‘时间会平息’–/时间从不曾平息过–”，在事件压抑的空白中，狄金森梦游般度过了这一生。[《我系好帽子–我叠好围巾–》（522，J 443）更为详细地描述了这一过程，其中“存在–不久前–/既已停摆–我的嘀嗒–已敲完–”] 她仍然有记忆，只不过创伤已从记忆中抹去，因此在她的脑海里造成一种恍惚状态，使她能够安全地——至少在目前是这样——横跨过裂开的缝隙。

她从远处看着自己，一开始，她的记忆小心翼翼地“环绕”裂缝行走。到目前为止一切顺利，她仍留在安全地带。然后，记忆迈了一大步，“跨过”裂缝。啊，它居然可以被横跨过去！不过当记忆接近深渊的边缘时，狄金森开始慌乱了。人可以行走在深渊“上面”吗？然而，在遭受创伤后的恍惚状态下，记忆可以在空虚上行走，就像耶稣在水面上行走一样——展现出一种超人的力量。恍惚的代价是对过去的视而不见；就像梦游者可以安然地走过缝隙一样，但哪怕他只睁开一只眼睛，就会掉下去，所以受难者也可以踩着空气走过深渊，只睁开一只眼睛，“他就跌落 - 骨头一根接一根 -”。这种想象的死亡以慢动作发生。在这个过程中，受害者不会完全死去，而是先在施虐性的命运的注视下腐烂分解，然后遗骨被一根接着一根扔进大地深处。

狄金森给“drop”（跌落）的替换词是“spill”（溢出）：她想到的可能是一个正在滴血的受害者，就这样慢慢死去。也许“溢出”的液体所暗含的“滴”（drops）的含义暗示着，受害者就应该骨头一根一根地“跌落”下去，然后以这种漫长的方式死亡。当命运为最终的施虐行为做准备时，她脚边已经有了一堆骨头，她用这些骨头做着游戏，把它们一根根扔进了巨大的深渊。如果受难者像“昏迷”的人那样行走——身体无法活动而陷入一种良好（且短暂）的麻木，就可以免于这种命运，不过眼睛要不了多久就会睁开。而当“bone”（骨头）与必然会逐渐减弱的“Swoon”（昏迷）押韵时，受难者就会灭亡。

尽管按照韵律来说，这首诗应分为两个四行，但狄金森却将这两个四行连成一段，中间没有任何停顿，并且做了一件更难得的事：她通过跨行将这两个四行诗节连接在一起，填补了通常分隔诗节的空白。她把“步子”放在第4行的结尾，“环绕”放在第5行的开头，从字面上“跨过”了自己的深渊，表演了她笔下的“昏迷”。

[J 599]

517　一种寂静的－火山－生活－

一种寂静的－火山－生活－
在夜里才闪烁－
当它足够黑暗之际
不用抹去视线－

一种宁静的－地震风格－
过于微妙，无从怀疑
那不勒斯那一边的天性－
北方察觉不到

那庄严－灼热的－象征－
那从不说谎的嘴唇－
它嘶嘶的红珊瑚张开－又合上－
城市－化为泥浆渗流－

这首诗说，世上存在着这样一种生活，起初狄金森在她抄好的诗笺里将它描述为“火山般的”（Volcanic），后来又在这一页的底部改为“火山”（Volcano）。我认为我们应该把第1行理解为在谈论一种生活，一种“火山－生活－”，因为在诗的后面，狄金森将这种“灼热”的生活与北方截然不同的另一种生活做了对比。因此，（从她的另外几首“火山”诗来看）这里并不是说所有人的生活都如同火山，而是单指她自己的生活。而她周围的人，不具有这种热带性情，从未料到，也无法察觉到，他们之中有“那不勒斯”天性。倘若火山释放出它的全部能量，其结果将是用烈焰“抹去”（erasing）视线［比起相对不那么夸张的“危及”（endangering），狄金森选择了更为暴力的“抹去”］；不过，出于对火山周边环境的同情，它那熔化万物的天性尚未检验，仅限于“闪烁”而已。同样地，如果火山在地震中爆发，它会带来死亡，但倘若限制火山的力量，它只会以一次前兆性的颤抖代替震颤。然而，在未来的某个夜晚，这座火山仍可能喷发，就像那不勒斯附近的同族维苏威火山那样，摧毁邻近的一切。

许多认识狄金森的人都说起过她在日常生活中非凡的语言能力。邻人的不解让狄金森感到困惑：1862年8月，在写给希金森的信里，她说道，“所有人都对我说‘什么’”（见 L 271）。从中可以推断出他们之间的交流情况。狄金森口中发出了隐晦的言辞，他们说：“什么？”她说了古怪的隐喻，他们说：“什么？”她说了离经叛道的见解，他们说：“什么？”难怪父亲请来一位牧师，跟他的女儿讨论她的信仰问题。（而牧师宣称她很“健全”。）她喜欢把自己想象成一座火山，不过这座火山抑制着她的力量，以免发生拒绝、损伤、伤害，或“抹去”。她从道义上反对有意伤害人的言辞，《她运用漂亮话像用刀锋-》（458）就表达了这种反对：

她运用漂亮话像用刀锋-
那锋芒多么亮闪闪-
每一刀都拔去一根神经
或挑一截骨头把玩-

她不愿自己的言语给他人带来伤害（毫无疑问，她的言语比这里提到的漂亮话要"闪亮"得多，也比"刀锋"要有力得多），因此她监控和审查自己的观点和表达方式，即便在自己家里也是如此。只有写诗的时候，她才会变成火山，当她在夜里写作时，才会在自己的房间里闪烁，而在白天她让自己"地震"般的性情保持（相对）平静，并且以相当微妙的方式保持着，因此她周围的人既不会"怀疑"它的存在，也不能"察觉"它的意图。这种做法需要诗人每天都进行自我审查。她在年轻时就学会了使用社交委婉语，对自己蔑视的人表现出无可挑剔的礼貌，控制住自己的舌头，把话到嘴边的反驳生生咽下。

不过，这种自我约束会积聚起一种阴燃的怨恨。前两节主要是为狄金森的日常生活的隐忍与克制寻找隐喻，写这两节只是为了给第3节铺路，而第3节中，诗人描写了火山本身。（现在我们明白她为什么划掉了"火山般的"：因为形容词不能成为象征，但名词可以。）狄金森不像她的邻人，他们住在那不勒斯的这一边，天性温和，而她拥有一种"那不勒斯"天性（Naples 和 nature 既押头韵又是谐音）；她不安又危险的火焰自出生起就存在着。终于她允许自己去想象，如果可以充分表达自己，可以为了坚定不移的且可以言说的真理而放弃社交上的"谎言"，可以表达自己常常对他人不断积攒的轻蔑，会是什么样子。这座火山作为"庄严"的象征，具有纪念意义，堪比"第九诫"禁止作假证的训令；只不过"从不说谎的嘴唇"没有把"实实在在"[①]说出口。那珊瑚般的嘴唇分开，发出复仇的嘶嘶声，并释放出岩浆的洪流，只有当排放的岩浆使自己获得最高的满足时，才会闭上。

最后一节的最后一行给狄金森带来的麻烦最大。天性 / 自然的愤怒爆发会带来什么样的后果（从那不勒斯的例子我们知道后果存在）？自然对它自己或者本土居民都没有敌意，所以它不会毁坏"葡

① 耶稣用语，如"我实实在在地告诉你 / 你们"，多见于《新约·约翰福音》。

萄园”或“栖居地”（诗人考虑过这两个词，但又划掉了）。但是自然憎恨不自然的文明聚集（狄金森有了决定）。因此，成为废墟的是“城市”。那么，什么动词最能体现城市在灾难性的熔岩中毁灭的样子呢？狄金森想到了“滑落”（slip）“滑动”（slide）和“熔化”（melt）：“滑落”是对“滑动”的轻描淡写，因为城市被熔岩推动着，失去了根基，于是向下移动。“熔化”的长处在于可以体现城市毁灭的“炙热”性质；不过“熔化”又是一个“柔软”的词，常常用于“动人的目光”（melting glance）或“动人的微笑”（melting smile）。最后，狄金森想到了一个非常令人反感的词，她用这个词来惩罚那些城市，既然它们选择拒不承认火山的真相。在火山的袭击下，“城市－化为泥浆渗流－”。（“ooze”的名词词根意为“树汁”“汁液”。）黏液渗出，泥浆渗出，狄金森也许记得济慈的《秋颂》，他在榨汁机旁看着“最后的果浆渗出，一连好几个小时”。整个城市都变成了液体，被清理掉了。渗透过程的缓慢特质延长了痛苦。狄金森对压抑的新英格兰的复仇幻想由此完成。

狄金森在这里让反义词押韵。她将“night”（夜晚）和“sight”（视线）、“suspect”（怀疑）和“detect”（察觉）结对，并在火山喷发时其嘴唇致命的“part”（张开）和“shut”（合上）中，加入了行内韵。在这些结尾词中，只有“Naples”（那不勒斯）和“Symbol”（象征）的词尾是非重读音节，使它们之间结下了“亲缘”。

[J 601]

519　这是我写给世界的信

这是我写给世界的信
世界不曾写给我－
大自然说出的简单消息－
以温柔的权威

她的信息被交托给
我看不见的手－
出于爱她－亲爱的－同胞－
请温柔地评判－我

这首名不虚传的诗作写给诗人所期望的读者，即她的美国同胞，她“亲爱的－同胞－”。尽管如此，她却气魄宏伟地以全球开始，她写道，“这是我写给世界的信”，如今，在美国之外，很多人手里都拿着她的书。我们就是“（她）看不见的手”，而诗人的遗产是一种神圣的信任：“大自然说出的简单消息－”作为遗赠，被交托给我们。

我们可能会料想，诗人接下来会奉劝我们：“把自然的‘消息’传递给他人，就像我把它传递给你一样。”狄金森将自己定义为自然的消息的传播者，不过她并没有把注意力放在消息上，而是放在使者即她自己身上，她只希望她的同胞出于对自然的热爱，能够

“温柔”地评判自然的使者。狄金森在这里暗示，单是她的诗句和名字，还不足以引发“温柔”的评判。她的诗歌的珍贵之处不在于诗歌本身，而在于诗歌所承载的信息。她就像福音传道者，不过，她传递的不是耶稣的福音，而是自然的福音，她把自我放到最小，把传递的消息放到最大。

她的信不是写给她所处的那个时空的私人的收信者，而是写给那个尘世的世界，它不知她的存在。大自然的消息之所以“简单”，是因为她传达的是她自身：就像上帝一样，她只用说“我是”，而狄金森宣布：“她是。”另一方面，她并没有说，“这是我（使徒保罗）写给（指定的）加拉太人的书信”[①]；而是通过一封非正式的“信”把她的消息向所有人宣扬。自然选择向她吐露她那至关重要的“消息”，并让她承担起向全世界传达消息的职责，如若我们认识到她这一特别恩典的天性所隐含的暗示，我们就会把她看作是向所有民族宣讲自然《圣经》的人。

然而，有关自然和其使者的一切，几乎都彰显了上帝的权威使徒的男性气质，从摩西到预言耶稣降生的先知，再到耶稣的门徒，无一例外都是男性。耶和华是阳性的，但自然是阴性的（这不仅因为其拉丁词为阴性，还因为她有能力结出果实）。上帝的“权威”令人生畏，而自然的“权威”温柔可人。上帝给出十诫，而自然给出“简单消息”。二者都重视传播，这是它们仅有的共同点。“通过这一行为（我毕生的事业），我在此将自然的消息交托给我的继承人”，狄金森使用“被交托”一词，将她的行为描述为一种法律行为：她是自然意志的执行者。

在这两个简短的诗节中，狄金森唯一重复使用的词是“温柔”［tender (ly)］，它既用作形容词，也用作副词。“温柔”的权威是

---

① 《新约·加拉太书》是使徒保罗写给加拉太各教会的书信，全称为“*Epistle to the Galatians*”，简称为“*Galatians*”。

一个悖论。历史上是否有过任何一种权威向温柔靠近？也许“温柔地”评判这一想法也同样矛盾：“愿上帝宽恕你的灵魂！”法官虔诚的祈愿几乎无“温柔”可言。狄金森正颁布一条新的诫命，其中，自然的臣民的温柔与女性化的“权威”的温柔相匹配。这使我们想起耶稣关于“温柔”的诫命：“我赐给你们一条新命令，乃是叫你们彼此相爱；我怎样爱你们，你们也要怎样相爱。”［《约翰福音》(13：34)］

这两个诗节以相同的元音押韵，韵脚都是“Me”（我）。通过让“Me”和“Majesty”（权威）押韵，狄金森成为自然的权威的一部分。尽管狄金森无法“看到”她将自己的精神交托到了何人的手中，但她却有足够的信心在第2节里将“see”（看到）和“Me”押韵。耶稣把他的灵“垂直地”交到他的天父手里；而狄金森把她的作品“水平地”交到她的同胞手中。在这首“简单”的诗里，狄金森大胆地让自己与先知、门徒、传福音者和耶稣平起平坐，同时她也大胆地让大自然与耶和华和耶稣平起平坐，而她的这些胆识尚未得到充分认可。

［J 441］

524　感觉活着是一种耻辱－

感觉活着是一种耻辱－
当如此英勇的人－死去－
你妒忌那杰出的尘土－
获准接受－一颗此等的头颅－

那墓石－说出为了保卫谁
这斯巴达勇士抛撒
他之所有－而我们几乎全无
为自由而抵押－

这代价昂贵－崇高的付出－
我们是否应得－一物－
生命－必得堆积－如钱币
然后才能获取?

坐等的我们是否－配得上－
这颗如此巨大的珍珠
当生命－为我们－溶化－
于战争－那可怕的碗?

或许 - 活着是一种名誉 -
我想，那些死去的人 -
那些被舍弃的 - 救世主 -
显示着神性 -

美国内战并未诱发狄金森写下很多特定的诗歌。尽管狄金森致力于表现绝对真实性，但她不可能像惠特曼有时在战争诗中所做的那样，恰当地运用一位现役士兵的声音说话。在她的亲密朋友中，只有希金森一人奔赴战场，她曾为他的生死感到担忧，所幸他没死，她也就没有义务为任何密友表达哀悼。她所能听到的唯一真实可信的声音来自一个公民（“你”[①]和“我”）或者一个公民集体（“我们”）。这首诗写于1863年，它关注内战死难者，但并未沿用挽歌的传统手法，它是对正义的沉思：“感觉活着是一种耻辱 - ”。家里的公民是否值得死者为他们做出牺牲?

耶稣说，“人为朋友舍命，人的爱心没有比这个大的”［《约翰福音》(15：13)］，他为后代树立了爱的标准，它的最高形式，但他没有规定“朋友”应该如何回报这种牺牲。狄金森常常以嘲讽的态度引用《圣经》，但这里没有嘲讽：“我受到勇敢者的保护，他们已为剩下的我们牺牲了。那么我该如何回应他们的死亡? ”她以不同的方式提出这个问题，在第1节唤起耻辱和羡慕，在第3节和第4节质问我们的价值，又在最后一节放弃了那些惯常的评价方式。我们的任何付出都无法超出，甚至无法等同于战争死难者对我们的拯救，因为根据耶稣的判断，没有人能比那些献出自己生命的人拥有“更大的爱心”。

借用爱国主义表达、经典以及《新约》，狄金森用不同的名字来称呼士兵，其中既有单数的，也有复数的：“Men so brave”（如此英

① 这里根据汉语的表达习惯，“one”译作“你”，指代众人中的一个。

勇的人）；“This Spartan”（这斯巴达勇士）；“lives”（生命）；“Enormous Pearl”（巨大的珍珠）；“unsustained - Saviors”（被舍弃的 - 救世主）。[①]人们可能会说，正是在“如此英勇的人”这一文字表述的基础上，产生了更加富有想象力的士兵称谓，就像军事墓地上的墓碑一样，碑文记叙了死去的士兵参与的战争，在此文字表述的基础上生发了狄金森后续的死亡隐喻。死去的士兵在他的墓前被具体化为“这斯巴达勇士”，因为其指向的坟墓是单数的（在温泉关，许多斯巴达人在抵抗波斯以保卫希腊的战斗中死去）；但狄金森知道，她必须正视更广泛、更可怕的大规模的死亡场面，“生命……堆积 - 如钱币”。这是对战争财的辛辣指控，是这首纪念死者的诗作中唯一的讽刺。耶稣讲过一个寓言，一个商人找到一颗“重价的珠子”［《马太福音》(13：45—46)］，它被狄金森写进“代价昂贵”这句诗里，并且与她对珍珠的想象交织在一起，据说，克里奥佩特拉曾在一杯酒中溶解了一颗珍珠，以表示她对财富何等蔑视。

这首诗的前两节是宣言式的——“感觉活着是一种耻辱 - ”；“你妒忌那杰出的尘土 - ”；“这斯巴达勇士抛撒［他的生命］”——狄金森甚至在第3节的第1行里重复了这种宣言：“代价昂贵。”但在声明前提以后，她放任自己的“耻辱”，提出了两个问题，加剧了这首诗的紧张气氛：“我们［公民］是否应得［这一牺牲］？”“坐等的我们是否 - 配得上 - ”每个问题隐含的答案都是“否”。第一个问题将成堆的尸体变成成堆的美元上的字面“价格”，而第二个问题讨论了每个活着的人的生命，其价值无从估量。在这首诗的最佳“转向”处，狄金森并没有继续讨论战争死难者堆积的“生命”，而是将他们一个个分开看待，视为单个的人，每个人都有自己的生活，每个人都看到他的“巨大的珍珠”（他的全部），为了他的同胞而“溶化”“于战争 - 那可怕的碗”。她将自己以及其他平民描述为“坐等

---

① 这里根据上下文，权且译作“被舍弃的”。

的我们”，可能是想到了弥尔顿笔下的“耐心”，他告诉盲眼诗人“只站着待命的人，也在侍奉”①。那么她的侍奉又是什么呢?

今天，“horrid”（可怕的）这个形容词似乎不足以用来形容战争，因为狄金森还可能使用其他双音节词，如“tragic”（悲剧性的）、“dreadful”（触目惊心的）、“lethal”（致命的）等（不过这些都比“horrid”更为常用）。和往常一样，《圣经》向我们稍稍透露出这个词对诗人的意义。《创世纪》第15章里，亚伯兰被“惊人的大黑暗”(A horror of great darkness）笼罩，而对弥尔顿来说，“horrid”也总是带有“惊人”（horror）的意味：魔鬼和他“可怕的徒众”(horrid crew）一起坠入地狱（《失乐园》，第一卷，第51行）。根据狄金森使用的1844年《韦伯斯特词典》，“horrid”意为“伴随着仇恨的恐怖”，在她看来，这个词必然颇能说明战争的一个特征。

在结尾的诗节里，狄金森抛弃了开头的宣言和中间带有控诉性的问题，而倾向于沉思。毕竟，胜利者通常被认为是战斗英雄，他们在历史书中获得了名誉（“Renown”意味着“一次又一次被叫出名字”），狄金森也承认传统价值观：如果你在战争获胜的一方中幸存下来，你就可以获得名声。这是事实，没错。不过她仍以自己的观点反驳了大众的“名誉”：

> 我想，那些死去的人－
> 那些被舍弃的－救世主－
> 显示着神性－

开头的“英勇的人”后来成为“死去的人”——而狄金森用“救世主”一词来指代他们，从而将他们比作为救赎人类而献身的耶稣。

---

① 弥尔顿在十四行诗《咏失明》里嗟叹失明的不幸，但“耐心”劝解盲眼诗人，上帝并不强迫人做工，“谁最能接受他温和的约束，谁就侍奉得最好”（屠岸译）。

这一比较本身并非独创，有创见的是狄金森在其中增添的内容。死去的人是“被舍弃的－救世主”，这一称谓使人想起耶稣，他曾在十字架上向天父呼喊：“你为什么离弃我？”士兵们因为没有得到信仰的“支持”而死去，但他们却拯救了整个国家。如果你问在哪儿可以找到神性，狄金森会回答说，在被离弃的耶稣和被舍弃的垂死的士兵身上。她不准备承认，任何神或救世主都无法承受苦难。此前的那首《想必我是太喜悦了》(283，J 313) 里，狄金森就提到了耶稣在十字架上的呼喊，她这样说道：“那祈祷／昨日－我对它了如指掌－／那滚烫的一个－‘你离弃了我’”(阿拉米语中“*sabachthani*”意为“你为何离弃我”)。

狄金森用来指代士兵的名词——“你”“尘土”“斯巴达勇士”“生命”，甚至“珍珠”——在“救世主”和“神”这里达到了高潮。与对《圣经》的引用相比，尤其是与耶稣受难的暗示相比，她对斯巴达和克里奥佩特拉的引用黯然失色。诗人仅以个人观点［“(但) 我想”］来呈现她的最终结论，以反驳世人对获得名誉的胜利者的赞美，同时用基督教最有力的名词 (和神话) 来支持她的结论。尽管这首战争诗很少被编入选集，不过它在狄金森的任何诗歌选集中都理应占有一席之地，不仅因为她的作品很少出现战争，还因为这首诗表达了平民的耻辱，并且它也显示出狄金森对牺牲报国的评价。

［J 444］

528　不是死去，让我们如此伤痛 -

不是死去，让我们如此伤痛 -
是活着 - 伤我们更重 -
然而死去 - 是不一样的路途 -
这种伤躲在门后 -

那是鸟儿 - 南飞的习性 -
当霜降刚刚来临 -
就另谋更好的纬度 -
我们 - 是留下来的 - 鸟儿。

一群颤抖者守在农场主的门口 -
为了那勉强扔出的一口面包 -
我们约定 - 直到怜悯的雪花
劝我们的羽毛回家

和狄金森的许多诗作一样，《不是死去，让我们如此伤痛 - 》也以概括开始，它将造成伤痛的两种状态，即死去和活着，做了干涩的对比。这种抽象性在后面有所减弱：当人们最不疑心死亡到来的时候，死亡却出人意料地夺去了人的生命——它一直在“门后”不公平地操纵着。一首诗可以以多种不同的方式展开：它可以在开头更加明确地定义这种失去，可以写给死去的朋友，等等。狄金森的许多“公理”诗都有这种开放式的开头，不禁让我们猜想接下来会写些什么。有关“伤痛”，我们万难料到会听到这样的描述：这是我们在鸟类迁徙时的感受。死亡成为一种（每个人都遵循的）“习性”；在这种情况下，尽管迁徙还为时过早，但是即将离开的鸟儿还是“接受”了这个事实。这种离开被认为是可取的和自愿的：离开是鸟类的习性，一些只是离开得比较早，知道自己将去往一个“更好”的地方。这是基督教对死亡的看法，而那些留下来的人则应期待与他们心爱的伙伴在天堂团聚。但是，谈到那些落在后面的孤独的朋友们的真实感受，狄金森便揭开了逆来顺受的假面。

就在离去的鸟儿“另谋更好的纬度”之后，诗歌就突如其来地转向了悲怆，甚至都还没等到这一诗节结束：“我们－是留下来的－鸟儿。”这是最为悲痛的时刻。它以强有力的句号（这对狄金森来说颇不寻常），宣告了悼亡者全新的自我定义。亲人逝世前后的生活冲突体现在绝对不合的韵脚中：“来临”［due，与“维度”(Latitude) 谐音］和“留下”(stay)。而对于“留下来的鸟儿”来说，生活又是什么样的呢？幸存者新的人格特征是“颤抖者”，他们注定要永受寒冷，与农场主讨价还价，为了他勉强扔出的一口面包。狄金森使用了复数代词“我们”，将我们描述成向“农场主”乞求面包屑的鸟儿。那个“农场主”就是狄金森在另一首诗中所谓的“窃贼！银行家－父亲！”；而在《那样重大的损失一连两次》(39, J 49) 里，我们再次向他大喊：“我又一次赤贫！”

我们颤抖的生活将持续到何时？温暖何时回归？新的鸟儿何时加入我们？农场主何时才能更加大方地扔出面包屑？不，这一天不会到来，我们会一直颤抖下去，直到死于寒冷，直到“怜悯的雪花”，它们要比农场主仁慈，“劝我们的羽毛回家”。留下来的鸟儿会以一种没有痛苦的方式死去（如果它们活不下来的话），在《剧痛过后，一种徒具形式的感觉－》(*372) 中，“冻僵的人”便经历过这种方式："先是－冰冷－然后麻木－然后撒手－"，好心的雪花之所以有说服力，是因为它们造成的死亡是渐进的；轻盈的羽毛悄无声息地融入了雪花，融入了大地，它们的"家"，一点声响也没有。失去亲人的鸟儿，它们的家园永远不会在温暖的南方那"更好的纬度"，因为它们无法"接受"这样的想法：在别处还存在着一种如此美好的生活；他们不遵守"南迁的习性"。世界因此被分为南迁者和颤抖者，有信仰者和无信仰者。

狄金森承认，活着比死去伤我们更重，这种坦诚使我们震惊，几乎使我们默认了这一观点。我们也震惊于，（不论我们是否想象过来世）亡者并不比留下的我们更为悲恸，当他们离去时我们会发现自己如此失丧。我们还震惊于，一旦死亡这位强盗抢走了我们必要的滋养，我们可望赖以生存下去的口粮是如此有限。此处"勉强（扔出）的一口面包"是诗人嫁接的修饰语之一，它很容易被接受，因为我们刚刚看到，农场主不愿让颤抖的鸟儿得到庇护。更令人吃惊的是，狄金森将"怜悯的"一词与"雪花"联系在一起。"怜悯"这个修饰语用于形容谁更恰当一些呢？雪花并不以"怜悯"著称。不过，当大自然从失去至亲后无法控制的颤抖中恢复过来的时候，她可被视为一个仁慈的存在，与苛刻的农场主构成对照。"Persuade"（劝服）一词重复了"pitying Snows"（怜悯的雪花）的头韵，使得谓语与主语相贴合，由此使我们相信陈述的真实性。最终，名词道出本质：曾是"鸟儿"的生物现如今没有名字，只是"颤抖者"，一个不停抖动的名词，打着哆嗦。

［J 335］

533　我估计－若是我真的数一数－

我估计－若是我真的数一数－
第一－诗人－然后太阳－
然后夏日－然后上帝的天堂－
然后－清单就结束－

不过，回头看－第一个似乎
早已涵盖了全部
剩下的好像不必列举－
于是我写下－诗人－一切－

他们的夏日－终年持续－
他们供奉的太阳
会让东方－觉得奢侈无比－
如果更遥远的天堂－

果真如他们为崇拜者
所预备的那般美丽－
何等的恩典，要证明－
这梦想合理－谈何容易－

狄金森对诗人做了一番令人神往的评价，在写这首诗的时候，她脑子里或许回响着莎士比亚的诗句，“但是你的长夏永远不会凋落”[①]，他在十四行诗第18首中，赞美那位年轻男子的美貌胜过夏日的一天（莎士比亚的若干首十四行诗都是献给这位男子的）。狄金森回应莎士比亚，你用“永恒的”这个词语，或许有些夸张吧，但这样说终究没有错，于是，她写道：诗人的“夏日－终年持续－”。莎士比亚在十四行诗第132首中写道：“无论天上灿烂的朝阳／多么配合那东方苍白的面容。”“嗯，这个嘛，”狄金森反驳道，“他们供奉的太阳／会让东方－觉得奢侈无比－”。狄金森有时缓和了莎士比亚的浮夸，有时则更胜一筹。不管怎样，她总是在机智巧妙地引用莎士比亚的诗中，自娱自乐。

这首诗显然是渎神的，但也不乏哲理。狄金森在她的“清单”中，把“诗人”置于“太阳”和“夏日”之上，甚至还远远高于清单里最低的一项“上帝的天堂”，这定会让虔诚的信徒们深感冒犯。然而，“上帝的天堂”一下子又变为“不必列举”的项目，因为“诗人”已经将“天堂”与其他项全部涵盖其中：“于是我写下－诗人－一切－”。狄金森以讽刺的方式提出了一个关于语言表达的问题：如果我们认识世界只能通过语言，那么我们所知的“夏日”“太阳”和“上帝的天堂”也只是“诗人”笔下的产物。（狄金森一向认为诗歌所呈现的真实性和准确性，凌驾于其他语言表达之上。）那么，诗人诗作中的太阳，就比它在自然中的对应物更光辉灿烂，并且永不落下。诗人的夏天，可以取代其他所有的季节，并且只要诗歌里提到了夏天，夏天就永远存在——也许绵延几个世纪。

狄金森以一种“估计”的姿态，有模有样地列出算式。但她才一开始“估计”，便说这不是自己常做的事：“我估计－若是我真的数一数－”，接着便引出了她的“清单”。为什么狄金森很少清算自

① 参考《莎士比亚十四行诗》，梁宗岱译。

己的福分呢？她的“清单”只提福分，似乎暗示了她害怕清点灾祸，那一定是个令人心碎的清单。因此，她决定只列举她所珍视的事物。所以，于四季中，她只取夏日，因为春天“狂风把五月宠爱的嫩蕊作践”[①]，而秋天和冬天太过忧郁；于闪耀的天体中，只取太阳（而不是月亮或星辰），因为它的光芒最为辉煌。而在狄金森的文化中，“上帝的天堂”代表着最高的赐福，所以她把此项列入“清单”中，但很快又将其同“太阳”和“夏日”一起抹去，因为她将这三者都归入“诗人”这更高的光辉中。狄金森对诗人笔下的“夏日”和“太阳”赞不绝口，毫不吝惜笔墨，但对于“上帝的天堂”，她却充满了怀疑：“如果”（一个意味深长的“如果”）天堂和诗人所说的一样美好，那么它便是一种“难以”相信的“恩惠”，或者“恩典”。“天堂”可望而不可即，信徒的美妙梦境无法“证实”天堂的实存。无以为证，天堂飘散了。

狄金森对“天堂”的存在表示怀疑，但她既不希望诋毁自但丁以来描绘“天堂”的诗人们，也不想就此相信他们的描述。她发现要找到一个恰当的词语来同时表达诗人们的信仰和自己对天堂的怀疑实属不易（这从诗歌的几个异文得到证实）[②]。那么，应该用怎样的形容词来形容“天堂”呢？应该说“另一个”（Other）天堂吗？如果这么说的话，就意味着除诗意的天堂外，还存在另一个永恒的天堂与之相对应，但显然狄金森（在本诗中）并不这么认为。那么“最后的”天堂呢？这个说法更加糟糕，因为这个形容词似乎树立了一个人生目标，即人生的最终归宿应是“天堂”，而狄金森的想法显然与之相左。她最终选择了“更遥远”一词，用来表示“更遥远的天堂”是一个想象的“别处”（正如霍普金斯在诗歌《铅灰的回声

---

① 参考《莎士比亚十四行诗》，梁宗岱译。

② 文德勒这里指狄金森为此诗的最后几行提供了几处不同的异文：第12行，Further（更遥远），Other（另一个），final（最后的）；第13行 prepare（预备），Disclose（揭示）；第14行 For to（为了）；第14行 worship（崇拜），Trust in（信任），ask of（有所要求）。

和金色的回声》中所说的那样)[①]。“更遥远”仅仅意味着“一个在远处的”“想象中的”事物；这个形容词与精神领域或者灵魂的最终归宿不相干。

至于应该选用哪一个词语来表示“诗人”对“天堂”的描绘，狄金森同样踌躇不决。她首先想到的词语是“揭示”，但这个词暗示了确实存在什么东西等待被“揭示”，像天开启一般地被“发现”。而如果天堂不存在，那么不论在诗歌内外，都无物可“揭示”。狄金森于是选用了一个更为中立的词语：“预备”。她认为，对于一个不信教者而言，诗人们对天堂虔诚地描绘，可以看作是为人们“预备”天堂，然而这种“预备”并不能保证“天堂”的存在。

最后，狄金森再次斟酌字句，试图描绘读者对诗人应有的态度。“如果更遥远的天堂－//果真如〔诗人们〕为（那些人）/所预备的那般美丽－”那些人会怎样呢？狄金森想到了“信任”，即诗人为信任他们的人描绘天堂。但如果天堂不存在，那诗人便有欺骗之嫌。她接着想到了“有所要求”，诗人为有所要求的人描绘了美丽的天堂。但如果读者的要求没有得到应允，那他们还是被骗了。最终，狄金森选用了一个大为不敬的词语“预备”：诗人们为那些“崇拜”他们的人“预备”了一个“更遥远的天堂”。从神学的角度而言，“崇拜”这个词，只能用于上帝；其他的词语，如“崇敬”可以用于圣人，但也不能用“崇拜”。所以在本诗中，诗人取代了上帝和天堂，人们无须在诗人描绘的上帝和天堂之外另寻真实，因为在诗人笔下，此两者真实地存在于诗人的想象世界中。

狄金森对字句的挑剔，对准确用词的执着，使她能一方面对“天堂”进行文学的描绘，另一方面又能保留自己的怀疑态度，这是她最为微妙的平衡之法。读者在阅读本诗的时候，可能不会意识

---

① 参见霍普金斯的诗作《铅灰的回声和金色的回声》第二部分（47—49行）：Yonder. —What high as that! We follow, now we follow.—Yonder, yes yonder, / yonder, / Yonder.

到诗歌中对神明的亵渎，因为前3节诗歌中充满了俏皮的夸张，到了最后几行诗句，诗歌的严肃性才最终显现。狄金森用前两个诗节展现了她富有情趣的“估计”，接着她却将计算放在一旁，在第3节中开始了与莎士比亚诙谐的竞赛。但是，关于“天堂”的问题，也不能一直避而不答。关于“天堂”的梦想存在于许多人的心中，但天堂之存在无法靠文学的“恩典”来证实。

[J 533]

550　我衡量我遇到的每一种悲伤

我衡量我遇到的每一种悲伤
眯起探究的眼睛，细瞧–
我好奇它是跟我的一样重–
还是体型更为轻巧–

我好奇他们是已忍受了很久–
还是才刚刚感觉到–
我说不清我的开始于哪个日期–
那痛楚似乎如此古老–

我好奇是否活着就是受伤–
他们是否非得尝一尝–
若是可以–在两者中选择–
他们会不会选择–死亡–

我留意到有些人–耐心长久–
最终，换来崭新的微笑–
对一束亮光的模仿
灯油少之又少–

我好奇岁月堆积了数千年－
在他们从前的－伤痛上－
这时间的流逝－能否
给他们任何抚慰－

那伤痛会不会仍在持续折磨
经过若干个世纪的神经－
被点醒，转化为一种大痛－
不同于爱的感情－

悲伤者－众多－我听说－
原因多种多样－
死亡－只是之一－且只有一回－
只是钉上了眼睛－

有匮乏之悲伤－有寒冷之悲伤－
有一种，人称“绝望”－
有一种放逐，远离本地的眼睛－
在看得见本地空气的地方－

虽然那一种我可能无法－
准确猜测－可对于我
它提供了一种穿透的安慰
从髑髅地走过－

留意十字架的－款式－
以及它们大多如何佩戴－
仍然令人着迷于猜测
曾有人－像我的痛一样－

狄金森严谨而无情的内省，使她练就了一种心理学上的穿透力，她用“眯起探究的眼睛”，仔细检测并“衡量我遇到的每一种悲伤”。正如诗歌《冬天，在我的房间》(*1742) 一诗中的“小虫”会“探测我的深度”一样，狄金森也“探测”他人的深度。从青年时代，她就在写作中为悲伤划分了类别，并且在本诗中（在不那么“内心独白”的段落里），从外部为悲伤定名分类：“有匮乏之悲伤－有寒冷之悲伤－/有一种，人称“绝望”－/有一种放逐，远离本地的眼睛－/在看得见本地空气的地方－”。对这些悲伤的命名，似乎太过匆促草率，尤其是“绝望”，它们不像是前文所说的“我衡量我遇到的每一种悲伤”的实质内容。此外，它们以一种歌唱的方式吟诵出来，就好像是在传授某种道理。尽管如此，每个命名中都带有些许讽刺的意味。

这些悲伤的种类截然不同。“匮乏”与经济上的贫困相联系——在诗人的家乡阿默斯特，劳工阶层就是“匮乏者”的最好实例。“寒冷”也与贫穷相联系，因为穷人甚至买不起取暖用的煤炭，但在狄金森的脑海中，“寒冷之悲伤”也意味着无家可归与死亡，正如，在她的诗歌《不是死去，让我们如此伤痛－》(*528) 中，无家可归的鸟儿在寒冷的雪中死去。在诗人列举的悲伤中，“有一种，人称‘绝望’－”，这句诗暗示了那些漫不经心地为“绝望”命名的人们，其实从未真正了解过“绝望”。而被流放到能够眺望内陆的岛屿，这种困境是诗歌中的最后一项悲伤，也是狄金森式的渴望与失望的结合。

狄金森为悲伤分类，同时探寻他人悲伤的起源与过程，希望借此同自己的悲伤进行比较，以求预见自己悲伤的未来。她在诗中提及的衡量标准有以下几个。第一个评判标准是重量：他人承受的悲伤是否和她的一样沉重，还是更“轻巧”？然而，在二者的比对中，诗人暗示，任何人的悲伤都不如自己的悲伤那么沉重。第二个评判标准是长度：他人的悲伤是最近才有的，还是经年累月的？诗人的悲伤是如此的长久，以至于她早已忘记开始的时间，这再一次说明，狄金森所经历的痛苦是最高级别的。第三个衡量标准是痛苦的程度，诗人又一次强调，自己的痛苦是最为深刻、沉痛的：你可能会说，感觉活着就是痛苦，这大概是最小的痛苦吧，而不得不努力活下去是更大的痛苦，但最高程度的痛苦是生不如死（如果允许自杀的话）。正如我们所知，狄金森在另一首诗《它像一个大漩涡，带着刻度》（*425）中也向自己提出了同样的问题："那么－哪一种痛苦登峰造极，／活着，还是死去？"

在逐一介绍过评判标准之后，诗人发现没有什么悲伤能和自己的相比。于是她接着发问，一个人如何与每日如新的漫长痛苦共存呢？（她的脑海中可能联想到了普罗米修斯的困境，恶鹰每天都会啄食他新长出来的肝脏。）痛苦会在持久的耐心下减轻吗？诗人已不再"衡量"悲伤，而是以一种同样严密的态度提出问题，寻求答案。在她的观察中，有些遭受悲伤的人可以重拾笑容，但他们的笑容只是痛苦的苍白阴影，因为他们内心的灯火发出的光亮微乎其微。诗人想知道，伤害及其造成的痛苦，在"数千年"之后会不会有所消减？诗人再次回到原先提及的第一个衡量标准——重量，但把重量与时间结合起来，随着时间的推移，年月"堆积"，就像在古代的酷刑中，石头被一块块堆放到殉道者身上，直至殉道者被压死为止。造成伤痛的起因，也就是"伤痛的所在"，会随着年代渐远，有所减少吗？还是结果与之相反？在诗人的最后一个问题中，她把"数千年"的时间压缩到"几个世纪"，在这样的时间长度下，悲伤者的痛苦会永远持续吗？她害怕成为"一盏油灯／灯油少之又少－"，但她明白了，灯油是随着时间推移而增加的。对消逝之物的爱意熄灭，痛苦的光亮渐明，最终是痛苦"点醒"了内心的灯。

诗人的悲伤，尽管她一次次暗示是最为沉痛、深刻的，但她却从未说明造成悲伤的原因。我们知道有爱，也有难以忍受的痛苦。并且，随着痛苦的增长，爱的伟大也被显现出来了。在漫长的前奏之后，在承认悲伤者“众多”以及原因也有“多种多样”之后，狄金森才把话题转回到自己身上，把自己的痛苦归于最沉重、最高级的悲伤的一类，紧随着死亡的惨痛：

死亡－只是之一－且只有一回－
只是钉上了眼睛－

狄金森选用“只是”一词，使人不安地联想到钉子穿透双眼的恐怖情景，也让人联想到在棺材牢牢钉上之后，视线被阻断，死亡的终结最终确立。但是肉体的消亡并不会扼杀爱的情感。爱的尺度，也是痛苦的尺度；爱的伟大在失去后，却通过痛苦展现出来，因为哀悼者的痛苦“被点醒，转化为一种更大的痛”。

如果狄金森的悲伤不可治愈（因为它源于死亡），并且是最为沉痛的（这让她对其他悲伤的列举吟诵显得敷衍了事），那么她去哪里能找到一种悲伤，能用来衡量她自己的呢？只有在髑髅地。我想狄金森或许读过乔治·赫伯特的诗歌《牺牲》，其中，耶稣对其子民的责备之言，之后成为受难节礼拜仪式的即兴曲，这即兴曲中便有两个版本的副歌：“有和我一样的悲伤吗？”以及“没有悲伤同我的一样”[①]。狄金森把种种悲伤和自己的悲伤进行比较的做法，与这两句副歌十分相像，并且她的悲伤不是相对更沉痛的，而是最为沉痛的。只有耶稣的激愤才与她的悲伤在同一个级别上。于是当她穿过髑髅地，在这个地方，她能够“留意”到（重复了第13行的“留意”）“十字架的－款式－/ 以及它们大多如何戴上－”，对她而言是一种安慰。通过对耶稣受难的大量复制（具有民主化色彩），狄金森感受到了各种各样的髑髅地。就像世俗世界的“时尚”评论员一

① 参见赫伯特的诗作《牺牲》（*The Sacrifice*，1633），每节诗歌的最后一句均为：“Was ever grief like mine?”

样，她留意到悲伤者的痛苦可能各不相同，但每个人都像耶稣一样背负着一个十字架。来到唯一一处可以找到与自己的痛苦相匹配的地方，狄金森可以“衡量”那些被钉在十字架上的悲伤，“仍然令人着迷于猜测 / 曾有人 - 像我的痛一样 - ”。

狄金森通过几个重读的动词“衡量”“纳闷”“留意”“好奇”，将诗歌的前6节关于“我衡量我遇到的每一种悲伤”的过程简单地架构了起来。紧接着，在全诗残酷的转折点，即在描绘棺材上的钉子像激光一般穿透并钉牢双眼之后，狄金森开始快速盘点各种次一等的悲伤。通过这种粗略的列举，狄金森最终将重点引向与自己相匹配的悲伤。她煞有其事地承认自己可能会出错：“虽然那一种我可能无法 - / 准确猜测 - ”，这让她得以在最后把那个有失恭敬的想法表达出来：她着迷地猜测，当她来到髑髅地时，其他人的悲伤可能与她自己的相似。所有的好奇、留意与列举，都为她扫清了道路，让她最终到达髑髅地，这是她在构思本诗伊始就计划到达的地方。

狄金森在诗歌开头强调了自己专家般审慎的双眼（“眯缝的探究的”），在后面又提到死亡“钉上了眼睛”，二者放在一起，让人不寒而栗。眼睛显然代表了智力，以及在脑内进行的一切衡量、留意、好奇、假设等活动。虽然在本诗中，还有其他有趣的押韵［“try”（尝一尝）和“die”（死亡）、“Harm”（伤害）和“Balm”（抚慰）］，但最引人注目的押韵是“Me”（我）和“Calvary”（髑髅地），就像她在《这是我写给世界的信》(*519) 中的“me”（我）与“Majesty”（壮丽）的押韵一样。

[J 561]

558　一位浑身泥灰的访客 -

一位浑身泥灰的访客 -
影响了花朵 -
直到它们齐整如塑像 -
雅致 - 如玻璃 -

他总是夜里来访 -
刚好在太阳之前 -
结束他亮晶晶的会面 -
一番爱抚 - 随即不见 -

但无论谁被他手指碰过 -
哪里被他脚步跑过 -
无论哪个唇经他吻过 -
都好像似有若无 -

狄金森在《灵魂有被捆扎的时刻 - 》(*360) 一诗中，把“惊悚”这个令人厌恶的追求者想象成一位名正言顺的情人:

她感到被一种鬼魂般的惊悚击中
它停步，盯着她看 -

用长长的手指，向她敬礼－
抚摸她渐渐冻僵的头发－
那哥布林妖怪，从那一度令恋人
流连的－唇上－啜饮－

恶魔的爱抚，这种哥特式的幻想，在《一位浑身泥灰的访客－》中以一种更为冷淡且更具说服力的方式呈现。诗中那位身着黑衣、表情严肃的艺术家，是第一场寒霜的化身。他来到花园里，就像《圣经》中“夜间的窃贼”一样（他遍身“泥灰”，因为狄金森把他与《失乐园》中的恶魔联系在一起，这个恶魔在地狱烈火燃烧之地或称黏土之地上行走）。与“惊悚”的造访相似，狄金森在本诗中再次描绘了“爱抚”和亲吻的动作（但亲吻不再是像蜜蜂一样从唇瓣上“啜饮”，而是如爱人般在“嘴唇”上印上亲吻）；前一首诗歌中的“手指”意象，也再次运用到本诗中。“寒霜”优雅而致命，令人不安。他的“来访”低调而悄无声息，就像《只因我无法为“死亡”停步－》(*479) 一诗中，那位彬彬有礼乘着马车而来的“死亡”。

诗歌由一个没有停顿的语句片段构成，它缺乏主语，像一个谜语的谜底：“谁是寒霜？”他是“一位浑身泥灰的访客”。而诗歌的其他部分，便是通过一系列关系从句，对这位“访客”进行描绘：他“影响了花朵……总是夜里来访，结束……爱抚……不见”。而被“访客”触碰的结局是凋零，甚至是毁灭：“他（影响下的一切事物）都不再是之前的模样。”前两节用现在时描绘“寒霜”的行为，他“结束……／一番爱抚－随即不见－”，而末节则将“访客”的行为描绘为“碰，跑，吻”，展示他的行为所招致的可怕后果。为什么狄金森没有给这首诗一个主要的动词呢？她大可像平常一样，以一个明确的定义作为诗歌的开端，如“寒霜是……”。但这样一来诗歌便不再拥有谜语般的悬念，而这位致命的艺术访客的出场也会变得索然无味。

“寒霜”无疑是一位艺术家。他不赞同自然原有的样子，宁愿将其重塑为更标致规整的东西，如一个“塑像”(Bust 一词源于拉丁语 *bustum*，原意为墓碑)，或是一个透明的玻璃。而“影响”一词也不乏邪恶的意味，让人不禁想象这位“访客”通过甜言蜜语让“花朵”相信，穿上更标致规整的服装会让她们变得更加美丽，于是便在他的影响下开始逐渐改变，最终在黎明降临前变得“齐整”而“雅致”。但“齐整”和“雅致”是根据谁的评判标准决定的呢？首先自然是根据“寒霜”的标准；但是，当园丁在次日黎明看到花朵和茎秆那优雅的严肃姿态，感受到那种平常随风摇曳时无法展现出的气质，自然也会赞同这位“访客”的评判标准。整晚整夜，访客在“亮晶晶的会面”中对花朵进行的“影响”就是一场诱惑：虽没有施加外力（既无雨雪，也无冰雹），但在黎明降临时，冰霜的光泽却在花园中“亮晶晶”(glisten 一词是以“gl-”开头的动词家族中的一员，像霍普金斯一样，狄金森注意到了“glimmer”“glister”“glow”“glare”“glance”“glisten”“glister”等词给人视觉和听觉上带来的不同含义)。没有什么比这种一尘不染的“亮晶晶的会面”更绅士了，更何况这次拜访最终以温柔的爱抚收场。

将艺术家与撒旦对等，这呼应了霍桑的短篇小说《胎记》(The Birthmark)的观点，反映了清教徒的不信任感：任何试图纠正上帝的创造的行为都是可疑的。但狄金森对邪恶与善良的情节并不感兴趣；她眼中的花朵是有序而冰冷、通透而优雅的，这些特质是她们在“访客”到来之前都不曾拥有的。而艺术是有代价的，任何事物一旦被转化为艺术，便将在自然中消逝（正如济慈《希腊古瓮颂》中那个废弃的小镇）。那么在“访客”的造访过程中花朵有何感受呢？由过去时写作的“死后”诗节描绘了寒霜拜访的结局，但拜访过程中的“人物”“地点”等种种细节，却在诗人一个沉重而恰到好处的“但”中搁置不提，这便是狄金森最四两拨千斤式的想象。一朵花感受到转瞬即逝的手指触碰——似有若无，她作为花朵的身份即被废止，以便成就大理石复制品；一亩土地感受到一只脚轻快的按压——似有若无，这片土地便呈现出泥灰的黏合度；一个嘴唇被亲吻，一朵毛茛花——似有若无，便已变身为一个玻璃器皿。狄金森留下悬念，在“人物”“地点”以及种种信息处留白，上述的三个从句都是不完整的，却都以“似有若无”的特点结束。在夜晚创造艺术秩序的过程中，自然秩序被摧毁，这揭示了“艺术之于自然，犹如死亡之于生命”之理。诗人把“唇”的意象插入进来，代替了之前的“花朵”意象，这是一种超现实的插入、替代，正如人类的死亡贸然闯入“本无恶意的”季节变化的自然过程。只有在诗歌结尾的时候，我们才意识到狄金森所指涉的“谁”早已不再是“花朵”而是人。

正如狄金森在《这是我写给世界的信》中所有的押韵都保留了“ee”的音［她也在《有些事情，我们曾认为应该去做》(*1279) 的所有押韵中创造了“un”的音］，她在《一位浑身泥灰的访客 - 》中，将同样的韵声（“un”和“been”）分给诗歌的最后两节，使他们成为一个统一的叙述，从现在时转为过去时，将开篇对花朵的描述推翻：“齐整如塑像 - / 雅致 - 如玻璃 - ”，阅读到诗歌末尾，呈现在读者眼前的，是突然死亡的尸体，躺在那些鲜花背后。

［J 391］

578　每当我一觉方醒－

每当我一觉方醒－
一片风景的那一角－
在我的窗帘和墙壁之间
一条宽敞的裂缝上－

像个威尼斯人－等着－
跟我睁开的眼睛搭话－
那不过是一条树枝缀着苹果－
在半空，斜挂－

一款烟囱的样式－
一座小山的前额－
有时－风向标的一根食指－
但只是－偶然一过－

季节－变换－我的图画－
尽在我的翡翠树枝上，
我醒来－见不到－颗颗翡翠－
再后来－是颗颗钻石－那是雪花

从极地的首饰盒－为我取来－
小山－还有烟囱－
以及塔尖，仅露手指－
它们－一向纹丝不动－

狄金森在本诗中写了三首连续的小“诗”。第1首“诗”（占据本诗前3节）描绘了狄金森所熟悉的一小段诱人的景致，这幅景致是她每天早晨醒来在窗帘边缘与房间墙壁之间的裂缝中看到的。事实上，在诗人眼中是风景在主动和她“搭话”，每日锲而不舍地映入她的眼帘。在这幅景致中，最重要的部分便是一个济慈式的美丽而富有生机的秋日之物：“一条树枝缀着苹果 / 在半空，斜挂－”。这条树枝是如此华丽，在狄金森的眼中它好似来自威尼斯的游客（诗人或许想到了莎士比亚笔下来自威尼斯的苔丝狄蒙娜，她的形象与这自然中的事物不谋而合），身着当地华丽的长袍，等待着狄金森醒来，好与之搭话。同样在这幅景致中的，还有各种奇怪而不相干的事物围绕在生机盎然的树枝周围。其中第一个是更大景致中的一部分，一个山顶（被世人拟人化为“前额”）；第二个是砖砌的烟囱，它有着有趣的“样式”；第三个，只是偶然一过的风景，是一个风向标的指针，被作者拟人化为“食指”。诗歌中的苹果让我们不禁联想到了济慈的颂歌《致秋天》中富足丰饶的主题，以及他诗中所描绘的自然界中的场景。而狄金森（像济慈一样）将风景中的人造设施（烟囱，风向标）和自然景致（山丘）相结合。但她仅仅将自己的视野局限在外部世界的一道“裂缝”中，已经摒弃了风景诗歌流派那种惯常的风格。然而，尽管狄金森的风景视野只构成了小小一张速写，与油画和颂歌相比似乎小巫见大巫，但这一处风景，却仍给诗人带来视觉上的享受。

在第2首“诗”中（风格再次与济慈靠近），诗人眼前钟爱的风景经历了两次变换。首先，时间定格在晚秋的一幕。此时，红宝石般的苹果已经消失，但树枝却依旧盎然美丽，缀满了“翡翠”般的树叶，而这些树叶，似乎是在苹果消失后才开始引人注意。接着，时间再次推移，树上的叶子掉落，但狄金森却不愿意用华莱士·史蒂文斯的“冬日树枝”来描绘眼前光秃秃的树干，相反，她将画面定格于深冬，此时，树枝已是银装素裹；诗人饶有兴致地看着“雪”，感觉像是一位受到启发的女仆，从极地的“首饰盒”（就如同莎士比亚《威尼斯商人》中鲍西娅的威尼斯首饰盒）中寻来点缀树枝的钻石。在《午夜冰霜》一诗中，柯尔律治向自己的儿子（一个成长于自然而非冷酷的城市中的婴儿）承诺：“所有季节对你而言都应该是甜蜜的”，即使是寒冷的冬天，也有条条冰柱“静静地向宁静的月亮闪耀”。[①]而狄金森作为一位观察者也同样发现，虽然不同的季节分别带来了苹果、翡翠树叶以及钻石等不同景致，但所有的季节都能让她感到甜蜜。到第2首“诗”结束时，诗人正陶醉于时光源源不断的馈赠中。

第3首“诗”由诗歌的最后3行组成。在这部分诗歌里，树枝完全消失，随之而去的是它丰富的时间宝藏。而剩下的是不动的、静止的、几乎（可以说是）死了的事物：“小山－还有烟囱－/ 以及塔尖，仅露手指 / 它们－一向纹丝不动－”。随着树枝的消失，烟囱富于美学的样式，山丘拟人的“前额”，以及风向标的“手指”，都消失了。从一扇小小玻璃窗的一角中望出，我们在迷人的景色中看到了俏皮的极简主义，在奢华的季节里我们把红宝石般的苹果，翡翠般的树叶，和钻石般的雪花当作充足与丰盛的象征，但这种想法，在欢乐的观察者离开房间时，在初醒的期待消弭时，被残忍地证实为可悲的谬论式的幻想（自然被看作一位来自威尼斯的游客，一位从天涯海角搜集珍宝的装扮者）。“噢，夫人，我们得到了，但我们给予了什么，”柯尔律治如是说，“自然只存在于我们的生活中 / 我

① 参见柯尔律治的诗作《午夜冰霜》（1798年）的末节。

们的生活是她的嫁衣，也是她的裹尸布。”（《失意吟》）[①]

在狄金森短短的5节诗歌中，我们经历了从嫁衣到裹尸布的转变，从活生生的大自然美丽景致的爱好者，到再也不能被持久的爱所激活的大自然。对于富有活力的感官而言，即使小小的一个“裂缝”也足以展示双眼所期待的丰富景致。但是到最后，风向标的转向失去了意义，只剩下一成不变的宗教尖塔及其僵硬的“手指”在指导这个世界。景致的逐渐荒凉在最后一节诗歌中几乎是一个看不见的过程；但是我们应该注意到，在没有树枝的情况下，其他静止的事物在第二次出现时，被诗人以一种没有情感的方式略过。只有这样，三首“诗中诗”才能融合成一幅令人心碎的画面，展现了曾经在观察者眼中被无限美化的自然，随着观察者的消失，也难逃死亡的结局。

［J 375］

① 参见柯尔律治《失意吟》（1802年）的第4部分。

584　我们做梦－还好这是在做梦－

我们做梦－还好这是在做梦－
它会伤害我们－若我们醒着－
可既然这是演戏－杀我们，
我们也在演戏－尖叫－

有什么害处？人们死去－表面上－
这是血淋淋的－真相－
但我们－在戏剧中死去－
而戏剧－从不死亡－

小心地－我们互相惊扰－
每个人－都睁着眼睛－
以免幽灵－证实这错误－
青灰色的惊诧

冰冷我们－成为花岗岩柱－
仅仅以年龄－和姓名－
或以一个埃及文习语－
不如做梦－更谨慎－

“它”和“我们”玩的可怕游戏，以一个轻快的舞蹈旋律开场。在这个舞蹈中，狄金森将抑扬格变为抑抑扬格，使每行诗的音节多于原本三音步的六音节。比如，在第1行诗歌中共有9个音节。狄金森也可以在诗行的结尾处，增加一个额外的音节（下文斜体字部分），这个额外音节也被称为“阴性”结尾[①]：

> 我们做梦－还好这是在做梦－
> 它会伤害我们－若我们醒着－
> 可既然这是演戏－杀我们，
>
> We dream - it is good we are dream*ing* -
> It would hurt us - were we awake -
> But since it is playing - kill *us*,

而随后，抑抑扬格逐渐弱化，并在第1节诗歌的第4行诗中彻底消失。在第3行诗歌中，韵律的节奏已经开始发生改变，并在第4行诗中，变为正常的六音节抑扬三音步：

> 可既然这是演戏－杀我们，
> 我们也在演戏－尖叫－
>
> But since it is playing kill *us*,
> And we are playing - shriek -

狄金森在之后的诗节中又恢复了抑抑扬格的节奏，并且加入了额外的尾音节，如在诗行：“但我们－在戏剧中死去－”以及“或以一个

① 阴性结尾（feminine ending），也称为弱音节结尾，最后一个重音在倒数第二个音节上。

埃及文习语-”。抑抑扬格的大量运用在狄金森的诗歌中并不多见，而其在本诗中的出现，不妨说是诗人有意使诗歌的节奏与诗中所描绘的恐怖游戏相呼应。

尽管狄金森弱化了戏剧中杀人追捕的成分，并且将其称为梦境，但这种保护性的防御机制在第3节诗歌中被戳穿：当我们对梦中这个“幽灵”产生怀疑时，就会发现，死亡并不是噩梦的一部分，而是真实存在的。随着内心“尖叫”的继续，被追捕的猎物想要从噩梦中醒来，但却害怕睁开双眼、逃离梦境后，反而证实了梦境的真实存在。狄金森承认，死亡不过是“表面上”的事情，她似乎确信自己和同伴们是安全的，因为他们只是“在戏剧中死去”。但如果他们错了，并且在醒来之时发现自己所面临的威胁是如此真实，以至于他们死于过度“惊诧”，从而变成一个个刻着自己墓志铭的花岗岩墓碑，那又该如何呢？梦中的抑抑扬格和抑扬格变成现实中的残酷猛击，这通过第3节诗歌中的扬抑格和扬抑抑格淋漓尽致地表现了出来。直到诗歌的第13行，诗歌的韵律才重新回到抑扬格的节奏。但是狄金森在最后一节诗歌的第3行中，通过抑抑扬格和“Egyptian”（埃及文）一词的额外尾音节，暗示了这种游戏的致命旋律。

以免幽灵-证实这错误-
青灰色的惊诧

冰冷我们-成为花岗岩柱-
仅仅以年龄-和姓名-
或以一个埃及文习语-
不如做梦-更谨慎-

Lest the Phantasm - prove the mistake -
And the livid Surprise

Cool us to Shafts of Granite -
With just an age - and name -
And perhaps a phrase in Egyp*tian* -
It's prudenter - to dream -

毋庸置疑，狄金森从来不赞同闭上眼睛以逃避现实。但另一方面，一旦你意识到现实中的“它”正向你步步逼近，并且意图取你性命时，那么选择相信自己仍然是在做梦，便是一种“更谨慎”的做法。

诗歌的难解之处在于：“小心地－我们相互惊扰－/每个人－都睁着眼睛－/以免幽灵－证实这错误－”。值得一提的是，狄金森在最初的版本中写道：“每个人－都睁着它的眼睛－”（And either - open its eyes -），表达了两个正在逃亡的“我们”在互相“惊扰”中要谨慎，以免睁开眼睛看到幻影其实是真实。但是，由于狄金森已经用代词“它”（it）来指代死亡这名捕食者，那么这个代词的形容词性物主代词“它的”（its）在逻辑上就不能再指代被捕食者的眼睛了。意识到这种指代上的混乱，狄金森略去“它的”，而用复数形式的名词“眼睛”（the eyes）来替代，与复数主语“我们”（We）相统一。另一点值得关注的是，第3行诗歌的最初版本是“可既然他们这是演戏－杀我们－”。在这个版本中，“他们”指代的是社会上占主导地位的“大多数”，也正是狄金森在《许多疯狂是最神圣的理性－》（*620）中愤愤提及的那些人。在“他们这是演戏－杀我们－”这一版本中传达了一种对社会的恐惧，但却无法充分体现游戏的性质；然而，当追捕者由“他们”变为“它”，一个梦中的鬼魂时，梦境幻象的虚构性就得以完好保存了。狄金森在原来的版本中循规蹈矩地写道，在“花岗岩”墓碑上写着“拉丁铭文”。但后来，诗人将意义可知的拉丁墓志铭换成一个充满异国情调并晦涩难解的“埃及文习语”时，她结束了这场“游戏”，而游戏之后所残存的东西，是她在死后留下的诗意象形文字。这场可怕的喜剧，在这“可既然这是演戏－杀我们，／我们也在演戏－尖叫－”的过程中，融入了诗人的“埃及文习语”墓志铭，尽管奥义艰涩，总有一天也会在蕴涵某种诗意的罗塞塔石碑的帮助下得以揭示。

［J 531］

588　心－首先－请求快乐－

心－首先－请求快乐－
然后－免除疼痛－
然后－那些小小的止痛剂
以麻木无尽的折磨－

然后－请求入睡－
然后－可否出于
它的审察官的意志
死去的特权－

这首回环往复的诗歌，通过一个核心的主句以展开叙述：“心请求……”诗人逐一列举心灵请求的东西，并以快乐为开端，以自杀的愿望结束，列举的过程渐渐变得沉重。在这首气氛沉郁的诗歌中，一个个生硬的“然后”支撑着诗歌单薄的骨架，这一个简单的词语在诗歌中显得尤为重要，因为它一次又一次地被放置在诗行的开头处，这种形式称为回指（anaphora）。

全诗呈梯式结构，层层低落，一步步通向痛苦。我们大可将诗中的叙述进行以下的重新排布：

心请求：

快乐（首先）
（然后）免除痛苦
（然后）小小的止痛剂以麻木无尽的折磨
（然后）入睡
（然后）可否出于它的审察官的意志死去的特权

诗歌经过重新排布后所显现出来的心路历程，可以用来描述各种重要的情感历程。开头的一句尚存乐观与笃信，但当快乐无法获得，痛苦的免除不被准许，而用以减轻疼痛的一小点止痛剂也被扣下不给，我们意识到似乎有一个虐待狂般的拒绝者在与诗人对话。这个拒绝者甚至残酷到不让诗人闭上双眼，在睡梦中忘记痛苦。深受折磨的诗人在痛苦之中试图揣测拒绝者的性格与动机，而作为读者的我们这时候发现，这位拒绝者似乎已由来已久：他是一位“审察官”。而因为这位“审察官”对简单的请求无动于衷，受他摆布的囚犯不得不对他卑躬屈膝。“求求您，主人，如果您愿意，能否给我死去的特权呢（这项权利并不在我的能力范围内而只在你的恩赐中）？”

狄金森通过变换她要求的长度来调整这首诗歌。心灵所要求的，一言以蔽之，即“快乐”，这个愿望充满了积极的意味。接下来的请求要长一些，因为它更为复杂：“快乐”此刻被消极地定义为“免除痛苦”。之后的请求再次加长，因为请求者正尝试着和不断拒绝她的对话者说明，她不再奢求永久地“免除”痛苦。她以一种恳请和解释的语气（用更长的段落），请求一个短暂的缓解，只求一些小小的东西来止住尖锐的痛苦，以此换取解脱：这“小小的”止痛剂只能“麻木”（却不能消除）痛苦。然而，请求者的痛苦却仍然不断持续，直到她的意志破碎，几近绝望。在她对任何缓解痛苦的请求都被一一回绝后，她希望自己能进入睡眠的无意识之中（她精疲力竭地说出简单的请求“入睡”，即便是一小会儿也好。当这个要求再次被拒绝，她才充分认识到自己的处境，也最终认清自己不断恳求的人。在那一刻，她生的欲望湮灭，于是转而发出全诗最长最连贯的请求，不受任何标点符号影响：她不再为自己的生活提出请求（这是一般的囚犯才会做的事），而是请求一些她本无权过问的事情，她恳求被允许："死去"。

在诗歌的结尾，狄金森似乎是转向古远又异域的西班牙宗教裁判所寻求帮助，因为根据诗人对施虐者的描述，诗中的比喻似乎与美国本土的事物，比如绞死女巫的塞勒姆法官，并不相关。诗人宁愿从那个诡谲恐怖的"旧世界"中，借取一个象征着绝对权力的模型，一个政教合一的机构（如西班牙宗教裁判所）。在这样的机构中，求情从来不被听取。诗歌最后的自我贬低和祷告有相似之处，这使"审察官"的身后带上了一丝上帝的阴影。诗歌中生硬的句法以及对"然后"一词无情地重复（似乎在每一次"然后"的重复中，施虐者都将刑具拉长一寸），似乎与施虐者不可动摇的意志和他残酷无情的手段相对应。请求者的言语在诗歌的结束中戛然而止，暗示着这个可怜的请求者，在经历了长久的折磨之后，终于陷入了无意识中。

[J 536]

591　我听到一只苍蝇嗡嗡－我死的时候－

我听到一只苍蝇嗡嗡－我死的时候－
一片沉寂在房间
就像一片沉寂在大气里－
在风景来袭的间歇－

四周的眼睛－已拧干－
呼吸快要凝固
为那最后的一击－当国王
被见证－就在这个房间－

我馈赠了最后的纪念品－签字
赠出了我的可转让的
部分－然后，就在此处
插进来一只苍蝇－

以蓝色－飘忽不定－磕磕碰碰的嗡嗡－
在亮光－与我之间－
然后窗户消散－然后
我看不见看－

这首名诗出语惊人——首行就是一个死后的言说。以死后发出的声音来自我呈现，这并非独创；乔治·赫伯特在他的诗作《爱》（第3首）里就这样写过，说话人以过去时讲述他如何进入天堂：“爱向我致意，欢迎我。”只不过，赫伯特的说话人刚刚复活，而狄金森的说话人真的死了。赫伯特的叙述遵循时间上的先后顺序，而狄金森的诗不是。如果按照时间顺序，此诗应当从第2行开始，而苍蝇首次出场应当是在第12行（这是它在狄金森此诗里再次出场的位置）。首行逻辑不连贯（至少看起来是这样）是此诗的第一个谜团：说话人在死去的时刻究竟是听到了还是没有听到苍蝇的嗡嗡声，这到底有什么不同吗？第二个谜团是：为什么把遗嘱放在后面？按照先后顺序，临终时应当先立遗嘱，然后才是家人静候死亡来临的那个时刻，那个“最后的一击”，也就是最后一口气，此时，国王会到来，“威严地收回属于他自己的”（正如霍普金斯在长诗《德意志号的沉没》中所说）①。国王的到来将被这些旁观者“见证”。

前两个诗节（紧跟在首行的苍蝇之后）搭建起悬念：“寂静”出现了两次，“房间”也出现了两次，“room”（房间）与“storm”（风暴）构成韵脚（其实只是部分谐韵），而房间刚好是这飓风的风眼，它的寂静“就像大气一片寂静 / 待风暴再次来袭－”。狄金森创造了一个封闭的空间，两个“房间”在外面构成括号，让韵脚以交错的方式排列：

Room：Storm：：firm：Room

风暴“来袭”是临终前的病体最后的几下抽搐，而紧随其后的“寂

① 霍普金斯的《德意志号的沉没》是一首长诗，创作于1875年（发表于1918年），为1875年12月7日在德意志号沉船事件中丧生的五位被流放的方济各会修女而创作，表达“蒙难”与“再生”的体验，象征着诗人自己在皈依宗教过程中痛苦的思想斗争。中译本参见《诗苑内外拾零》，何功杰译。

静”则预示了死者渐渐消隐的呼吸。家人眼中的泪水已经耗干了；亲属们屏住呼吸，积聚力量，好迎接最后的考验。“最后”这个词进入诗行，为国王的到来做好准备。随着死者的身体走向寂静，家人知道国王来了。

在这庄严的时刻，这个将死的身体插进来，唠叨了几句，而且带着一点冷幽默：“我馈赠了最后的纪念品－签字／赠出了我的可转让的／部分－”。那么，哪一部分是不能签字转让的呢？那是她的精神上的自我，正等着国王的到来。这个诗节是对他的到来的第二次“导引”，这一次是将死之人对他的期待，第一次期待（前两个诗节）来自房间里的其他人。在说话人和被期盼的拯救之光的中间“插进来一只苍蝇”。不是“一只苍蝇把自己插进来”，苍蝇好像是从另一个世界直接冒出来的。那个听觉动词“嗡嗡”再次出现，苍蝇首次出场时就是由这个词语带进来的，第一次首字母没有大写（buzz），但这一次，在临终之际，它采用了首字母大写形式，变身为一个名词，同时抓住了视觉和听觉。这个“嗡嗡”（在将死之人渐渐消散的视力中）融合了好几种感官知觉：蓝色来自苍蝇身体的颜色，一种带着幽光的蓝黑色；它被围困在没有出口的房间里，所以它的轨迹是“飘忽不定”的；随着说话人的声音渐渐支离、衰弱，苍蝇的嗡嗡声也是如此，“stumbling”（磕磕碰碰）和“buzz”（嗡嗡）刚好构成元音韵。大写的“Fly”（苍蝇）这个词所凝聚的通感——视觉、听觉和动感——都完满了。

“fail”（消散）用在这里不是指临终者的视线，而是指窗户，感知被转移了。狄金森从丁尼生的诗句中取用了这个词语，它多次出现在丁尼生《悼念集》中，比如：（希望，所有的生灵／没有一个消散在墓地），以及《啊，有可能》中描写流水的诗句：“蜿蜒绵远／

直到衰减、消散、逝去。”[①]当窗户“消散”，说话人“看不见看”。狄金森用了两个“看”，也就是“看”的两个前后相续的意义，来加重这个死去的时刻：第一个是知性意义上的，也就是“努力辨认事物的形貌”；第二个是物质意义上的，也就是“有视觉功能的眼睛”。在一个如此狭小的空间，以如此凝缩的手法，狄金森让这两个“看”与之前的“嗡嗡”“寂静”“房间”这三个词语的重复出现，得以彼此应和。

生命的最后阶段以若干相续的瞬间呈现出来，诗人为此重复使用了三个“然后”：“然后……一只苍蝇……然后窗户消散……然后我看不见看-”。这个三重结构与之前的二重结构构成一种递增关系，这是迈向高潮的标志。这种渐次增强的瞬间在上文（叙述临终房间里的人们屏息等待）并没有出现。然后，这个时候，出现了苍蝇，挡住了光亮，那本来是留给国王的位置；这个围着腐尸打转的不速之客就这样插进来；苍蝇四处乱飞，磕磕碰碰，找不到出口，与假想中的灵魂不可能找到出口是相合的；以及，狄金森在最后两个诗节有意让“me”（我）与“Fly”（苍蝇）放在同一个韵脚；于是，一切都发生了变化。此时，这个即将死去的说话人意识到，这只无足轻重的苍蝇就是她自己。她的死亡象征不是长着翅膀的普绪克-灵魂（Psyche - soul）[②]，像一只蝴蝶，从废弃的肉体飞升出来，而是那只苍蝇，以嘲讽的（没有歌声的）方式，表明一个凡胎肉身的消亡。倘若这个死者不是一开始就跟我们（她的听者）提到这只苍蝇，让它莫名其妙地成为最重要的东西，那么这个说话人的绝望

① 丁尼生长篇诗剧《莫德》与其他诗作合为一集，题名《莫德及其他诗》，发表于1855年。这里的引文“啊，有可能”出自《莫德》第2部分第4章的首行。不过，后面的两个诗句出自1837年的一组零散的诗节，后被编者称作《莫德的胚芽》，其中一部分诗节实际上并没有选入1855年的诗剧《莫德》。这里，文德勒给出的引文来源有误，而且，文德勒的推断缺乏证据，狄金森未必读过丁尼生1837年发表的这些零散的诗句。

② Psyche，来自希腊语ψυχή，本义为“呼吸”，后引申为“生命”“灵魂”。在古希腊文学中，常常以长着翅膀的小人、小仙子、蝴蝶的形象出场。

（她最后看见的东西居然是一只苍蝇）就不会被演绎得如此有力，不容置疑。其实，当苍蝇在最后无可躲避地再次返回，我们已经被预告过了。死亡时刻注定躲不开这只苍蝇。

从一方面来看，这首诗亵渎了神明，它居然用苍蝇替换了国王；但从另一方面来看（正如一代代读者所看到的），它是真实不虚的。必朽者，以这只纪念碑化了的和实际上的苍蝇为化身，拥有真理的伟大和庄严，打破假象或幻象。狄金森承诺，正如她后来所说，要说出全部真相，但要“曲折委婉地”说（见*1263）。在这只发出嗡嗡声的苍蝇身上，她找到了她的最有说服力的（哪怕看起来似乎不太可能的）必朽者之真理或真相的象征。她采用了一种死后的言说，立足点无迹可寻。

[J 465]